O HOMEM DE GIZ

O HOMEM DE GIZ

C.J. TUDOR

TRADUÇÃO DE ALEXANDRE RAPOSO

Copyright © C. J. Tudor, 2017

TÍTULO ORIGINAL
The Chalk Man

PREPARAÇÃO
Marina Góes

REVISÃO
Rayana Faria
Frederico Hartje

DIAGRAMAÇÃO E ADAPTAÇÃO DE CAPA
ô de casa

CONCEPÇÃO DE LETTERING
Studio Jan de Boer

ADAPTAÇÃO DE LETTERING
ô de casa

CIP-BRASIL. CATALOGAÇÃO-NA-PUBLICAÇÃO
SINDICATO NACIONAL DOS EDITORES DE LIVROS, RJ

T827h

Tudor, C. J., 1972-
    O homem de giz / C. J. Tudor ; tradução Alexandre Raposo. - [2. ed.] - Rio de Janeiro : Intrínseca, 2024.

    Tradução de: The Chalk Man
    ISBN 978-85-510-0977-2

    1. Ficção inglesa. I. Raposo, Alexandre. II. Título.

24-91672   CDD: 823
                 CDU: 82-3(410-1)

Meri Gleice Rodrigues de Souza - Bibliotecária - CRB-7/6439

[2025]
Todos os direitos desta edição reservados à
Editora Intrínseca Ltda.
Av. das Américas, 500, bloco 12, sala 303
22640-904 – Barra da Tijuca
Rio de Janeiro – RJ
Tel./Fax: (21) 3206-7400
www.intrinseca.com.br

Para Betty. As duas.

PRÓLOGO

A cabeça da garota estava apoiada em uma pequena pilha de folhas de tom marrom-alaranjado.

Os olhos amendoados estavam fixos na copa de figueiras, faias e carvalhos, mas não enxergavam os raios de luz que tentavam atravessar os galhos, salpicando o chão do bosque de dourado. Não piscavam enquanto reluzentes besouros corriam sobre as pupilas. Eles não viam mais nada, exceto a escuridão.

Perto dali, a mão pálida se projetava da pequena mortalha de folhas, como que pedindo ajuda ou se certificando de não estar sozinha. Mas nada estava ao seu alcance. O restante do corpo estava longe, escondido em outros pontos isolados do bosque.

Um galho estalou ali perto, alto como um fogo de artifício em meio ao silêncio, e uma revoada de pássaros emergiu da vegetação rasteira. Alguém estava se aproximando.

Ajoelharam-se junto à garota que nada via. Delicadamente, acariciaram seu cabelo e o rosto gelado com os dedos trêmulos de ansiedade. Então, pegaram sua cabeça, tiraram algumas folhas agarradas às bordas irregulares do pescoço e a guardaram com cuidado em uma mochila, aninhada entre alguns pedaços quebrados de giz.

Após um instante de reflexão, cerraram os olhos da garota. Depois, fecharam o zíper da mochila, levantaram e a levaram.

Algumas horas depois, a polícia e os peritos criminais chegaram. Eles numeraram, fotografaram, examinaram e finalmente levaram o corpo da garota para o necrotério, onde permaneceu por várias semanas, como que à espera de ser completado.

Isso nunca foi feito. Houve extensas buscas, perguntas e apelos, mas, apesar de todos os esforços por parte dos detetives e dos homens da cidade, a cabeça nunca foi encontrada e a garota do bosque nunca voltou a ficar completa.

2016

Comecemos pelo começo.

O problema é que nenhum de nós chegou a um acordo sobre quando de fato tudo começou. Foi quando Gav Gordo ganhou o balde de giz de aniversário? Quando começamos a desenhar figuras de giz ou quando elas começaram a aparecer do nada? Foi aquele acidente terrível? Ou quando encontraram o primeiro cadáver?

Há vários inícios. Acho que qualquer um deles poderia ser chamado de começo. Mas, na verdade, acredito que tudo começou no dia da feira. Esse é o dia de que mais me lembro. Por causa da Garota do Twister, obviamente, mas também porque foi o dia em que tudo deixou de ser normal.

Se o nosso mundo fosse um globo de neve, esse foi o dia em que algum deus o pegou, sacudiu com força e colocou de volta no lugar. Mesmo depois de a espuma e os flocos terem assentado, as coisas nunca mais voltaram a ser como antes. Não exatamente. Podiam parecer iguais para quem olhasse através do vidro, mas, por dentro, tudo estava diferente.

Esse também foi o dia em que conheci o Sr. Halloran, então acho que ele é um começo tão bom quanto qualquer outro.

1986

— Hoje vai cair um temporal, Eddie.

Meu pai gostava de fazer a previsão do tempo com uma voz grave e impostada, como as pessoas na TV. Ele sempre falava com uma certeza absoluta, apesar de em geral errar as previsões.

Olhei para o perfeito céu azul pela janela, um azul tão brilhante que era preciso estreitar um pouco os olhos para vê-lo.

— Não parece que vai cair um temporal, pai — questionei com a boca cheia de sanduíche de queijo.

— É porque não vai cair nenhum temporal — retrucou minha mãe, entrando na cozinha súbita e silenciosamente, como uma espécie de ninja. — A BBC disse que vai fazer sol e calor durante todo o fim de semana... E não fale com a boca cheia, Eddie.

— Hummm — murmurou meu pai, que sempre fazia isso quando discordava da mamãe, embora não ousasse dizer que ela estava errada.

Ninguém ousava discordar da mamãe. Ela era — na verdade, ainda é — um tanto assustadora. Era alta, com cabelo curto e escuro e tinha olhos castanhos que podiam demonstrar alegria ou ficar quase negros quando estava furiosa (e, mais ou menos como no caso do Incrível Hulk, ninguém queria enfurecê-la).

Minha mãe era médica, mas não uma normal que dava pontos na perna das pessoas e lhes aplicava injeções para isso ou aquilo. Meu pai me disse certa vez que ela "ajudava mulheres com problemas". Ele não especificou que tipo de problemas, mas eu supunha que deveriam ser muito graves para requererem ajuda médica.

Meu pai também trabalhava, mas em casa. Era redator de jornais e revistas. Não em tempo integral. Às vezes ele reclamava que ninguém lhe dava trabalho ou soltava, com uma risada amarga: "Não é o meu público este mês, Eddie."

Quando criança, eu achava que ele não tinha um "emprego de verdade". Não para um pai. Um pai deveria usar terno e gravata, sair para trabalhar pela manhã e voltar na hora do chá, no fim da tarde. Meu pai trabalhava no quarto de hóspedes, onde ficava diante do computador vestindo calça de pijama e camiseta, às vezes sem sequer pentear o cabelo.

Ele também não se parecia muito com os outros pais. Tinha barba grande, espessa, e cabelo comprido, que prendia em um rabo de cavalo. Usava bermudas jeans furadas, mesmo no inverno, e camisetas puídas com nomes de bandas antigas como Led Zeppelin e The Who. Às vezes também calçava sandálias.

Gav Gordo disse que meu pai era um "hippie maldito". E provavelmente estava certo. Mas, naquela época, considerei aquilo um insulto, então o empurrei, ele me derrubou e cambaleei de volta para casa com alguns hematomas novos e o nariz sangrando.

Fizemos as pazes depois, é claro. Gav Gordo podia ser um pé no saco: ele era um daqueles garotos gordos que sempre têm de falar mais alto e ser o mais desagradável, para assim desencorajar os verdadeiros valentões. No entanto, também era um dos meus melhores amigos e a pessoa mais leal e generosa que eu conhecia.

— A gente cuida dos amigos, Eddie Monstro — disse ele certa vez, solenemente. — Os amigos são tudo.

Eddie Monstro era o meu apelido — porque meu sobrenome era Adams, como na *Família Addams*. Sim, o garoto da Família Addams se chamava Pugsley, e Eddie Monstro é um personagem de *Os Monstros*, mas aquilo fazia sentido na época e, assim como costuma acontecer, o apelido pegou.

Eddie Monstro, Gav Gordo, Mickey Metal (por causa do enorme aparelho nos dentes), Hoppo (David Hopkins) e Nicky. Essa era a nossa gangue. Nicky não tinha apelido porque era menina, embora se esforçasse ao máximo para fingir que não era. Ela xingava como um menino, subia em árvores como um menino e brigava quase tão bem quanto a maioria dos meninos. Contudo, ainda tinha a aparência de uma menina. Uma menina muito bonita, com cabelo longo e ruivo e a pele clara polvilhada de pequenas sardas marrons. Não que eu reparasse ou coisa do tipo.

Havíamos combinado de nos encontrar naquele sábado. Fazíamos isso quase todos os sábados, na casa uns dos outros, no parquinho ou às vezes até no bosque. Porém, aquele sábado era especial por causa da feira — que era realizada todos os anos, no parque, junto ao rio. Aquele foi o primeiro ano que tivemos autorização para irmos sozinhos, sem a supervisão de um adulto.

Esperamos ansiosos durante semanas, desde o dia em que espalharam os cartazes pela cidade. Haveria carrinhos bate-bate, um meteorito, um navio pirata e um Orbital. Parecia o máximo.

— Então — disse, terminando o sanduíche de queijo o mais depressa possível —, combinei de me encontrar com os outros na entrada do parque às duas horas.

— Bem, vá pelas ruas principais — orientou a minha mãe. — Não pegue atalhos ou fale com desconhecidos.

— Não vou falar.

Levantei da cadeira e fui até a porta.

— E vá de pochete.

— *Ah, manhê!*

—Você vai andar nos brinquedos. Sua carteira pode cair do bolso. Pochete. Sem discussão.

Abri a boca, mas fechei de novo. Senti o rosto queimar — eu odiava aquela pochete idiota. Turistas gordos usavam pochete. Com ela, os outros não iam me achar *descolado*, especialmente a Nicky. No entanto, quando minha mãe falava assim, realmente não havia como discutir.

—Tá bom.

Não estava nada bom, mas vi o ponteiro do relógio da cozinha se aproximando das duas horas e eu precisava sair. Subi correndo a escada, peguei a pochete idiota e guardei o dinheiro nela. Umas cinco libras no total. Uma fortuna. Então desci correndo.

— Até logo.

— Divirta-se.

Eu não tinha dúvida de que me divertiria. O sol estava radiante. Eu estava com a minha camiseta favorita e o tênis Converse. Ao longe já dava para ouvir o *tam-tam* da batida da música da feira e sentir o cheiro de hambúrguer e de algodão-doce. O dia seria perfeito.

Quando cheguei, Gav Gordo, Hoppo e Mickey Metal já estavam esperando nos portões.

— Ei, Eddie Monstro, bela pochete! — gritou Gav Gordo.

Fiquei vermelho de vergonha e mostrei-lhe o dedo médio. Hoppo e Mickey Metal riram da piada. Hoppo, que sempre foi o mais gentil, o conciliador, provocou Gav Gordo:

— Pelo menos não é tão gay quanto esse seu short, seu cuzão.

Gav Gordo sorriu, segurou o short pela bainha e fez uma dancinha, erguendo as pernas gorduchas bem alto, como uma bailarina. Com Gav Gordo era assim. Não dava para insultá-lo de verdade porque ele simplesmente não se importava. Ou, ao menos, fazia todos pensarem que não.

Apesar da intervenção de Hoppo, eu ainda achava a pochete idiota.

— Mas eu não vou usar esse negócio — falei.

Soltei a pochete, enfiei a carteira no bolso do short e olhei ao redor. Uma densa cerca-viva circundava o parque. Enfiei a pochete nela de modo que não fosse vista por um passante, mas não tão profundamente, para que pudesse recuperá-la mais tarde.

— Tem certeza de que vai deixar isso aí? — questionou Hoppo.

— Pois é, e se a sua *mamãe* descobrir? — provocou Mickey Metal naquele tom de voz antipático e cantarolado que lhe era peculiar.

Embora fizesse parte de nossa gangue e fosse o melhor amigo de Gav Gordo, nunca gostei muito de Mickey Metal. Seu temperamento era tão frio e tão feio quanto o aparelho que usava nos dentes. Mas, considerando-se o irmão que tinha, talvez isso não fosse tão surpreendente.

— Não me importo — menti, dando de ombros.

— E quem se importa? — questionou Gav Gordo, impaciente. — Dá para esquecer a maldita pochete e entrar no parque? Quero ser o primeiro do Orbital.

Mickey Metal e Hoppo começaram a andar — em geral fazíamos o que Gav Gordo mandava. Provavelmente porque ele era o maior e falava mais alto.

— Mas Nicky ainda não chegou — contestei.

— E daí? — disse Mickey Metal. — Ela sempre se atrasa. Vamos entrar. Ela encontra a gente lá.

Mickey tinha razão. Nicky *sempre* se atrasava. Mas esse não era o problema. Tínhamos que ficar todos juntos. Não era seguro andar sozinho pela feira. Principalmente no caso de uma garota.

— Vamos esperar mais cinco minutos — disse.

— Você *não pode* estar falando sério! — gritou Gav Gordo, fazendo a sua melhor (e mesmo assim muito ruim) imitação do temperamental tenista John McEnroe.

Gav Gordo fazia um monte de imitações, sobretudo de americanos. Todas eram tão ruins que nos faziam morrer de rir.

Mickey Metal não riu tanto quanto eu e Hoppo — não gostava quando a gangue se voltava contra ele. Mas isso não teve importância, porque, quando paramos de rir, uma voz familiar perguntou:

— O que é tão engraçado?

Todos viramos para olhar. Nicky estava subindo a colina em nossa direção. Como sempre, senti uma estranha vibração no estômago ao vê-la. Como se de repente sentisse muita fome e ficasse um pouco fraco.

Naquele dia, ela estava com o cabelo ruivo solto, caindo em um emaranhado pelas costas, quase roçando a borda do short jeans desbotado. Usava uma blusa amarela sem manga com florezinhas azuis no colarinho. Entrevi um brilho prateado em seu pescoço — uma pequena cruz em uma corrente. Carregava uma grande e pesada bolsa de juta nos ombros.

—Você está atrasada — repreendeu Mickey Metal.—A gente estava esperando.

Como se a ideia tivesse sido dele.

— O que tem aí nessa bolsa? — quis saber Hoppo.

— Meu pai quer que eu distribua essa porcaria na feira.

Ela tirou um folheto da bolsa e o mostrou para nós.

Venha à Igreja de São Tomé louvar ao Senhor. Essa é a melhor de todas as atrações!

O pai de Nicky era o vigário da igreja local. Eu nunca tinha ido à igreja — meus pais não faziam esse tipo de coisa. Mas eu o via pela cidade: ele usava óculos pequenos e redondos, era careca e tinha o couro cabeludo coberto de sardas, igual ao nariz de Nicky. Ele sempre sorria e me cumprimentava, mas eu o achava um pouco assustador.

— Ora, isso é uma pilha de merda *fedorenta*, meu caro — disse Gav Gordo.

"Fedorenta" e "pilha de merda" eram algumas das expressões favoritas de Gav Gordo e por algum motivo costumavam vir seguidas de "meu caro", que era dito com um sotaque refinado.

—Você não vai fazer isso, vai? — perguntei, de repente imaginando o desperdício de passar o dia inteiro atrás de Nicky enquanto ela entregava aqueles folhetos.

Ela olhou para mim de um jeito que lembrou um pouco a minha mãe.

— Claro que não, seu *bobo* — respondeu. —Vamos só pegar alguns, espalhar por aí como se as pessoas tivessem jogado fora e depois jogar o resto na lixeira.

Todos sorrimos. Não há nada melhor do que fazer algo que não devia e ainda enganar um adulto no processo.

Espalhamos os folhetos, jogamos a bolsa fora e fomos ao que interessava. O Orbital (que *realmente* era o máximo), os carrinhos bate-bate, onde Gav Gordo trombou tanto no meu carro que senti a coluna estalar. Os foguetinhos (muito emocionantes no ano anterior, porém agora um tanto chatos), o tobogã, o meteorito e o navio pirata.

Comemos cachorro-quente e Gav Gordo e Nicky tentaram fisgar patos — e assim aprenderam da maneira mais difícil que um prêmio garantido a cada tentativa não significa necessariamente um prêmio que você queira ganhar —, depois saíram dali rindo e jogando os bichos de pelúcia baratos um no outro.

A essa altura, a tarde já ia avançada. A emoção e a adrenalina começavam a diminuir, somadas à crescente percepção de que eu provavelmente só tinha dinheiro para mais duas ou três atrações.

Levei a mão ao bolso em busca da carteira. Meu coração foi parar na boca. Não estava mais ali.

— Merda!

— O que foi? — perguntou Hoppo.

— Minha carteira. Perdi.

— Tem certeza?

— É claro que eu tenho.

Enfiei a mão no outro bolso apenas para ter certeza. Ambos vazios. Droga.

— Bem, onde você a pegou por último? — perguntou Nicky.

Tentei raciocinar. Eu sabia que estava com ela depois de ter ido no último brinquedo, porque verifiquei. Aí compramos cachorro-quente. Não fui no Fisgue um pato, então...

— A barraca de cachorro-quente.

A barraca de cachorro-quente ficava na outra extremidade da feira, na direção oposta ao Orbital e ao meteorito.

— Merda — repeti.

— Vamos lá procurar — sugeriu Hoppo.

— Para quê? A essa altura alguém já pegou — argumentou Mickey Metal.

— Eu posso lhe emprestar algum dinheiro — ofereceu Gav Gordo. — Mas não tenho muito.

Eu sabia que ele estava mentindo. Gav Gordo sempre tinha mais dinheiro do que o restante de nós. Assim como sempre teve os melhores brinquedos e a bicicleta mais nova e mais bonita. O pai dele era dono de um dos pubs locais, o The Bull, e a mãe era revendedora da Avon. Gav Gordo era generoso, mas eu também sabia que ele queria *muito* ir mais vezes nos brinquedos.

Fiz que não com a cabeça.

— Obrigado. Não precisa.

Precisava, sim. Dava para sentir as lágrimas ardendo atrás de meus olhos. Não era apenas por causa do dinheiro perdido: eu estava me sentindo idiota e tinha arruinado o dia. Sabia que minha mãe ficaria irritada e diria: "Eu avisei." Por isso, falei:

— Vão vocês nos brinquedos. Vou voltar para dar uma olhada. Não faz sentido todos perderem tempo.

— Legal — disse Mickey Metal. — Vamos, então.

Todos se foram. O alívio deles era nítido — não era o dinheiro deles que tinha sido perdido nem o dia deles, arruinado. Atravessei a feira em direção à barraca de cachorro-quente. Ela ficava bem em frente ao Twister, que usei como ponto de referência. Não havia como não reparar naquela atração bem no meio da feira.

A música estava muito alta, distorcida ao sair das caixas de som antigas. Luzes multicoloridas brilhavam e as pessoas gritavam enquanto as gôndolas de madeira rodavam cada vez mais rápido no Twister.

Ao me aproximar, passei a olhar para baixo, avançando devagar, vasculhando o chão. Lixo, saquinhos de cachorro-quente, nada de carteira. Claro que não havia nem sinal dela. Mickey Metal estava certo: alguém já tinha encontrado e levado o meu dinheiro.

Suspirei, olhei para cima e vi o Homem Pálido. Obviamente esse não era o nome dele. Descobri depois que se chamava Sr. Halloran e que seria nosso novo professor.

Era difícil não notar o Homem Pálido. Para começar, ele era muito alto e magro. Usava calça jeans, camisa branca e chapéu de palha enorme. Parecia aquele antigo cantor dos anos 1970 de quem minha mãe gostava, David Bowie.

O Homem Pálido estava perto da barraca de cachorro-quente, tomando raspadinha com um canudo e observando o Twister. Bem... eu achei que ele estava.

Acabei olhando na mesma direção e foi quando vi a garota. Eu ainda estava aborrecido pela perda da carteira, mas também era um menino de doze anos com hormônios que mal tinham começado a entrar em ebulição. Nem sempre passava as noites no quarto debaixo das cobertas lendo histórias em quadrinhos à luz de uma lanterna.

A garota estava de pé com uma amiga loura que eu conhecia de vista da cidade (o pai dela era policial ou algo assim), mas minha mente logo a desprezou. É triste o fato de a beleza, a beleza genuína, eclipsar a tudo e a todos à sua volta. A Amiga Loura era bonita, mas a Garota do Twister — como eu sempre pensaria nela, mesmo depois de descobrir seu nome — era linda. Era alta, magra, com cabelo longo e escuro e pernas ainda mais longas, tão lisas e bronzeadas que reluziam ao sol. Usava minissaia com babados e uma camiseta larga e cavada com a palavra "Relax" estampada sobre um top verde fluorescente. O cabelo estava preso atrás das orelhas e uma argola de ouro brilhava ao sol.

Fico um pouco envergonhado de confessar que a princípio não reparei muito em seu rosto, mas não fiquei desapontado quando ela virou para falar com a Amiga Loura. Era linda de doer, com lábios carnudos e olhos oblíquos e amendoados.

De repente, ela sumiu.

Em um minuto *ela* estava ali, seu *rosto* estava ali; no seguinte veio um barulho terrível de estourar os tímpanos, como se um animal enorme urrasse das entranhas da terra. Mais tarde, descobri que tinha sido o som do mancal do eixo do velho Twister se partindo após muito uso e pouquíssima manutenção. Vi um brilho prateado, e o rosto dela, ou metade dele, foi arrancado, deixando no lugar uma grande massa de cartilagem, ossos e sangue. Muito sangue.

Frações de segundo depois, antes mesmo que eu pudesse abrir a boca para gritar, algo enorme, roxo e preto passou zunindo por ali. Houve um estrondo ensurdecedor — uma das gôndolas do Twister se soltara, esmagando a barraca de cachorro-quente em meio a uma chuva de metal e estilhaços de madeira — seguido de mais berros e gritos enquanto as pessoas se atiravam para fora do caminho. Alguém trombou em mim e caí no chão.

Outras pessoas caíram em cima de mim. Pisaram no meu pulso. Levei uma joelhada na cabeça. Fui atingido por uma bota nas costelas. Gritei e de algum modo consegui me encolher e rolar no chão. Gritei de novo. A Garota do Twister estava deitada ao meu lado. Graças a Deus, o rosto estava coberto pelo cabelo, mas reconheci a camiseta e o top fluorescente, embora ambos estivessem encharcados de sangue. Mais sangue escorria pela sua perna. Um segundo pedaço de metal afiado atravessara o osso logo abaixo do joelho. A perna estava pendurada, presa apenas por tendões fibrosos.

Comecei a me arrastar para longe dali — ela com certeza estava morta. Eu não podia fazer nada. E foi nesse instante que ela estendeu a mão e agarrou meu braço.

Ela virou o rosto ensanguentado e destruído para mim. Em algum lugar em meio a todo aquele vermelho, um único olho castanho me encarava fixamente. O outro pendia frouxamente sobre a bochecha dilacerada.

— Socorro — murmurou. — Me ajude.

Eu queria correr. Queria gritar, chorar e vomitar ao mesmo tempo; e poderia ter feito essas três coisas se outra mão, grande e forte, não tivesse segurado meu ombro e uma voz calma não tivesse dito:

— Está tudo bem. Sei que você está com medo, mas preciso que escute com muita atenção e faça exatamente o que eu disser.

Eu me virei. O Homem Pálido estava olhando para mim. Somente então percebi que seu rosto sob o chapéu de abas largas era quase tão branco quanto sua camisa. Até os olhos eram de um cinza translúcido e enevoado. Ele parecia um fantasma, ou um vampiro, e, em qualquer outra circunstância, eu provavelmente teria tido medo dele. Mas naquele momento ele era um adulto, e eu precisava de um adulto que me dissesse o que fazer.

— Qual é o seu nome? — perguntou.

— Ed... Eddie.

— Certo, Eddie. Você está ferido?

Fiz que não com a cabeça.

— Que bom. Mas esta jovem *está*, então precisamos ajudá-la, certo?

Assenti.

— Eu preciso que você faça o seguinte: segure a perna dela aqui e aperte com força, bem firme.

Ele pegou as minhas mãos e as colocou ao redor da perna da garota, que estava quente e viscosa por causa do sangue.

— Entendeu?

Assenti de novo. Eu sentia o gosto do medo, amargo e metálico, na língua. Sentia o sangue jorrando por entre os dedos, embora apertasse o mais forte que podia.

Ao longe, muito mais longe de onde a origem dos sons de fato estava, eu ouvia música e gritos de alegria. A garota tinha parado de gritar. Agora estava imóvel e quieta, exceto pelo som baixo e áspero da respiração, mas até ele estava diminuindo.

— Eddie, você precisa se concentrar, certo?

— Certo.

Olhei para o Homem Pálido, que tirou o cinto da calça jeans. Era um cinto comprido, muito comprido para sua cintura fina, com buracos extras feitos para apertá-lo. É curioso como reparamos em coisas estranhas nos momentos mais terríveis. Como quando reparei que o sapato da Garota do Twister tinha saído. Uma sandália de plástico. Cor-de-rosa e purpurinada.

Então pensei que ela provavelmente não precisaria mais dele com a perna quase cortada ao meio.

—Você ainda está me ouvindo, Eddie?

— Sim.

— Bom. Estou quase terminando. Você está se saindo muito bem, Eddie.

O Homem Pálido pegou o cinto e o enrolou na coxa da garota. E o apertou com força, muita força. Ele era mais forte do que aparentava. Quase na mesma hora, senti o fluxo de sangue diminuir.

Ele me encarou e assentiu.

— Pode soltar agora. Eu cuido disso.

Soltei a perna da garota. Agora que a tensão passara, minhas mãos começaram a tremer e eu as enfiei sob as axilas.

— Ela vai ficar bem?

— Não sei. Com sorte, talvez consigam salvar essa perna.

— E o rosto? — murmurei.

Ele voltou a me encarar e algo naqueles olhos cinza-claros me fez calar.

—Você estava olhando para o rosto dela antes, Eddie?

Abri a boca, mas não soube o que dizer nem entendi por que a voz dele não soava mais tão amigável.

Ele desviou o olhar e disse baixinho:

— Ela vai sobreviver. Isso é o que importa.

Nesse momento, ouviu-se um forte trovão e as gotas de chuva começaram a cair.

Acho que foi a primeira vez que compreendi como as coisas podem mudar de uma hora para outra. Como tudo o que temos por certo pode ser arrancado de nós. Talvez seja por isso que peguei aquilo. Para ficar com alguma coisa. Para manter aquilo em segurança. Ao menos foi o que disse para mim mesmo.

No entanto, assim como um monte de coisas que dizemos para nós mesmos, provavelmente era apenas uma pilha fedorenta de merda.

O jornal local nos chamou de heróis. Levaram a mim e ao Sr. Halloran de volta ao parque para tirar uma foto nossa.

Incrivelmente, os dois ocupantes da gôndola que se soltou do Twister sofreram apenas fraturas, cortes e lesões. Outros passantes sofreram cortes mais sérios que precisaram de pontos, e houve mais algumas fraturas e costelas quebradas na correria para sair do caminho.

Até a Garota do Twister (cujo verdadeiro nome era Elisa) sobreviveu. Os médicos conseguiram reconectar a perna e, de algum modo, salvar o olho. Os jornais chamaram isso de milagre, no entanto, não falaram muito sobre como ficara o restante do rosto dela.

Como ocorre com todos os dramas e tragédias, o interesse pelo caso foi diminuindo aos poucos. Gav Gordo parou de fazer piadas de mau gosto (principalmente sobre pernetas), e até Mickey Metal cansou de me chamar de Garoto Herói e de perguntar onde eu tinha deixado minha capa. Outras notícias e fofocas se sucederam. Houve um acidente de carro na rodovia A36 no qual morreu o primo de um colega da escola e, então, Marie Bishop, do quinto ano, engravidou. E, como costuma acontecer, a vida seguiu seu rumo.

Não me importei muito. Na verdade, estava um tanto farto daquela história. Eu não era o tipo de garoto que gostava de ser o centro das atenções. Além disso, quanto menos falava sobre o assunto, com menos frequência tinha de me lembrar do rosto dilacerado da Garota do Twister. Passei a ter cada vez menos pesadelos. As idas secretas ao cesto de roupa suja com lençóis sujos de xixi tornaram-se menos frequentes.

Minha mãe me perguntou algumas vezes se eu queria visitar a Garota do Twister no hospital, no entanto, eu sempre respondia que não. Não queria vê-la outra vez. Não queria olhar para seu rosto dilacerado. Não queria que aqueles olhos castanhos me encarassem, me acusando com a verdade: *Eu sei que você ia fugir, Eddie. Se o Sr. Halloran não o tivesse agarrado, você teria me deixado lá, sozinha, para morrer.*

Acho que o Sr. Halloran foi visitá-la. Fez isso diversas vezes. Acho que tinha tempo sobrando, afinal, ele só começaria a dar aulas em nossa escola em setembro. Ao que parece, tinha preferido se mudar para o chalé que havia alugado com alguns meses de antecedência, para poder primeiro se instalar na cidade.

Foi uma boa ideia, na minha opinião. Deu a todos a chance de se acostumarem a vê-lo por perto, de esclarecerem todas as dúvidas antes de ele entrar em sala de aula:

O que há de errado com a pele dele? Os adultos explicaram pacientemente que o Sr. Halloran tinha *albinismo*. Isso significava que faltava a ele uma coisa chamada "pigmento", que faz com que a pele da maioria das pessoas assuma uma cor naturalmente rosada ou marrom. *E os olhos?* A mesma coisa. Faltavam pigmentos. *Então ele não é uma aberração, um monstro ou um fantasma?* Não, ele não é. Apenas um homem normal com um problema de saúde.

Eles estavam errados. O Sr. Halloran era várias coisas, mas normal não era uma delas.

2016

A carta chega sem floreios, fanfarras ou mesmo um presságio. Desliza através da caixa de correio entre um envelope da instituição de caridade Macmillan e um panfleto de um novo delivery de pizza.

E, afinal, quem é que manda cartas nos dias de hoje? Até minha mãe, aos setenta e oito anos, usa e-mail, Twitter e Facebook. Na verdade, ela entende muito mais de tecnologia do que eu. Sou meio avesso a tais avanços. Isso é motivo de constante diversão para meus alunos, cujas conversas sobre Snapchat, favoritos, tags e Instagram poderiam muito bem se tratar de uma língua estrangeira. *Pensei que eu lecionasse letras,* costumo lhes dizer com tristeza. *Não faço a menor ideia do que vocês estão falando.*

Não reconheço a caligrafia no envelope, mas hoje eu mal reconheço a minha própria. Agora é tudo na base dos teclados e das telas sensíveis ao toque.

Abro o envelope e analiso o conteúdo sentado à mesa da cozinha, tomando uma xícara de café. Não, não é bem isso. Sento-me à mesa olhando para o conteúdo enquanto uma xícara de café esfria ao meu lado.

— O que é isso?

Levo um susto e olho em volta. Chloe entra na cozinha, sonolenta, com a cara amassada de sono e bocejando. O cabelo preto tingido está solto, a franja curta armada. Está com uma camiseta antiga do The Cure e os resquícios da maquiagem da noite anterior.

— Isto é o que chamamos de carta — respondo, dobrando-a com cuidado. — Antigamente, as pessoas costumavam usá-las como meio de comunicação.

Ela me lança um olhar fulminante e mostra o dedo médio.

— Eu sei disso, mas tudo o que ouço é blá-blá-blá.

— Esse é o problema dos jovens de hoje. Eles simplesmente não ouvem.

— Ed, você mal tem idade para ser meu pai, então por que fala como se fosse meu avô?

Ela está certa. Tenho quarenta e dois, e Chloe, seus vinte e tantos anos. (Eu acho. Ela nunca me disse e sou muito educado para perguntar.) A diferença de idade entre nós não é muito grande, embora frequentemente pareça ser de algumas décadas.

Chloe é jovial, descolada, e poderia passar por uma adolescente. Esse não é o meu caso: eu poderia passar facilmente por um aposentado. Com muita delicadeza, seria possível definir minha aparência como "abatida e cansada", embora eu ache que o que me abate não é o cansaço, e, sim, preocupações e remorsos.

Meu cabelo ainda é vasto e em sua maior parte escuro, porém minhas rugas do riso perderam o senso de humor já faz um tempo. Como a maioria das pessoas altas, sou curvado, e minhas roupas favoritas são o que Chloe chama de "chique de brechó". Ternos, coletes e sapatos combinando. Tenho algumas calças jeans, mas não as uso para trabalhar — a menos que eu esteja enfiado no meu escritório —, e em geral estou trabalhando, até dando aulas extras nas férias.

Eu poderia dizer que faço isso porque adoro lecionar, mas ninguém gosta tanto assim do próprio trabalho. Faço isso porque preciso do dinheiro. Essa também é a razão pela qual Chloe mora aqui: ela é minha inquilina e — como gosto de pensar — minha amiga.

Claramente formamos uma dupla estranha. Chloe não é o tipo de inquilina que costumo aceitar, mas eu tinha acabado de ser descartado por outro candidato a inquilino e a filha de um conhecido conhecia "essa garota" que precisava de um quarto com urgência. Parece estar dando certo, e o dinheiro do aluguel ajuda. Assim como a companhia.

Pode parecer estranho que eu precise de uma inquilina. Meu salário é relativamente bom, a casa onde moro me foi dada por minha mãe e tenho certeza de que a maioria das pessoas presume que isso significa uma vida confortável e livre de financiamentos imobiliários.

A triste realidade é que o imóvel foi comprado quando as taxas de juros estavam na casa dos dois dígitos, foi refinanciado uma vez para pagar reformas e de novo para custear as despesas hospitalares do meu pai quando sua senilidade se tornou grave demais para ser tratada em casa.

Minha mãe e eu moramos juntos aqui até cinco anos atrás, quando ela conheceu Gerry, um ex-banqueiro jovial que decidiu jogar tudo para o alto em prol de um estilo de vida autossuficiente em uma casa de campo ecológica construída por ele em Wiltshire.

Não tenho nada contra Gerry. Também não tenho nada a *favor*, mas ele parece fazer minha mãe feliz, o que — como gostamos de mentir — é o que importa. Acho que, mesmo tendo quarenta e dois anos, parte de mim não quer que minha mãe seja feliz com outro homem que não o meu pai. Isso é infantil, imaturo e egoísta. E por mim tudo bem.

Além do mais, aos setenta e oito anos, minha mãe não está nem aí. Não foram essas as palavras exatas que ela usou quando me disse que tinha decidido ir morar com Gerry, mas entendi as entrelinhas:

— *Preciso sair deste lugar, Ed. São muitas lembranças.*

— *Quer vender a casa?*

— *Não. Eu quero que você fique com a casa, Ed. Com um pouco de amor, poderia se tornar uma casa maravilhosa para uma família.*

— *Mãe, eu nem tenho uma namorada, que dirá uma família.*

— *Nunca é tarde demais.*

Fiquei calado.

— *Se você não quiser a casa, venda.*

— *Não. Eu só… Eu só quero que você seja feliz.*

— Então, de quem é a carta? — pergunta Chloe, indo até a cafeteira e servindo uma caneca.

Guardo a carta no bolso do roupão.

— Ninguém importante.

— Uuuh. Mistério.

— Na verdade, não. Apenas… um velho conhecido.

Ela ergue a sobrancelha.

— Outro? Uau. Estão todos aparecendo. Não sabia que você era tão popular.

Franzo o cenho e lembro que contei para ela sobre o convidado do jantar de hoje à noite.

— Não fique tão surpresa.

— Mas estou. Para alguém tão pouco sociável, o fato de você ter amigos é espantoso.

— Tenho amigos aqui em Anderbury. Você os conhece. Gav e Hoppo.

— Esses não contam.

— Por que não?

— Porque não são amigos de verdade. São só pessoas que você conhece da vida inteira.

— Não é essa a definição de amigo?

— Não, essa é a definição de provinciano. Pessoas que você se sente obrigado a ter por perto mais por hábito e história do que por qualquer desejo genuíno de sua companhia.

Ela até tem razão. Mais ou menos.

— Enfim. É melhor eu ir me trocar. Tenho que ir à escola hoje — digo, mudando de assunto.

— Não estamos no período de férias?

— Ao contrário do que as pessoas acreditam, o trabalho de um professor não termina quando os alunos entram em férias de verão.

— Nunca achei que você fosse fã de Alice Cooper.

— Adoro a música dele — digo, inexpressivo.

Chloe dá um sorriso torto, expressão que transforma seu rosto um tanto banal em algo notável. Algumas mulheres são assim: à primeira vista incomuns, até estranhas, mas aí um sorriso ou um erguer de sobrancelha sutil as transforma.

Creio que tenho uma quedinha por Chloe. Não que eu ouse admitir. Sei que ela me vê mais como um tio protetor do que como um namorado em potencial. Eu jamais desejaria deixá-la desconfortável por achar que a vejo com algo a mais do que carinho paternal. Também sei que, na minha posição, em uma cidade pequena, um relacionamento com uma mulher muito mais jovem poderia facilmente ser mal interpretado.

— Que horas o outro "velho conhecido" vai chegar? — pergunta ela, enquanto traz a caneca para a mesa.

Afasto a cadeira e me levanto.

— Por volta das sete. — Faço uma pausa. — Se quiser se juntar a nós, será muito bem-vinda.

— Acho que vou passar. Não quero atrapalhar a conversa de vocês.

— Certo.

— Talvez em outra oportunidade. Pelo que você contou, ele parece ser uma pessoa interessante.

— Sim. — Forço um sorriso. — "Interessante" é uma palavra adequada.

A escola fica a quinze minutos a pé de minha casa. Em um dia como hoje — um dia de verão agradavelmente quente, um vislumbre de azul entre a fina camada de nuvens — é uma caminhada relaxante. Uma forma de organizar os pensamentos antes de começar a trabalhar.

Durante o período letivo, isso pode ser útil. Muitas das crianças para quem dou aula na Anderbury Academy são o que chamamos de "desafiadoras". Na minha época, seriam chamadas de "um bando de merdinhas". Há dias em que preciso me preparar mentalmente para lidar com elas; em outros, a única preparação que funciona é uma dose de vodca no café da manhã.

Assim como muitas cidadezinhas do interior, à primeira vista Anderbury parece um lugar pitoresco para se viver. Graciosas ruas de paralelepípedos, casas de chá e uma catedral pseudofamosa. Há uma feira duas vezes por semana, muitos parques bonitos e passeios ribeirinhos. A uma curta distância de carro ficam as praias de Bournemouth e a charneca aberta de New Forest.

No entanto, basta raspar a superfície para descobrir que o verniz turístico não passa disso. Grande parte do trabalho aqui é sazonal e a taxa de desemprego é alta. Bandos de jovens entediados perambulam pelas lojas e pelos parques; mães adolescentes empurram carrinhos de bebês chorões para cima e para baixo da rua principal. Isso não é novidade, porém parece ter se tornado mais frequente. Ou talvez seja apenas impressão minha: muitas vezes, o que a idade traz não é sabedoria, mas sim intolerância.

Chego ao portão do Old Meadows Park, meu lugar favorito quando adolescente. Obviamente, ele mudou muito desde então. Tem uma nova pista de skate e o parquinho onde nossa gangue costumava se encontrar foi usurpado por uma nova e moderna "área de recreação" no outro lado do parque. Há balanços de corda, um enorme túnel com escorregador, tirolesas e todo tipo de coisas legais com que sequer sonhávamos quando éramos pequenos.

Estranhamente, o antigo parquinho ainda existe, abandonado e esquecido. O trepa-trepa está enferrujado, os balanços estão enrolados nos travessões e a pintura do gira-gira de madeira, outrora brilhante, está descascando e cheia de bolhas, ostentando pichações antigas feitas por pessoas que há muito esqueceram por que *Helen é uma piranha* ou por que raios colocaram um coração ao redor do nome Andy W.

Paro por um instante, observando o brinquedo, lembrando.

O fraco ranger do balanço de bebê, o frio cortante do ar matinal, o contraste do giz branco no asfalto preto. Outra mensagem. Mas essa é diferente. Não é um homem de giz… é outra coisa.

Eu me viro abruptamente. Agora não. De novo não. Não serei atraído de novo.

Meu trabalho na escola não leva muito tempo. Termino perto da hora do almoço. Pego os meus livros, tranco a sala e volto andando em direção ao centro da cidade.

O The Bull fica na esquina da rua principal, o último dos pubs "locais" remanescentes. Quando as cadeias de pubs chegaram, Anderbury tinha outros dois pubs, o The Dragon e o The Wheatsheaf. Os antigos pubs locais fecharam e os pais de Gav foram obrigados a baixar os preços e promover noites com descontos para mulheres e famílias, além de *happy hours*, a fim de sobreviver.

No fim, acabaram desistindo. Mudaram-se para Maiorca, onde agora administram um bar chamado Britz. Gav, que desde os dezesseis anos trabalhou meio período no pub, assumiu as torneiras de chope do The Bull e o comanda até hoje.

Empurro a porta velha e pesada e entro. Hoppo e Gav estão sentados à nossa mesa, no canto da janela. Da cintura para cima, Gav ainda é corpulento, grande o bastante para me lembrar de por que costumávamos chamá-lo de Gav Gordo. Contudo, agora sua corpulência se deve mais aos músculos do que à gordura. Os braços são verdadeiras toras, com as veias saltando como fios azuis retesados. O rosto tem traços bem marcados e o cabelo curto está grisalho e esparso.

Hoppo não mudou quase nada. Vestindo macacão, basta estreitar um pouco os olhos para confundi-lo com um garoto de doze anos brincando de se vestir de adulto.

Os dois estão bem entretidos na conversa, com as canecas mal tocadas na mesa. Guinness para Hoppo e Coca-Cola Diet para Gav, que raramente bebe.

Peço uma Taylor's Mild para uma garota mal-humorada atrás do balcão. Ela franze o cenho para mim e repete a careta para a torneira de chope como se esta a tivesse ofendido mortalmente.

— Preciso trocar o barril — murmura.

— Certo.

Eu espero. Ela revira os olhos.

— Eu levo para você.

— Obrigado.

Dou meia-volta e atravesso o pub. Quando olho para trás, vejo que ela ainda não se moveu.

Eu me sento em um banquinho bambo, ao lado de Hoppo.

— Boa tarde.

Eles olham para mim e na hora percebo que há algo errado. Algo aconteceu. Gav sai de trás da mesa. Os músculos dos braços contrastam com os membros inutilizados que repousam ociosamente na cadeira de rodas.

Giro no banquinho.

— Gav, o quê...

Seu punho dispara em direção ao meu rosto, minha bochecha esquerda explode em dor e caio para trás no chão.

Ele me encara.

— Há quanto tempo você sabia?

1986

Apesar de grandalhão e líder tácito de nossa gangue, Gav Gordo na verdade era o mais novo.

Ele fazia aniversário no início de agosto, logo no comecinho das férias escolares. Todos tínhamos muita inveja disso, principalmente eu. Eu era o mais velho. Meu aniversário também caía nas férias, três dias antes do Natal — ou seja, em vez de ganhar dois presentes normais eu quase sempre ganhava um presente "grande", ou dois nem tão bons.

Gav Gordo sempre ganhava um monte de presentes. Não só porque os pais eram endinheirados, mas também porque ele tinha um milhão de parentes. Tias, tios, primos, avós e bisavós.

Eu também tinha inveja disso, pois só tinha meus pais e minha avó, a quem não via com muita frequência porque ela morava a quilômetros de distância e também porque estava ficando um tanto "lelé", como dizia o meu pai. Eu não gostava de visitá-la: a sala de estar da casa dela estava sempre muito quente e fedorenta, e a TV sempre exibia o mesmo filme idiota.

— Julie Andrews não era linda? — suspirava ela com os olhos enevoados, e todos tínhamos de assentir, dizer "sim" e comer biscoitos integrais molengas tirados de uma lata velha e enferrujada com um desenho de renas dançando nas laterais.

Todos os anos, os pais de Gav Gordo davam uma grande festa para ele. Naquele ano seria um churrasco. Haveria um mágico e até uma discoteca mais tarde.

Minha mãe revirou os olhos ao ver o convite. Eu sabia que no fundo ela não gostava dos pais de Gav Gordo. Certa vez a ouvi dizer para o meu pai que eles eram "contagiosos". Quando fiquei mais velho, me dei conta de que a palavra dita fora "ostentosos", mas durante anos pensei que ela tinha falado que os dois eram portadores de alguma doença estranha.

— Uma discoteca, Geoff? — disse para o meu pai com um tom de voz esquisito. Não consegui identificar se era bom ou ruim. — O que você acha?

Meu pai, que estava lavando a louça, se afastou da pia, olhou para o convite e disse:

— Parece divertido.

—Você não pode ir, pai — avisei. — A festa é só para crianças. Você não foi convidado.

— Na verdade, fomos convidados — corrigiu minha mãe, apontando para o convite. — "Mães e pais são bem-vindos. Tragam linguiças."

Olhei de novo para o papel e fiz uma careta. Mães e pais em uma festa de criança? Não parecia uma boa ideia. Não mesmo.

— O que você vai dar de presente de aniversário para Gav Gordo? — quis saber Hoppo.

Estávamos no parque, sentados no trepa-trepa, balançando as pernas e tomando picolés de Coca-Cola. Murphy, o velho labrador preto de Hoppo, estava deitado no chão embaixo de nós, cochilando à sombra.

Isso foi por volta do fim de julho, quase dois meses após o terrível ocorrido na feira e uma semana antes do aniversário de Gav Gordo. As coisas estavam começando a voltar ao normal, e eu estava feliz. Não era uma criança que gostava de emoções ou dramas inesperados. Eu gostava — e continuo gostando — de rotina. Mesmo aos doze anos, minha gaveta de meias estava sempre organizada e meus livros e fitas eram arrumados em ordem alfabética.

Talvez porque o restante de nossa casa fosse um tanto caótico. Para começar, ela não estava totalmente construída. Essa era outra típica diferença que havia entre os meus pais e os das outras crianças: afora Hoppo, que morava com a mãe em uma antiga casa geminada, a maioria das crianças da escola morava em casas bonitas e modernas, com jardins quadrados e bem cuidados que pareciam todos iguais.

Morávamos naquela casa vitoriana velha e feia que parecia estar sempre cercada de andaimes. No lado de fora, havia um grande jardim tomado de ervas daninhas a cujo final nunca consegui chegar e, no segundo andar, tinha ao menos dois quartos nos quais dava para ver o céu através do teto.

Meus pais a compraram como uma "casa que necessitava de reformas" quando eu ainda era muito pequeno. Isso oito anos antes, e, pelo visto, ainda seria preciso fazer muito mais *reformas necessárias* na construção. Os cômodos principais eram todos habitáveis, porém as paredes do corredor e da cozinha tinham gesso exposto e não havia carpete em nenhum ambiente.

No segundo andar, ainda mantínhamos o banheiro antigo: um cômodo pré-histórico com peças esmaltadas e a própria aranha doméstica residente, uma pia que vazava e um velho vaso com privada acionada por uma longa corrente. Sem chuveiro.

Aos doze anos, eu achava aquilo mortalmente constrangedor. Não tínhamos nem um fogão elétrico. Meu pai precisava cortar lenha do lado de fora para acender o fogo, como se estivéssemos na maldita Idade das Trevas.

Às vezes eu perguntava:

— Quando vamos terminar de reformar a casa?

— Bem, reformar é algo que consome tempo e dinheiro — respondia meu pai.

— Mas nós não temos dinheiro? A mamãe é médica. Gav Gordo disse que os médicos ganham muito dinheiro.

Papai suspirava.

— Já discutimos isso antes, Eddie. Gav Gor... *Gavin* não sabe de tudo. E você precisa lembrar que meu trabalho não é tão bem remunerado nem tão regular quanto alguns outros.

Mais de uma vez quase deixei escapar: "Então por que você simplesmente não arruma um emprego decente?" Mas isso só deixaria meu pai chateado, e eu não gostava de chateá-lo.

Eu sabia que meu pai se sentia culpado por não ganhar tanto quanto minha mãe. Além das coisas que produzia para revistas, ele estava tentando escrever um livro.

— As coisas vão mudar quando eu for um escritor de sucesso — costumava dizer com uma risada e uma piscadela.

Ele fingia estar brincando, mas no fundo acho que acreditava que isso de fato aconteceria.

Não aconteceu. Mas ele chegou perto. Sei que meu pai enviou originais para agentes e despertou o interesse de um deles por um tempo. Contudo, por algum motivo, aquilo não deu em nada. Se não tivesse ficado doente, ele talvez tivesse conseguido. Quando começou a devorar sua mente, a primeira coisa que a doença engoliu foi o que ele mais amava: as suas palavras.

Chupei meu picolé com força.

— Na verdade, ainda não pensei nisso — respondi para Hoppo.

Era mentira. Eu *pensara* longa e intensamente naquilo. Este era o problema com Gav Gordo: ele tinha praticamente tudo, e comprar um presente do seu agrado era muito difícil.

— E você? — perguntei.

— Não sei ainda — respondeu, dando de ombros.

Então mudei de assunto:

— Sua mãe vai à festa?

Ele fez uma careta.

— Não sei. Talvez ela trabalhe no dia.

A mãe de Hoppo era faxineira. Com frequência a víamos na rua a bordo do velho e enferrujado Reliant Robin, com o porta-malas cheio de baldes e vassouras.

Mickey Metal a chamava de "cigana" pelas costas de Hoppo. Eu achava aquilo um tanto cruel, mas a verdade é que ela parecia um pouco com uma cigana com o cabelo grisalho sem corte e os vestidos sem caimento.

Não sei que fim levou o pai de Hoppo — já que ele nunca falou sobre o assunto —, mas tenho a impressão de que ele os deixara quando Hoppo era pequeno. Hoppo também tinha um irmão mais velho, que se alistara no Exército ou algo assim. Analisando em retrospecto, acho que uma das razões para os membros de nossa gangue se darem tão bem era porque nenhuma de nossas famílias era exatamente "normal".

— Seus pais vão? — perguntou Hoppo.

— Acho que vão. Só espero que não estraguem tudo.

Ele deu de ombros.

— Vai dar tudo certo. E vai ter um *mágico*.

— É, vai.

Ambos sorrimos, e Hoppo disse:

— Se você quiser, podemos dar uma volta pelas lojas agora e procurar algo para Gav Gordo.

Hesitei. Eu gostava da companhia de Hoppo. Não precisava parecer esperto o tempo todo nem ficar na defensiva. Era fácil.

Ele não primava pela inteligência, porém era um desses garotos que sabiam como se portar. Não tentava ser adorado por todos, como Gav Gordo, nem era duas caras, como Mickey Metal, e eu meio que o respeitava por isso.

Foi por isso que me senti mal ao dizer:

— Desculpe, mas não posso. Preciso ir para casa ajudar meu pai com umas coisas.

Essa costumava ser a minha desculpa para cair fora. Ninguém duvidava de que houvesse muita "coisa" precisando ser feita em nossa casa.

Hoppo assentiu, terminou o picolé e jogou a embalagem no chão.

— Ok. Bem, vou passear com Murphy.

— Certo. Até logo.

— Até logo.

Ele se foi, com a franja balançando no rosto e Murphy pulando ao seu lado. Joguei a embalagem do meu picolé na lixeira e segui na direção oposta, a caminho de casa. Depois que vi que estava fora de vista, dei meia-volta e segui em direção à cidade.

Não gostava de mentir para Hoppo, mas há coisas que não se pode compartilhar nem com os melhores amigos. As crianças também têm segredos. Às vezes, mais do que os adultos.

Eu sabia que era o nerd da gangue: estudioso e um tanto careta. Era o tipo de garoto que gostava de colecionar objetos — selos, moedas, miniaturas de carros. Outras coisas também: conchas, crânios de aves do bosque, chaves. É surpreendente a frequência com que encontramos chaves perdidas. Gostava da ideia de poder entrar furtivamente na casa das pessoas, mesmo sem saber a quem pertenciam as tais chaves ou onde as pessoas moravam.

Eu era muito cuidadoso com as minhas coleções. Eu as escondia bem e as mantinha em segurança. Acho que, de certa forma, gostava da sensação de controle. As crianças não têm muito controle sobre a própria vida, mas só eu sabia o que havia nas caixas e só eu poderia acrescentar ou tirar algo dali.

Desde o incidente na feira, eu tinha passado a colecionar cada vez mais: coisas que encontrava, coisas que as pessoas esqueciam (comecei a perceber o quanto os outros eram descuidados, como não percebiam a importância de preservar seus pertences para que não os perdessem para sempre).

E às vezes — caso visse algo de que *precisava* muito — me apropriava de coisas pelas quais deveria ter pagado.

Anderbury não era uma cidade grande, porém ficava lotada de turistas no verão, em sua maioria americanos. Eles vagavam por toda parte, ocupando as estreitas calçadas com seus vestidos floridos e calções largos, estreitando os olhos para mapas e apontando para as construções.

Além da catedral, havia uma praça comercial com uma grande loja da Debenhams, diversas casas de chá e um hotel elegante. A rua principal tinha estabelecimentos sem graça como um supermercado, uma farmácia e uma livraria. Contudo, também tinha uma enorme loja da Woolworths.

Quando criança, a Woolworths — ou "Woolies", como todos a chamavam — era a nossa loja favorita. Nela havia tudo o que se poderia desejar: corredores mais corredores de brinquedos, desde modelos grandes e caros até porcarias de plástico barato das quais se poderia comprar uma tonelada e ainda ter troco para gastar no balcão de doces sortidos.

O lugar também tinha um segurança muito cruel chamado Jimbo, que metia medo em todo mundo. Ele era skinhead e eu ouvira dizer que, por baixo do uniforme, exibia diversas tatuagens, incluindo uma enorme suástica nas costas.

Por sorte, Jimbo era muito incompetente, passando a maior parte do tempo do lado de fora da loja, fumando e olhando de soslaio para as garotas. Isso significava que, se você fosse esperto e rápido, era fácil desviar da atenção de Jimbo: bastava esperar até ele se distrair.

Naquele dia, eu estava com sorte. Havia um grupo de garotas adolescentes reunidas ao redor da cabine telefônica no fim da rua. Estava calor, por isso elas usavam shorts ou minissaias. Jimbo estava encostado na esquina da loja, com o cigarro entre os dedos e babando, embora as garotas fossem apenas uns dois anos mais velhas do que eu e ele tivesse uns *trinta*.

Atravessei a rua e entrei. A loja se estendia à minha frente. Fileiras de guloseimas e o balcão de doces sortidos à esquerda. Fitas e discos à direita. Bem à frente, os corredores dos brinquedos. Senti uma onda de empolgação. Mas eu não podia saborear o momento ou me deter ali. Algum funcionário poderia perceber.

Fui cheio de determinação em direção aos brinquedos, vasculhando os corredores e avaliando as opções. Muito caro. Muito grande. Muito barato. Muito ruim. Então eu vi. Uma bola 8 mágica. Steven Gemmel tinha uma. Ele a levou certo dia para a escola e me lembro de tê-la achado o máximo. Eu também sabia que Gav Gordo não tinha uma. Isso por si só já a tornava especial. Assim como o fato de ser a última na prateleira.

Peguei a bola e olhei em volta. Com um movimento rápido, a enfiei na mochila.

Fui despreocupadamente até a área dos doces. O próximo passo exigiria sangue-frio. Eu sentia o peso de meu saque ilícito batendo contra as costas. Peguei um saco de doces sortidos e me obriguei a me deter ali, escolhendo uma seleção de doces em formato de garrafas de refrigerante, ratos brancos e discos voadores. Fui para o caixa.

Uma mulher gorda com um enorme permanente pesou os doces e sorriu para mim.

— Quarenta e três pence, querido.

— Obrigado.

Contei algumas moedas e as entreguei.

Ela as jogou na caixa registradora e fez cara de preocupada.

— Falta um pence, querido.

— Oh!

Droga. Revirei os bolsos. Não tinha mais nada.

— Eu, bem, é melhor eu devolver algo — falei, corando, com as mãos suadas, a mochila parecendo mais pesada do que nunca.

A Senhora do Permanente me observou por um instante. Então se inclinou em minha direção e piscou — suas pálpebras eram muito enrugadas, como papel amarrotado.

— Não se preocupe, querido. Finja que contei errado.

Agarrei o saco de doces.

— Obrigado.

—Vá embora. Dê o fora daqui.

Ela não precisou dizer duas vezes. Corri para o dia ensolarado, passei por Jimbo, que estava terminando o cigarro e mal reparou em mim. Caminhei apressado pela rua, cada vez mais depressa, com a alegria, a empolgação e o sentimento de realização crescendo até eu irromper em uma corrida ao longo de quase todo o percurso de volta para casa, com um sorriso insano estampado no rosto.

Eu conseguira, e não pela primeira vez. Gosto de pensar que, fora isso, eu não era uma criança ruim. Procurava ser gentil, não traía os meus amigos nem falava mal deles pelas costas. Até procurava ouvir o que meus pais diziam. E, em minha defesa, nunca furtei dinheiro. Se achasse a carteira de alguém no chão, eu a devolveria com todo o dinheiro dentro (embora talvez pegasse algo, como uma foto de família).

Eu sabia que tal comportamento era errado, porém, como disse, todo mundo tem segredos, coisas que sabem que não devem fazer, mas que fazem mesmo assim. O meu era pegar coisas — *colecionar* coisas. O pior é que apenas quando tentei devolver algo foi que de fato estraguei tudo.

Estava quente no dia da festa. Parecia que fizera calor em todos os dias daquele verão, ainda que não fosse verdade. Estou certo de que um meteorologista

— um dos bons, não alguém como meu pai — diria que houve vários dias chuvosos, nublados e também alguns terríveis. Mas a memória é estranha e o tempo tem outro ritmo quando se é criança. Três dias de calor seguidos são como um mês inteiro de dias quentes para um adulto.

No aniversário de Gav Gordo definitivamente fazia calor. Roupa colando no corpo, assentos do carro queimando as pernas dos passageiros, asfalto derretendo na rua.

— Desse jeito, não será preciso churrasqueira para assar a carne — brincou meu pai quando saímos de casa.

— Estou surpreso por você não pedir para levarmos capas de chuva — provocou minha mãe, trancando a porta e dando alguns empurrões para verificar se estava mesmo trancada.

Ela estava bonita naquele dia: usava um vestido de tecido leve azul e sandálias gladiadoras. O azul lhe caía bem, e ela usava uma presilha cintilante no canto da franja escura, afastando-a do rosto.

Meu pai parecia... bem, ele parecia o meu pai, com bermuda jeans, camiseta do Grateful Dead e sandálias de couro. Pelo menos minha mãe tinha aparado a barba dele.

A casa de Gav Gordo ficava em uma das propriedades mais novas de Anderbury. Eles haviam se mudado para lá no ano anterior — antes, todos moravam em cima do pub. Embora a casa fosse praticamente nova, o pai de Gav Gordo a ampliara, por isso a construção tinha muitos anexos que não exatamente combinavam com a estrutura original, como grandes colunas brancas junto à entrada, imitando as ilustrações da Grécia Antiga.

Para a festa, tinham amarrado na ponta das colunas muitos balões com o número doze e colocado uma faixa grande e cintilante à porta com os dizeres Feliz Aniversário, Gavin.

Antes que minha mãe pudesse tecer algum comentário, rir com desdém ou tocar a campainha, a porta se abriu e vimos um Gav Gordo resplandecente, trajando calção havaiano, camiseta verde néon e chapéu de pirata.

— Olá, Sr. e Sra. Adams. Olá, Eddie.

— Feliz Aniversário, Gavin — falamos juntos, embora eu tenha me contido para não chamá-lo de Gav Gordo.

— O churrasco é lá nos fundos — avisou Gav Gordo para os meus pais. Então, ele agarrou o meu braço e me chamou: — Venha ver o mágico. Ele é *incrível*.

Gav Gordo estava certo. O mágico *era* incrível. O churrasco também estava muito bom. Havia um monte de jogos e dois grandes baldes cheios de água e pistolas d'água. Depois de Gav Gordo abrir os presentes (e dizer que a bola 8 mágica era "o máximo"), travamos uma grande guerra de água com algumas crianças da escola. Estava tão quente que quase logo após ficarmos encharcados já estávamos secos de novo.

No meio da guerra de água, senti vontade de ir ao banheiro. Pingando um pouco, atravessei o jardim e passei pelos adultos, que estavam de pé em grupinhos, com pratos na mão e bebendo cerveja direto da garrafa e vinho em copos de plástico.

O pai de Nicky viera, o que surpreendeu a todos. Eu não sabia que os vigários faziam coisas como ir a festas ou se divertir. Ele estava usando o colarinho branco, dava para distingui-lo a um quilômetro de distância com aquilo brilhando sob o sol. Lembro-me de ter pensado que ele devia estar morrendo de calor. Talvez por isso estivesse bebendo tanto vinho.

Ele estava conversando com os meus pais, o que também me espantou, já que os dois não se interessavam por coisas da igreja. Minha mãe me viu e sorriu.

—Você está bem, Eddie?

— Sim, mãe. Estou ótimo.

Ela assentiu, mas não parecia muito feliz. Ao passar por eles, ouvi meu pai dizer:

— Não acho que este seja um assunto que se deva discutir em uma festa de criança.

A resposta do Rev. Martin desvaneceu em meus ouvidos:

— Mas estamos falando da vida de crianças.

Aquilo não fez sentido para mim. Soou apenas como assunto de adultos. Além disso, outra coisa já tinha chamado a minha atenção. Outra figura conhecida. Alto e magro, vestindo roupas escuras apesar do calor escaldante e com um chapéu grande e flexível, o Sr. Halloran. Ele estava no canto do jardim, perto da estátua de um garotinho fazendo xixi em um bando de pássaros, conversando com outros pais.

Achei um tanto estranho os pais de Gav Gordo terem convidado um professor para a festa, especialmente um que ainda nem tinha começado a dar aula na escola, mas talvez eles estivessem somente tentando fazê-lo se sentir integrado. Eles eram assim. Além do mais, Gav Gordo tinha me dito certa vez:

"Minha mãe faz questão de conhecer todo mundo. Assim, ela também sabe da vida de todo mundo."

Daquele jeito estranho que *sentimos* quando estamos sendo observados, o Sr. Halloran olhou em torno, me viu e ergueu a mão. Retribuí o gesto. Foi um pouco esquisito. Tínhamos salvado a vida da Garota do Twister, mas ele continuava sendo um professor, e não era legal ser visto acenando para um professor.

Quase como se soubesse o que eu estava pensando, o Sr. Halloran meneou a cabeça e virou para outro lado. Agradecido — e não apenas por causa da bexiga cheia —, corri pelo pátio e atravessei as portas francesas.

Na sala de estar, estava fresco e escuro. Esperei meus olhos se ajustarem à penumbra. Os presentes estavam espalhados por toda parte. Várias dezenas de brinquedos. Brinquedos que estavam na *minha* lista de desejos de aniversário, mas que eu sabia que nunca ganharia. Olhei ao redor com inveja... e foi quando vi: uma caixa de tamanho médio, bem no meio da sala, embrulhada em papel de presente dos Transformers. Fechada. Alguém devia ter chegado tarde e deixado a caixa ali. Gav Gordo jamais teria deixado um presente como aquele sem abrir.

Fiz o que tinha de fazer no banheiro e olhei novamente para o presente ao passar pela sala. Após um momento de hesitação, eu o peguei e o levei para fora.

Havia grupos de crianças espalhados pelo jardim. Gav Gordo, Nicky, Mickey Metal e Hoppo estavam sentados em semicírculo na grama, bebendo refrigerante, corados, suados e felizes. O cabelo de Nicky ainda estava um pouco molhado e embaraçado. Gotas de água brilhavam em seus braços. Naquele dia, ela estava usando um vestido que lhe caía bem. Era longo e florido. Cobria alguns machucados nas pernas. Nicky estava sempre machucada. Acho que nunca a vi sem pelo menos um hematoma marrom ou roxo. Certa vez, chegou a ficar com o olho roxo.

— Ei, Monstro! — chamou Gav Gordo.

— Oi, adivinha só.

—Você finalmente deixou de ser gay?

— Haha. Achei um presente que você ainda não abriu.

— Não inventa. Eu abri todos.

Estendi-lhe a caixa.

Gav Gordo a pegou.

— Legal!

— De quem é? — perguntou Nicky.

Gav Gordo sacudiu a caixa, analisou o papel de presente. Não tinha etiqueta.

— Quem se importa? — Ele começou a abrir o embrulho e o desânimo tomou conta de seu rosto. — Mas que diabos!?

Todos olhamos para o presente. Um grande balde cheio de giz colorido.

— Giz? — debochou Mickey Metal. — Quem te deu giz?

— Eu não sei. Não tem etiqueta, gênio — respondeu Gav Gordo. Ele abriu a tampa do balde e tirou alguns pedaços de giz. — O que vou fazer com essa merda?

— Não é tão ruim assim — começou a dizer Hoppo.

— Isso é uma pilha de merda fedorenta, meu caro.

Ele estava pegando pesado. Afinal, alguém se dera o trabalho de comprar um presente, embrulhá-lo e tudo o mais. No entanto, a essa altura, Gav Gordo já estava meio elétrico por causa do sol e do açúcar. Todos nós estávamos.

Ele largou o balde de giz, revoltado.

— Esqueçam. Vamos pegar as pistolas d'água.

Todos nos levantamos. Deixei os outros irem na frente, então me agachei depressa, peguei um pedaço de giz e o enfiei no bolso.

Mal havia me erguido quando ouvi um estrondo e um berro. Dei meia-volta. Não sei bem o que esperava ver. Talvez alguém tivesse deixado alguma coisa cair ou levado um tombo.

Levou um tempo para eu processar o que via. O Rev. Martin estava caído de costas em meio a uma bagunça de copos, pratos e garrafas de molhos e condimentos quebradas. Ele segurava o nariz e gemia de um jeito estranho. Um sujeito alto e malvestido, trajando bermuda e uma camiseta rasgada, pairava sobre ele com o punho erguido. Meu pai.

Droga. *Meu pai* nocauteara o Rev. Martin.

Fiquei paralisado pelo choque enquanto meu pai dizia com a voz rouca, gutural:

— Se você voltar a falar com a minha mulher, eu juro que...

Mas o que ele jurou se perdeu quando o pai de Gav Gordo o puxou dali. Alguém ajudou o Rev. Martin a se levantar. Seu rosto estava vermelho e o nariz, sangrando. O colarinho branco tinha respingos de sangue.

Ele apontou para os meus pais.

— E Deus será vosso juiz.

Meu pai fez menção de atacá-lo, mas o pai de Gav Gordo o segurou com força.

— Deixe para lá, Geoff.

Vi um vulto amarelo e percebi que Nicky passara correndo por mim em direção ao Rev. Martin. Ela o segurou pelo braço.

— Venha, papai. Vamos para casa.

Ele se desvencilhou dela de forma tão brusca que Nicky cambaleou um pouco para trás. Então, ele pegou um lenço de papel, limpou o nariz e disse para a mãe de Gav Gordo:

— Obrigado por ter me convidado.

Depois disso, caminhou com passos duros de volta ao interior da casa.

Nicky olhou para o jardim. Gosto de pensar que seus olhos verdes encontraram os meus, que alguma corrente de compreensão fluiu entre nós, mas na verdade acho que ela estava apenas vendo quem presenciara o tumulto — *todo mundo* presenciara, é claro — antes de dar as costas e segui-lo.

Por um instante, pareceu que tudo havia parado. Os movimentos, as conversas. Então o pai de Gav Gordo bateu palmas e disse alto e cordialmente:

— E aí, quem quer mais salsichão?

Não creio que alguém de fato quisesse, mas as pessoas assentiram e sorriram, e a mãe de Gav Gordo colocou música para tocar baixinho.

Alguém deu um tapa nas minhas costas e me assustei. Era Mickey Metal.

— Uau. Não acredito que seu pai acabou de dar um soco em um vigário.

Nem eu. Senti o rosto ficar vermelho. Olhei para Gav Gordo e disse:

— Sinto muito.

Ele riu.

— Você está *brincando*? Aquilo foi o máximo. Essa está sendo a minha melhor festa de aniversário!

— Eddie.

Minha mãe se aproximou, lançando um sorriso estranho, forçado.

— Eu e seu pai vamos para casa agora.

— Está bem.

— Você pode ficar se quiser.

Eu queria ficar, mas ao mesmo tempo não queria que as outras crianças me olhassem como se eu fosse uma espécie de aberração nem que Mickey Metal ficasse falando sem parar sobre o incidente. Por isso respondi, mal-humorado:

— Não, tudo bem. — Embora não estivesse. — Eu vou também.

— Certo — retrucou ela, assentindo.

Eu nunca tinha visto meus pais se desculparem até aquele dia. Nós nunca vemos. Quando se é criança é sempre você quem se desculpa. Contudo, naquela tarde, ambos pediram desculpas várias vezes para os pais de Gav Gordo, que foram legais e tudo o mais. Eles disseram para os meus pais não se preocuparem, porém dava para ver que estavam um tanto aborrecidos. Ainda assim, a mãe de Gav Gordo me deu um saco de guloseimas contendo um pedaço de bolo, chiclete e outros doces.

Assim que a porta se fechou atrás de nós, eu me virei para o meu pai.

— O que aconteceu, pai? Por que você bateu nele? O que ele disse para a mamãe?

Meu pai envolveu meus ombros com o braço.

— Mais tarde, Eddie.

Eu queria discutir, gritar com ele. Afinal, era a festa do *meu* amigo que ele acabara de arruinar. No entanto, não fiz nada disso porque, no fundo, eu amava meus pais e algo no rosto deles me disse que aquela não era a hora de conversar sobre o assunto.

Então, deixei que meu pai me abraçasse, que minha mãe tomasse o outro braço, e caminhamos juntos pela rua. Foi quando minha mãe sugeriu:

— Que tal comprarmos umas batatinhas para a hora do chá?

— Seria o máximo — respondi, dando um sorriso forçado.

Meu pai nunca me contou o motivo, mas acabei descobrindo depois que a polícia veio prendê-lo por tentativa de homicídio.

2016

— Há duas semanas — respondo. — Ele me mandou um e-mail. Desculpe. — Hoppo me estende a mão. Aceito a ajuda e tombo pesadamente no banco. — Obrigado.

Eu deveria ter contado a Gav e Hoppo que Mickey voltara para Anderbury. Essa deveria ter sido a primeira coisa a fazer. Não sei bem por que não contei. Por curiosidade, talvez. Ou porque Mickey me pediu que não o fizesse. Talvez eu apenas quisesse descobrir sozinho o que ele pretendia.

Eu já sabia um pouco da história pregressa de nosso velho amigo. Tinha pesquisado sobre ele havia alguns anos — tédio misturado com excesso de vinho. O nome dele não foi o único que digitei no Google, mas foi o único que gerou resultados.

Ele tem se saído bem. Trabalha em uma agência de publicidade — do tipo que tem tremas desnecessários no nome e aversão a letras maiúsculas. Vi fotos dele com clientes, no lançamento de produtos, com taças de champanhe na mão, dando um sorriso que garante a confortável aposentadoria de algum dentista.

Nada disso me surpreendeu. Mickey era o tipo de garoto que sempre se safava por meio da sagacidade. Também era muito criativo — em geral com a verdade, o que deve ser útil em seu campo de atuação.

No e-mail, ele mencionou um projeto no qual estava trabalhando. Algo que poderia ser "mutuamente benéfico". Tenho certeza de que ele não está organizando um reencontro de ex-colegas de escola. O fato é que só consigo pensar em uma razão para Mickey querer conversar comigo após todo esse tempo: ele está prestes a cravar uma faca cega em uma lata enferrujada e amassada repleta de vermes.

Não digo isso a Gav e Hoppo. Massageio a bochecha, que está latejando, e olho ao redor do pub, que está com apenas um quarto da lotação. Os poucos clientes rapidamente desviam o olhar, voltando às suas canecas e jornais. Afinal, com quem poderiam reclamar? Gav não vai se expulsar do próprio pub por ter provocado confusão.

— Como você descobriu?

— Hoppo o viu — responde Gav. — Na rua principal, claro como o dia e duas vezes mais feio.

— Certo. Entendo.

— Ele ainda teve o desplante de cumprimentá-lo. Disse que veio visitar você. Ficou surpreso por você não ter contado.

Sinto minha raiva aumentar. O bom e velho Mickey, colocando pilha como sempre.

A atendente traz a minha cerveja e a coloca na mesa de qualquer jeito. A bebida derrama pela lateral da caneca.

— Boa moça — digo para Gav. — Temperamento encantador.

Gav sorri com relutância.

— Desculpe — digo outra vez. — Eu deveria ter contado.

— Deveria mesmo, porra — murmura ele. — Pensei que fôssemos amigos.

— Por que não contou? — questiona Hoppo.

— Ele me pediu que não contasse. Até termos conversado.

— E você concordou?

— Acho que quis dar a ele o benefício da dúvida.

— Eu não devia ter batido em você — diz Gav, tomando um gole da Coca-Cola Diet. — Perdi a cabeça. É só que... Só de saber que ele está aqui traz tudo à tona de novo.

Eu o encaro. Nenhum de nós é o que se pode chamar de fã de Mickey Cooper, mas Gav o odeia mais do que qualquer um de nós.

Tínhamos dezessete anos. Houve uma festa. Eu não fui, ou não fui convidado. Não lembro. Mickey saiu com uma garota que Hoppo estava namorando. Houve uma discussão. Então Gav ficou muito bêbado, e convenceram Mickey a levá-lo para casa. Só que os dois nunca chegaram ao destino porque Mickey conseguiu perder a direção em uma estrada completamente reta e bateu em uma árvore.

Incrivelmente, Mickey não sofreu nada além de uma concussão e alguns cortes e hematomas. Gav Gordo... Bem, Gav Gordo teve várias vértebras da coluna esmagadas. Sem conserto. Ele anda de cadeira de rodas desde então.

Descobriu-se que Mickey estava muito acima do limite de velocidade, apesar de ele alegar que não bebera nada a noite inteira além de Coca-Cola Diet. Gav Gordo e Mickey nunca mais se falaram. E Hoppo e eu sabíamos que era melhor não tocar no assunto.

Há certas coisas na vida que se pode alterar — o peso, a aparência, até o próprio nome —, porém há outras que são imutáveis, independentemente da força de vontade, do esforço e do trabalho árduo. São estas coisas que nos moldam: não as que podemos mudar, mas as que não podemos.

— Então... Por que Mickey voltou? — questiona Gav.

— Ele não disse o motivo.

— O que ele disse?

— Ele mencionou um projeto em que estava trabalhando.

— Só isso? — pergunta Hoppo.

— Sim, só isso.

— Não é essa a questão, certo? — diz Gav. Ele nos encara, com os olhos azuis brilhando. — A questão é: o que vamos fazer a respeito?

Quando volto, a casa está vazia. Chloe deve ter saído com os amigos ou talvez esteja trabalhando. Eu me perco um pouco, pois Chloe trabalha em uma loja de roupas alternativas na cidade e seus dias de folga variam. Provavelmente ela me falou, mas minha memória não está tão boa quanto antes, o que me preocupa mais do que deveria.

A memória do meu pai começou a falhar por volta dos quarenta e tantos anos. Pequenas coisas, coisas a que não costumamos dar muita atenção. Ele esquecia onde tinha colocado as chaves ou guardava objetos em lugares estranhos, como o controle remoto na geladeira e uma banana no aparador onde ficavam os controles remotos. Perdia o fio da meada no meio das frases ou trocava palavras. Às vezes eu o via lutando para encontrar a palavra certa para no fim substituí-la por alguma similar.

À medida que o mal de Alzheimer piorava, ele passou a confundir os dias da semana até que, finalmente — e isso de fato o assustou —, não conseguia mais lembrar o que vinha depois de quinta-feira. O último dia útil da semana lhe escapara por completo. Ainda me lembro da expressão de pânico em seus olhos. Ao perder algo tão básico, algo que todos sabemos desde a infância, ele enfim foi forçado a admitir que não estava apenas distraído. O problema era muito mais sério.

Talvez eu seja um tanto hipocondríaco a esse respeito. Leio muito para manter a mente afiada e faço sudoku, mesmo não gostando muito. O fato é que o mal de Alzheimer costuma ser hereditário. Vi o que o futuro me reserva e farei de tudo para evitá-lo, mesmo que isso signifique interromper minha vida de forma precoce.

Jogo as chaves na velha mesa de vime do corredor e observo meu reflexo no espelhinho empoeirado pendurado mais acima. Há um leve hematoma no lado esquerdo do meu rosto, quase imperceptível na depressão da minha bochecha. Menos mal. Não precisarei explicar para ninguém que fui agredido por um cadeirante.

Entro na cozinha, penso em fazer café, mas resolvo que ainda estou um tanto cheio de líquido do almoço. Em vez disso, subo até o segundo andar.

O quarto que era dos meus pais agora pertence a Chloe. Eu durmo em meu antigo quarto, que fica nos fundos da casa. Já o antigo escritório do meu pai, assim como o outro quarto de hóspedes, é onde armazeno coisas. Muitas coisas.

Não gosto de me ver como um acumulador compulsivo. Minhas "coleções" são organizadas e guardadas em caixas cuidadosamente etiquetadas e empilhadas em prateleiras. Contudo, elas ocupam a maioria dos cômodos do andar de cima e a verdade é que, sem os rótulos, eu teria me esquecido de muito do que tenho ali guardado.

Corro o dedo sobre algumas das etiquetas: Brincos. Porcelana. Brinquedos. Tenho várias caixas desse último item. Brinquedos retrô dos anos 1980, alguns da minha própria infância, outros que eu adquiri pelo eBay — em geral a preços exorbitantes. Em outra prateleira tem duas caixas etiquetadas como "Fotos". Nem todas são da minha família. Outra caixa contém sapatos. Sapatos femininos faiscando de glitter. Há meia dúzia de caixas de desenhos. Aquarelas e pastéis adquiridos em vendas de garagem. Muitas caixas estão, por pura preguiça, rotuladas como "Miscelânea". Mesmo sob interrogatório, eu provavelmente não saberia dizer o que tem ali dentro. Existe apenas uma caixa cujo conteúdo sei de cor: folhas de papel datilografado, um par de sandálias velhas, uma camiseta suja e um aparelho de barbear elétrico nunca utilizado. Está etiquetada simplesmente como "Pai".

Eu me sento à mesa. Tenho certeza de que Chloe não está em casa e não voltará tão cedo, mesmo assim tranco a porta. Abro o envelope que recebi pela manhã e volto a examinar o conteúdo. Não há nada escrito, no entanto a mensagem é muito clara. Um homem-palito com um laço ao redor do pescoço.

Foi desenhado com lápis de cera, o que está errado. Talvez seja por isso que, como lembrete adicional, o remetente acrescentou outra coisa ali dentro. Viro o envelope e o objeto cai na mesa em uma pequena nuvem de poeira. Um único pedaço de giz branco.

1986

Eu não via o Sr. Halloran desde o dia na feira. O "terrível dia na feira", como eu o apelidara. Quer dizer, eu o *vira*: quando o pessoal do jornal tirou a nossa foto, enquanto ele passeava pela cidade, na festa de Gav Gordo. Mas ainda não tínhamos conversado.

Isso pode parecer um tanto estranho, considerando o que aconteceu. Mas só porque compartilhamos uma situação terrível não significava que estávamos subitamente ligados por um forte laço. Ao menos eu não achava que estivéssemos, não naquela época.

Eu estava andando de bicicleta no parque, indo encontrar os outros no bosque, quando o vi: estava sentado em um banco, com um bloco de desenho no colo, um estojinho de lápis ou algo parecido ao lado. Vestia calça jeans preta, botas pesadas e camisa branca com uma gravata preta fina. Como sempre, trazia um grande chapéu à cabeça para se proteger do sol. Ainda assim, me surpreendi por ele não estar derretendo. Eu estava com muito calor, mesmo vestindo apenas camiseta, short e tênis velhos.

Fiquei imóvel por um instante, indeciso. Eu não sabia o que dizer a ele, mas também não podia simplesmente passar direto e ignorá-lo. Enquanto eu hesitava, ele levantou a cabeça e me viu.

— Olá, Eddie.

— Olá, Sr. Halloran.

— Como vai?

— Ahn... Muito bem, senhor.

— Bom.

Houve uma pausa. Senti que deveria dizer algo mais, então perguntei:

— O que você está desenhando?

— Pessoas. — Ele sorriu. Seus dentes sempre pareciam um tanto amarelados por causa do rosto muito branco. — Quer ver?

Eu na verdade não queria, mas isso soaria indelicado, por isso respondi:

— Quero.

Deitei a bicicleta no chão, me aproximei e me acomodei ao seu lado no banco. Ele virou o bloco para que eu pudesse ver o que estava desenhando. Fiquei sem ar.

— Uau. São muito bons.

Eu não estava mentindo (embora estivesse disposto a dizer que eram bons mesmo que não fossem). Ele me explicou que eram esboços de pessoas no parque. Um casal mais velho em um banco ali perto, um homem com o cachorro e duas meninas sentadas na grama. Dito assim não parece grande coisa, mas algo naqueles desenhos era impressionante. Mesmo sendo criança, percebi que o Sr. Halloran tinha muito talento. Há algo nos desenhos feitos por alguém talentoso. Qualquer um pode copiar algo e fazer com que o desenho se pareça com o que está copiando, mas é preciso algo mais para dar vida a uma cena, a pessoas.

— Obrigado. Quer ver mais alguns?

Assenti. O Sr. Halloran voltou algumas páginas. Tinha um desenho de um velho fumando e trajando capa de chuva (quase dava para sentir o cheiro da fina fumaça acinzentada); um grupo de mulheres fofocando em uma das ruas de paralelepípedos perto da catedral; um desenho da própria catedral, do qual não gostei tanto quanto os das pessoas e...

— Mas não quero aborrecê-lo — disse o Sr. Halloran, que de repente afastou o bloco antes que eu pudesse dar uma olhada no desenho seguinte. Só consegui ver de relance um cabelo escuro e comprido e um olho castanho.

— Não está aborrecendo — falei. — Realmente gostei dos desenhos. O senhor vai dar aulas de arte na escola?

— Não. Eu vou dar aulas de inglês. Arte... bem, isso é apenas um passatempo.

— Certo.

De qualquer modo, eu não era muito ligado em desenho. Às vezes rabiscava meus personagens de desenho animado favoritos, mas o resultado não era muito bom. No entanto, eu gostava de escrever, e inglês era a matéria em que mais me destacava.

—Você está desenhando com o quê? — perguntei.

— Com isto. — Ele ergueu um pacote de algo parecido com giz. — São lápis pastel.

— Parecem giz.

— Bem, os dois são parecidos.

— Gav Gordo ganhou um balde de giz de aniversário, mas achou o presente muito sem graça.

Uma pequena e estranha reação atravessou o seu rosto.

— É mesmo?

Por algum motivo, senti que tinha dito algo errado.

— Mas Gav Gordo é um tanto, você sabe...

— Mimado?

Embora me sentisse desleal, assenti.

— Um pouco, eu acho.

Ele pensou a respeito.

— Lembro-me de ter brincado com giz quando era criança. Costumávamos desenhar na calçada de casa.

— É mesmo?

— É. Você nunca fez isso?

Refleti por um instante. Eu achava que não — como disse, eu não era muito de desenhar.

— Sabe o que mais costumávamos fazer? Meus amigos e eu inventávamos símbolos secretos e os usávamos para deixar mensagens uns para os outros em toda parte, mensagens que só nós compreendíamos. Por exemplo, eu desenhava um símbolo que queria dizer "vamos ao parque?" do lado de fora da casa do meu melhor amigo, e assim ele sabia o que aquilo significava.

— Você não podia simplesmente bater à porta?

— Bem, eu podia, mas não seria tão divertido.

Pensei a respeito. Eu entendia a graça da coisa: eram como pistas em uma caça ao tesouro, um código secreto.

Como me dei conta mais tarde, o Sr. Halloran me deu tempo bastante para que a ideia assentasse, mas não o suficiente para que fosse descartada. Então fechou o bloco de desenho e o estojo de lápis e disse:

— De qualquer modo, tenho que ir. Preciso ver uma pessoa.

— Tudo bem. Também tenho que ir. Vou me encontrar com os meus amigos.

— Foi bom vê-lo outra vez, Eddie. Continue corajoso.

Foi a primeira vez que ele mencionou o incidente na feira. Gostei dele por isso. Muitos adultos teriam tocado logo no assunto: *Como você está? Você está bem?* Essas coisas.

— O senhor também.

Ele deu aquele sorriso amarelo de novo.

— Não sou corajoso, Eddie. Sou apenas um idiota.

Ele inclinou a cabeça ao ver minha expressão intrigada.

— "Os idiotas correm para onde os anjos têm medo de pisar." Já ouviu esse ditado?

— Não, senhor. O que significa?

— Bem, a meu ver, significa que é melhor ser idiota do que ser anjo.

Refleti um pouco, mas fiquei sem saber se tinha entendido direito. Ele inclinou o chapéu para mim.

— Vejo você por aí, Eddie.

— Tchau, senhor.

Pulei do banco e montei na bicicleta. Eu gostava do Sr. Halloran, mas ele era muito estranho. *É melhor ser idiota do que ser anjo.* Estranho, e um pouco assustador.

O bosque contornava a periferia de Anderbury, onde os subúrbios se dissolviam em campos e terras de cultivo. Embora não por muito tempo, já que a cidade avançava naquela direção. Um grande terreno já tinha sido transformado em terra e cascalho; tijolos, cimento e andaimes tinham sido erguidos do solo.

Uma placa com letras grandes e efusivas anunciava: SALMON HOMES: CONS-TRUINDO CASAS E GANHANDO CORAÇÕES HÁ TRINTA ANOS. Uma cerca de arame alta rodeava o lugar. Atrás dela, dava para ver os vultos de máquinas enormes, como grandes dinossauros mecânicos, ainda que estivessem paradas no momento. Homens corpulentos de jeans e colete cor de laranja estavam por ali, fumando e bebendo de suas canecas. Um rádio tocava Shakin' Stevens. Havia algumas placas presas à cerca. NÃO ENTRE. PERIGO.

Contornei o canteiro de obras e segui uma trilha estreita que se estendia junto a mais campos de cultivo. Finalmente alcancei uma pequena cerca de madeira com uma escada. Saltei da bicicleta e a passei sobre a cerca. Então pulei para o frio abraço do bosque.

Não era uma área grande, porém era densa e escura. Ocupando uma cavidade natural, estendia-se por ondulações baixas e voltava a subir nas laterais, as árvores dando lugar aos poucos à vegetação rasteira e à rocha branca calcária. Alternei entre montar e carregar a bicicleta enquanto me entranhava no bosque. Dava para ouvir o rumor de um riacho. Aqui e ali, raios de sol penetravam a copa das árvores.

Um pouco mais adiante, ouvi vozes murmuradas. Identifiquei o vislumbre de azul e verde. Um relance prateado de um raio de roda de bicicleta. Gav Gordo, Mickey Metal e Hoppo estavam agachados em uma pequena clareira, protegidos por folhagens e arbustos. Eles já haviam construído a metade de um impressionante abrigo com galhos entrelaçados e amarrados em torno de uma saliência natural formada por um ramo de árvore quebrado.

— Ei! — gritou Gav Gordo. — É o Eddie Monstro, cujo pai tem um soco e tanto.

Esta era a novidade de Gav Gordo para nos entreter naquela semana: falar tudo rimado.

Hoppo ergueu a cabeça e acenou. Mickey Metal não se deu ao trabalho de me cumprimentar. Abri caminho através da vegetação rasteira e deixei minha bicicleta ao lado das deles, consciente de que ela era a mais velha e enferrujada de todas.

— Cadê a Nicky? — perguntei.

Mickey Metal deu de ombros.

— Quem se importa? Provavelmente está brincando de boneca — provocou ele, rindo da própria piada.

— Não sei se ela vem — disse Hoppo.

— Ah.

Eu não via Nicky desde a festa, embora soubesse que ela estivera nas lojas com Hoppo e Mickey Metal. Passei a suspeitar que ela estivesse me evitando. Esperava vê-la naquele dia, com a esperança de que as coisas voltassem a se acertar entre nós.

— Talvez ela esteja fazendo alguma tarefa para o pai — sugeriu Hoppo, como que adivinhando meus pensamentos.

— É, ou ela ainda está muito chateada com você, por seu pai ter nocauteado o dela. *Pum!* — disse Mickey Metal, que não perdia a chance de colocar pilha.

— Bem, provavelmente foi merecido — retruquei.

— Sim. E ele parecia estar muito bêbado — complementou Hoppo.

— Eu não sabia que vigários bebiam — falei.

— Talvez ele seja um alcoólatra enrustido. — Gav Gordo inclinou a cabeça para trás, fez um movimento de *glup, glup*, revirou os olhos e disse, com a voz enrolada: — Meu nome é reverendo Martin. Louvem ao Senhorrrr. Hic.

Antes que alguém pudesse responder, a vegetação rasteira farfalhou e um bando de pássaros disparou das árvores. Todos pulamos como coelhos assustados.

Nicky estava na entrada da cavidade, segurando o guidão da bicicleta. Por algum motivo, tive a sensação de que ela estava ali já havia um tempo.

Ela olhou em volta.

— Por que vocês estão aí parados? Achei que íamos construir um abrigo.

Com cinco de nós trabalhando, não demorou muito para terminarmos. Ficou muito legal. Um abrigo grande o bastante para que todos pudéssemos nos espremer lá dentro, mesmo que fosse preciso nos encolher um pouco. Até fizemos uma porta com galhos frondosos para tapar a entrada. O melhor de tudo é que só dava para identificá-lo estando bem perto.

Sentamos do lado de fora com as pernas cruzadas. Morrendo de calor, exaustos, porém felizes. Com fome, também. Desembrulhamos nossos sanduíches. Nicky não falou sobre a festa, por isso também não toquei no assunto. Simplesmente agimos como de costume. Funciona assim quando se é criança, dá para deixar as coisas para lá. Fica mais difícil à medida que envelhecemos.

— Seu pai não preparou nada para você? — perguntou Gav Gordo para Nicky.

— Ele não sabe que estou aqui. Precisei sair de fininho.

— Toma — disse Hoppo. Ele tirou dois sanduíches de queijo da embalagem e os entregou a Nicky. Eu gostava de Hoppo, mas naquele momento o odiei por ter tomado a iniciativa.

— Pode ficar com a minha banana também — ofereceu Gav Gordo. — Eu não gosto muito de banana.

— E pode beber do meu suco — disse logo, não querendo ficar de fora.

Mickey Metal devorava um sanduíche de manteiga de amendoim. Ele não ofereceu nada a Nicky.

Ela fez que não com a cabeça e disse:

— Obrigada, mas preciso voltar. Na hora do almoço meu pai vai perceber que não estou em casa.

— Mas acabamos de construir o abrigo — argumentei.

— Desculpe. Não posso ficar.

Ela subiu a manga da camiseta e massageou o ombro. Somente então percebi que havia um hematoma enorme ali.

— O que aconteceu com o seu ombro?

Ela baixou a manga.

— Nada. Bati na porta. — Ela se levantou depressa. — Preciso ir.

Eu também me levantei e perguntei:

— Foi por causa da festa?

Nicky deu de ombros.

— Meu pai ainda está muito bravo com isso, mas ele vai superar.

— Sinto muito — falei.

— Não sinta. Ele mereceu.

Eu queria dizer mais alguma coisa, porém não sabia bem o quê. Abri a boca.

Algo atingiu a lateral da minha cabeça. Com força. O mundo rodou. Minhas pernas dobraram. Caí de joelhos. Levei a mão à cabeça. Meus dedos ficaram pegajosos.

Outra coisa atravessou o ar, quase atingindo a cabeça de Nicky. Ela gritou e se agachou. Outro grande pedaço de pedra atingiu o chão diante de Hoppo e Mickey Metal, causando uma explosão de pão com manteiga de amendoim. Os dois gritaram e recuaram, correndo em direção à proteção do bosque.

Surgiram mais projéteis. Pedras e pedregulhos, pedaços de tijolo. Gritos vinham da encosta íngreme sobre a cavidade arborizada. Olhei para cima e vi três garotos mais velhos no topo. Dois deles tinham cabelo escuro. Um era mais alto e louro. Na hora soube quem eram.

O irmão de Mickey Metal, Sean, e seus companheiros, Duncan e Keith.

Gav Gordo segurou o meu braço.

— Você está bem?

Eu estava tonto e um pouco enjoado, mas assenti. Ele me empurrou para as árvores.

— Proteja-se.

Mickey Metal virou e gritou para os garotos mais velhos:

— Deixa a gente em paz, Sean!

— Deixa a gente em paz, deixa a gente em paz — replicou o garoto louro, irmão de Mickey, numa voz aguda e afeminada. — Por quê? Você vai chorar? Vai contar para a mamãe?

— Talvez.

— É. Experimenta fazer isso com o nariz quebrado, Cabeça de Merda! — gritou Duncan.

— Vocês estão no nosso bosque! — gritou Sean.

— Esse bosque não é de vocês! — respondeu Gav Gordo.

— Ah, é? Então lutaremos por ele.

— Merda — resmungou Gav Gordo.

—Vamos lá.Vamos pegá-los! — gritou Keith.

Eles começaram a descer a encosta, ainda bombardeando nosso grupo com projéteis.

Outro pedregulho atravessou o ar e bateu com força na bicicleta de Nicky.

— Ei, olha a minha bicicleta, seus imbecis! — gritou ela.

— Ei, é a Ferrugem.

— Ei, Ferrugem, você já tem pentelhos enferrujados?

—Vão se ferrar, seus veados.

— Piranha.

Um pedaço de tijolo atravessou a copa das árvores e atingiu Nicky no ombro, que gritou e cambaleou para trás.

A raiva me subiu à cabeça. Não se bate em garotas. Não se joga tijolos em garotas. Eu me obriguei a me levantar e sair do esconderijo. Peguei no chão o projétil mais pesado e o atirei encosta acima o mais forte que pude.

Se aquilo não fosse tão pesado, impelido pelo peso do próprio impulso, se Sean não estivesse na metade do declive em vez de no topo da encosta, eu provavelmente teria errado por um quilômetro.

Em vez disso, ouvi um grito. Não um grito de deboche, um grito de dor.

— *Merda*. Meu olho. *Merda*, acertaram a *merda* do meu olho.

Houve uma pausa. Um daqueles momentos em que o tempo parece parar. Gav Gordo, Hoppo, Mickey Metal, Nicky e eu nos entreolhamos.

— Seus bostas! — gritou outra voz. —Vamos pegar vocês *para valer*!

—Vamos embora — disse Hoppo.

Corremos para as bicicletas ouvindo o farfalhar da vegetação e o ofegar das respirações enquanto os outros garotos desciam a encosta íngreme.

A descida lhes tomaria tempo, mas estávamos em desvantagem porque ainda tínhamos de tirar as bicicletas do bosque antes de chegar à trilha. Nós corremos, empurrando de qualquer jeito as bicicletas através da vegetação rasteira. Dava para ouvir os palavrões e o farfalhar das folhas às nossas costas. Não estavam muito longe. Tentei acelerar o passo. Hoppo e Mickey Metal estavam à frente. Nicky também era rápida. Gav Gordo era surpreendentemente ágil para um garoto tão grande e estava na minha frente. Minhas pernas eram mais longas, mas eu era desajeitado para correr. Eu me lembrei vagamente de uma velha piada que meu pai costumava contar sobre como escapar de um leão:

"Você não precisa correr mais do que a fera, só tem que correr mais do que a pessoa mais lenta." Para o meu pesar, eu era a pessoa mais lenta.

Saímos da sombra do bosque para o sol e chegamos à trilha estreita. A cerca estava mais à frente, visível. Olhei para trás: Sean já estava fora do bosque. Seu olho esquerdo estava inchado e vermelho; sangue lhe escorria pelo rosto — o que aparentemente não o retardava. Pelo contrário, a raiva e a dor pareciam dar-lhe velocidade extra. Ele fez uma careta e grunhiu:

—Vou matar você, Cara de Merda.

Olhei para a frente, com o coração batendo tão forte e depressa que parecia a ponto de explodir. A cabeça latejava. O suor escorria pela testa e ardia nos olhos.

Hoppo e Mickey Metal chegaram à cerca, jogaram as bicicletas e pularam em seguida. Nicky fez o mesmo, jogando a bicicleta e pulando logo atrás como um macaco ágil. Gav Gordo subiu na cerca e passou a bicicleta e o corpo. Eu era o próximo. Ergui a bicicleta, que, por ser mais velha e mais pesada do que as demais, ficou presa. A roda tinha enganchado em um dos degraus da escada da cerca e um pedaço de madeira ficara agarrado no raio.

— Merda.

Puxei a bicicleta, mas ela ficou ainda mais presa. Tentei erguê-la, mas eu era pequeno, a bicicleta era pesada e eu já estava cansado após a construção do abrigo e a corrida.

— Deixa isso aí! — gritou Gav Gordo.

Para ele, que tinha uma bicicleta novinha, era fácil falar. A minha provavelmente parecia uma lata de lixo.

— Não posso — ofeguei. — Ganhei de aniversário.

Gav Gordo se virou. Hoppo e Nicky voltaram para a cerca. Uma fração de segundo depois, Mickey Metal os seguiu. Eles puxaram a bicicleta do outro lado e eu empurrei. Um raio da roda entortou e a bicicleta se soltou. Gav Gordo cambaleou para trás e a bicicleta caiu no chão. Subi a cerca, passei a perna pelo topo e senti a camiseta sendo puxada para trás.

Quase caí, mas consegui me agarrar ao poste da cerca. Quando virei, Sean estava atrás de mim, puxando minha camiseta. Ele sorria através de filetes de sangue e suor, os dentes estranhamente brancos em contraste com o vermelho. O olho bom ardia em fúria.

— *Você está morto, Cara de Merda.*

Por puro pânico, chutei para trás o mais forte que pude. Atingi a barriga magra dele e Sean cedeu, grunhindo de dor. Minha camiseta afrouxou, passei a outra perna pela cerca e saltei. Ouvi a camiseta se rasgando, mas não importava. Eu estava livre, os outros já estavam montados nas bicicletas. Quando me levantei, todos começaram a pedalar. Ergui a bicicleta e fui correndo enquanto a empurrava, me joguei no selim e pedalei o mais depressa que pude. Dessa vez, não olhei para trás.

O parquinho estava vazio. Sentamo-nos no gira-gira, com as bicicletas deitadas no chão. Agora que a adrenalina estava passando, minha cabeça latejava. Meu cabelo estava pegajoso de sangue.

— Você está um lixo — disse Nicky sem rodeios.

— Obrigado. — O braço dela estava todo arranhado e a blusa, manchada de terra. Tinha pedaços de gravetos e folhas agarrados nos cachos ruivos. — Você também está um lixo.

Ela olhou para si mesma.

— Merda. — E se levantou. — Agora é que meu pai vai me matar.

— Você pode se limpar lá em casa — sugeri.

Antes que ela pudesse responder, Gav Gordo se meteu:

— Não, a minha casa fica mais perto.

— Acho que sim — disse Nicky.

— Mas o que faremos depois? — reclamou Mickey Metal. — O dia está arruinado.

Olhamos uns para os outros, um tanto abatidos. Ele estava certo, embora eu tivesse vontade de dizer que a culpa era do idiota do irmão *dele*. Mas não falei nada. Em vez disso, algo sibilou no fundo da minha mente, e de repente me peguei dizendo:

— Tenho uma ideia legal do que podemos fazer agora.

2016

Não sou cozinheiro. Nisso puxei a minha mãe. No entanto, morar sozinho exige certo conhecimento básico de culinária. Consigo preparar um bom frango assado com batata, bife, massas e diversos pratos de peixe. Ainda estou aperfeiçoando o curry.

Imagino que Mickey coma em bons restaurantes. Na verdade, sua primeira sugestão foi encontrar comigo em algum restaurante na cidade. Contudo, eu queria vê-lo em meu território e deixá-lo em desvantagem. É difícil recusar um convite para jantar sem parecer rude, e tenho certeza de que ele aceitou o meu com relutância.

Decido fazer espaguete à bolonhesa. É fácil, caseiro. Em geral todo mundo gosta. Tenho uma garrafa de vinho tinto decente para acompanhar e um pedaço de pão de alho no congelador. Estou preparando a carne moída e o molho quando Chloe volta, um pouco antes das seis. Mickey deve chegar às sete.

Ela inspira profundamente.

— Hummm, um dia você dará uma bela esposa.

— Ao contrário de você.

Ela finge se ofender, levando a mão ao peito.

— E meu sonho é ser dona de casa.

Sorrio. Chloe costuma me fazer sorrir. Ela está... Bem, bonita não é exatamente a palavra. Ela está muito Chloe esta noite. O cabelo escuro está dividido em duas tranças e ela veste uma camiseta preta com a foto de Jack Skellington, minissaia cor-de-rosa com meia-calça preta e coturnos com cadarço multicolorido. Em algumas mulheres ficaria ridículo, mas o conjunto cai bem em Chloe.

Ela vai até a geladeira e pega uma cerveja.

— Você vai sair hoje à noite? — pergunto.

— Não, mas não se preocupe, vou sumir enquanto seu amigo estiver aqui.

— Não há necessidade.

— Não, tudo bem. Além do mais, eu me sentiria deslocada enquanto vocês dois conversam sobre os velhos tempos.

— Está bem.

E realmente está. Quanto mais penso a respeito, mais acho que será melhor que Chloe não esteja aqui. Não sei ao certo quanto ela sabe sobre Mickey e nossa história em Anderbury, porém a imprensa cobriu longamente o assunto no decorrer dos anos. É um daqueles crimes que sempre provocam o interesse do público. Tem de tudo, creio eu: o protagonista estranho, os desenhos de giz assustadores e o assassinato terrível. *Deixamos a nossa marca na história — uma pequena marca em forma de homem de giz*, penso com amargura. Os fatos foram floreados ao longo do tempo, é claro, e a verdade aos poucos foi perdendo nitidez. A história em si é apenas uma narrativa, contada por aqueles que sobreviveram a ela.

Chloe toma um gole de cerveja.

— Estarei lá em cima, no meu quarto, caso precise de mim.

— Quer que eu separe um pouco de espaguete para você?

— Não, tudo bem. Eu almocei tarde.

— Certo.

Eu espero.

— Ah, pode ser, vai... Talvez eu sinta fome mais tarde.

Chloe come mais do que eu teria considerado possível para alguém que pode sumir atrás de um poste de luz. Ela também se alimenta em horários estranhos. Com frequência a encontro de madrugada na cozinha comendo massa ou sanduíches e, certa vez, a flagrei bem de manhãzinha diante de um prato de fritura. Mas sofro de insônia e de vez em quando tenho crises de sonambulismo, portanto não tenho moral para censurar os estranhos hábitos noturnos dos outros.

Chloe para à porta. Ela parece preocupada.

— Mas, falando sério: se você precisar de uma desculpa para fugir, posso ligar para o seu celular simulando uma emergência.

Eu a encaro.

— É um jantar com um velho amigo, não um encontro às cegas.

— Sim, mas "velho" é a palavra-chave. Você não vê o cara há décadas.

— Obrigado por esfregar isso na minha cara.

— A questão é: se vocês não mantiveram contato ao longo dos anos, como sabem que terão assunto?

— Bem, depois de todo esse tempo, temos muito para pôr em dia.

— Mas se vocês tivessem algo que valesse a pena dizer um para o outro, já teriam dito antes, não? Há alguma razão para ele querer visitar você depois de todo esse tempo?

Vejo aonde ela quer chegar, o que me deixa desconfortável.

— Nem sempre precisa haver uma razão para tudo.

Pego a taça de vinho que servi para saborear enquanto cozinhava e bebo metade de uma vez. Sinto que ela está me observando.

— Sei o que aconteceu há trinta anos. O assassinato — revela.

Eu me concentro em mexer o molho à bolonhesa.

— Certo. Compreendo.

— As quatro crianças que encontraram o corpo dela. Você era uma delas.

Mantenho a cabeça baixa.

—Vejo que andou pesquisando.

— Ed, eu estava prestes a ir morar com um desconhecido solteiro numa casa grande e assustadora. É óbvio que perguntei a seu respeito para algumas pessoas.

É claro. Eu relaxo um pouco.

—Você nunca tocou no assunto.

— Não vi necessidade. Imaginei que você não gostasse de falar sobre o assunto.

Eu me volto para ela e consigo sorrir.

— Obrigado.

— Sem problemas.

Ela termina a cerveja.

— De qualquer modo — diz Chloe em seguida, jogando a garrafa vazia na caixa de reciclagem junto à porta dos fundos. —, divirta-se. Não faça nada que eu não faria.

— Repito: não é um encontro amoroso.

— Sim, porque um encontro amoroso seria algo realmente notável. Acho que eu até contrataria um avião com uma faixa dizendo: ED TEM UM ENCONTRO.

— Estou bem assim, obrigado.

— Só estou dizendo que a vida é muito curta.

— Se você me disser *carpe diem*, eu vou confiscar toda a cerveja.

— *Carpe diem* não, *carpe* sexo.

Ela dá uma piscadinha e vai para o segundo andar.

Indo contra o bom senso, sirvo mais um pouco de vinho. Estou nervoso, o que deve ser natural. Não sei o que esperar desta noite. Olho para o relógio: 18h30. Creio que deveria tentar parecer um pouco mais arrumado.

Tomo um banho rápido e, então, visto uma calça cinza e uma camisa que considero adequadamente casual. Passo um pente no cabelo, que volta para a frente ainda mais rebelde. Meu cabelo resiste teimosamente a todos os métodos de finalização, da simples escova até ceras e géis. Já o raspei quase todo, mas, milagrosa e indisciplinadamente, ele cresceu vários centímetros da noite para o dia. Ainda assim, pelo menos tenho cabelo. Pelas fotos que vi, Mickey não teve tanta sorte.

Deixo o espelho e volto para o térreo. Bem na hora. A campainha toca, seguida por um pesado *ratatá* na aldrava da porta. Sinto um calafrio. Odeio quando tocam a campainha *e* a aldrava, dando a entender que sou surdo ou que sua necessidade de entrar é tão urgente que requer um maciço ataque frontal ao exterior de minha residência.

Eu me recomponho e cruzo o corredor. Faço uma breve pausa e abro a porta.

Momentos assim são sempre mais dramáticos nos livros. A realidade é decepcionante em sua banalidade.

Vejo um homem de meia-idade baixo e magro. O pouco cabelo que tem ao redor da cabeça foi raspado com máquina um. Está com uma camisa que parece cara, um casaco esportivo, calça jeans azul-marinho e um par de mocassins engraxados, sem meias. Sempre achei ridículo homens que calçam sapato sem meia, como se tivessem se vestido às pressas, no escuro e de ressaca.

Sei o que *ele* vê. Um homem magro, mais alto do que a média, com camisa surrada e calça larga, cabelo desgrenhado e algumas rugas a mais do que um sujeito de quarenta e dois anos deveria ter. Mas há rugas que a gente faz por merecer.

— Ed, que bom ver você.

Eu não posso dizer o mesmo, por isso apenas assinto. Antes que ele estenda a mão e eu seja forçado a apertá-la, me afasto para o lado e estendo o braço.

— Por favor, entre.

— Obrigado.

— Por aqui.

Pego o casaco dele, penduro no cabideiro do corredor e indico o caminho até a sala de estar, mesmo sabendo que Mickey lembra muito bem onde fica.

Talvez devido ao resplendor imaculado de Mickey, me impressiona perceber quão surrada e escura é a minha sala. Um cômodo velho e empoeirado ocupado por um homem que não liga muito para decoração.

— Quer beber alguma coisa? Tenho uma boa garrafa de Barolo aberta, cerveja ou...

— Cerveja cairia bem.

— Certo. Tenho Heineken...

— Qualquer uma serve. Não sou de beber muito.

— Certo. — Outra coisa que não temos em comum. — Vou pegar uma garrafa na geladeira.

Vou para a cozinha, pego uma Heineken e abro a garrafa. Depois, pego minha taça de vinho e tomo um longo gole antes de voltar a enchê-la com a garrafa, que já está meio vazia.

— Você fez um belo trabalho nesta casa velha.

Eu levo um susto. Mickey está à porta da cozinha, olhando em volta. Eu me pergunto se ele me viu tomar o vinho e voltar a encher a taça, mas me dou conta de que não deveria me importar com isso.

— Obrigado — digo, ainda que ambos saibamos que tenho feito muito pouco por essa "casa velha".

Entrego-lhe a cerveja.

— Mas uma casa velha como esta deve consumir muito dinheiro, não é? — diz ele.

— Nem tanto.

— Estou surpreso que você não a tenha vendido.

— Razões afetivas, creio eu.

Tomo um gole de vinho. Mickey bebe a cerveja. O momento se prolonga um pouco mais do que o necessário, passando de uma pausa natural para um silêncio constrangedor.

— Ouvi dizer que você é professor — diz Mickey

Assinto.

— Sim, é meu carma.

—Você gosta?

— Na maior parte do tempo, sim.

Na maior parte do tempo, amo a matéria que leciono e desejo compartilhar esse amor com os meus alunos. Quero que eles gostem das aulas e vão embora tendo aprendido alguma coisa.

Há dias, no entanto, em que estou tão cansado, tão de ressaca, que eu poderia dar um A+ para qualquer aluno se isso fosse fazê-lo calar a boca e me deixar em paz.

— Engraçado — diz Mickey, balançando a cabeça. — Achei que você acabaria virando escritor, como o seu pai. Você sempre foi bom em inglês.

— E você sempre foi bom em inventar coisas. Acho que é por isso que virou publicitário.

Ele ri, um tanto inquieto. Outra pausa. Finjo ver como o macarrão está.

— Preparei espaguete à bolonhesa. Tudo bem?

— Tudo bem, está ótimo. — Ouço o arrastar da cadeira quando ele se senta. — Obrigado por ter se dado ao trabalho. Quer dizer, eu me contentaria em comer qualquer coisa em um pub.

— Mas não no The Bull, não é?

Ele faz uma careta.

— Imagino que você tenha contado a eles sobre a minha visita.

Por "eles", presumo que Mickey se refira a Hoppo e Gav.

— Na verdade, não. Mas Hoppo disse que encontrou com você na cidade outro dia, então...

Ele dá de ombros.

— Bem, eu não estava tentando manter segredo.

— Então por que me pediu que não contasse a eles?

— Porque sou um covarde — responde Mickey. — Depois do acidente, de tudo o que aconteceu, eu simplesmente achei que eles não quisessem ouvir falar de mim.

— Nunca se sabe. As pessoas mudam. Aquilo foi há muito tempo.

Isso também é mentira, mas soa melhor do que dizer: *Tem razão. Eles ainda odeiam você, especialmente o Gav.*

— Talvez.

Ele ergue a cerveja e toma longos goles. Para alguém que não é de beber, Mickey está se saindo muito bem. Pego outra cerveja para ele na geladeira e me acomodo na mesa à sua frente.

— O que quero dizer é que, naquela época, todos fizemos coisas das quais provavelmente não nos orgulhamos.

— Exceto você.

Antes que eu possa responder, ouço algo sibilar às minhas costas. A água do espaguete está transbordando. Eu me viro depressa e apago o fogo.

— Quer ajuda? — oferece Mickey.

— Não. Está tudo bem.

— Obrigado. — Ele ergue a cerveja. — Gostaria de lhe fazer uma proposta.

E lá vem.

— Ah?

— Você provavelmente está se perguntando por que estou de volta.

— Por causa dos meus famosos dotes culinários?

— Fará trinta anos este ano, Ed.

— Eu sei disso.

— Já há interesse por parte da mídia.

— Eu realmente não presto atenção nessas coisas.

— Talvez seja o mais inteligente a fazer. A maior parte é baboseira mal apurada. É por isso que acho importante que alguém conte a verdadeira história. Alguém que estava aqui.

— Alguém como você?

Ele assente.

— E eu gostaria da sua ajuda.

— Com o que exatamente?

— Um livro. Talvez televisão. Tenho contatos. E já pesquisei muito.

Eu o encaro e balanço a cabeça.

— Não.

— Só escute o que tenho a dizer.

— Não estou interessado. Não preciso trazer tudo isso à tona outra vez.

— Mas eu preciso. — Ele toma um gole da cerveja. — Durante anos tentei não pensar no que aconteceu. Andei evitando. Bloqueando. Só que, bem, decidi que é hora de encarar toda a culpa e o medo e lidar com isso.

Pessoalmente, descobri que é muito melhor pegar nossos medos, trancá-los em uma caixa bem fechada e guardá-los no canto mais profundo e escuro da mente. Mas cada um sabe de si.

— Mas e o restante de nós? Você já se perguntou se queremos enfrentar os nossos medos, reviver tudo o que aconteceu?

— Entendo o que você está dizendo. De verdade. É por isso que quero você no projeto. E não apenas na escrita.

— Como assim?

— Há mais de vinte anos que não volto a este lugar. Sou um forasteiro aqui. Mas você ainda mora na cidade. Conhece as pessoas, elas confiam em você...

—Você está me pedindo para facilitar as coisas com Gav e Hoppo?

—Você não faria isso de graça. Receberia uma parte do adiantamento. Direitos autorais.

Hesito. Mickey toma a minha hesitação por reticência.

— E tem mais.

— O quê?

Ele sorri e, na mesma hora, percebo que tudo o que ele disse sobre voltar ao passado e enfrentar os medos foi apenas papo-furado, apenas uma pilha de merda fedorenta.

— Eu sei quem a matou.

1986

As férias de verão estavam chegando ao fim.

— Só mais seis dias — disse Gav Gordo, desanimado. — E isso incluindo o fim de semana, que não conta, então, na verdade, são apenas quatro dias.

Eu compartilhava daquele desânimo, mas estava tentando não pensar na escola. Seis dias ainda eram seis dias, e eu me aferrava a isso por vários motivos. Até aquele momento, Sean Cooper não tinha cumprido sua ameaça.

Eu o via pela cidade, mas sempre conseguia me esquivar antes que percebesse a minha presença. Ele estava com um grande hematoma e um corte profundo perto do olho direito. O tipo de corte que costuma deixar uma marca na idade adulta — isso caso Sean tivesse chegado à idade adulta.

Mickey Metal achava que o irmão tinha deixado o ocorrido para lá, mas eu achava que não. Evitá-lo durante as férias era uma coisa — a cidade era grande o bastante para nós dois, como dizem os caubóis. Mas, quando estivéssemos todos de volta às aulas, evitá-lo todos os dias — na hora do almoço, no parquinho, no caminho para a escola e para casa — seria muito mais difícil.

Eu também estava preocupado com outras coisas. As pessoas acham que a vida das crianças é desprovida de preocupações, mas isso não é verdade. As inquietações das crianças são maiores porque somos menores. Eu estava preocupado com a minha mãe. Nos últimos tempos, ela andava tensa e ríspida, perdendo a paciência com ainda mais facilidade do que o habitual. Papai disse que ela estava estressada por causa da inauguração da nova clínica.

Minha mãe tinha que viajar para Southampton para trabalhar, mas agora abriria uma clínica em Anderbury, perto da faculdade de tecnologia. Antes disso, o prédio tinha sido usado para outra coisa — não me lembro para quê, mas o edifício era do tipo esquecível. Acho que era este o problema: ele sequer tinha uma placa. Na verdade, um transeunte qualquer provavelmente passaria direto por ele sem perceber sua existência se não fossem as pessoas reunidas do lado de fora.

Eu estava de bicicleta, voltando das lojas, quando as vi. Eram umas cinco pessoas marchando em círculo, segurando cartazes, cantando e gritando. Nos cartazes havia mensagens como ESCOLHAM A VIDA, PAREM DE MATAR BEBÊS e DEIXEM VIR AS CRIANCINHAS.

Reconheci algumas delas. Uma mulher que trabalhava no supermercado e a loura que estava com a Garota do Twister no dia da feira. Incrivelmente, a Amiga Loura saíra ilesa do acidente com o brinquedo. Uma pequena parte de mim — uma parte nada agradável — achava aquilo um tanto injusto. Ela não era tão bonita quanto a Garota do Twister e obviamente não era tão legal. Ela estava segurando um dos cartazes e marchando atrás da outra pessoa que eu conhecia no grupo: o Rev. Martin. Ele entoava o coro mais alto do que todos e andava com uma Bíblia aberta, recitando passagens.

Parei a bicicleta e os observei. Depois da briga na festa de Gav Gordo, meu pai tinha conversado comigo e eu soube um pouco mais sobre o que acontecia na clínica da minha mãe. Mas ainda assim, aos doze anos, não é possível compreender por completo a grandiosidade de um assunto como o aborto. Eu só sabia que minha mãe ajudava mulheres que não podiam cuidar de seus bebês. Acho que não queria saber mais do que isso.

No entanto, mesmo sendo criança, senti a raiva — o *veneno* — dos manifestantes. Algo em seus olhos, a saliva que espumava da boca, a maneira como brandiam os cartazes como armas. Entoavam um monte de coisas sobre amor, mas pareciam cheios de ódio.

Pedalei para casa mais depressa. Ao chegar, estava tudo muito quieto, a não ser por meu pai serrando algo em algum lugar. Minha mãe estava no andar de cima, trabalhando. Levei as compras para dentro e deixei o troco ao lado. Queria falar com eles sobre o que tinha visto, mas ambos estavam ocupados. Saí sem rumo pela porta dos fundos e notei o desenho feito a giz na calçada.

Àquela altura, já vínhamos desenhando figuras e outros símbolos com giz. Quando se é criança, as ideias são um pouco como sementes levadas pelo vento. Algumas não vingam: são carregadas pela brisa, esquecidas e nunca mais mencionadas. Outras criam raízes, abrem caminho no solo, crescem e se espalham.

Os desenhos a giz foram uma dessas ideias estranhas que todo mundo tem quase ao mesmo tempo. Obviamente, uma das primeiras coisas que fizemos foi desenhar vários homens-palito com pintos enormes no parquinho e escrever um bocado de "Foda-se". Mas, assim que sugeri que usássemos os homens de giz para deixar mensagens secretas entre nós... Bem, acho que foi quando eles criaram vida própria.

Cada um de nós tinha uma determinada cor de giz, assim sabíamos quem deixara a mensagem, e cada desenho tinha um significado específico. Um homem-palito com um círculo significava "me encontre no parquinho". Diversas linhas e triângulos significavam "no bosque". Havia símbolos para nos encontrarmos nas lojas e na sala de jogos. Tínhamos sinais de alerta para Sean Cooper e sua gangue. Admito que também tínhamos sinais para palavrões, para que pudéssemos escrever "Foda-se" e coisas piores do lado de fora da casa daqueles de quem não gostávamos.

Ficamos um pouco obcecados por isso? Creio que sim. Mas crianças são assim mesmo, ficam obcecadas com as coisas por algumas semanas ou meses e esgotam a ideia até que não seja mais tão boa, quando então param de brincar com ela.

Lembro-me de ter ido ao Woolies certo dia para comprar mais giz, e a Senhora do Permanente estava atrás da caixa registradora. Ela me olhou de um jeito meio estranho, e me perguntei se suspeitava que havia outro pacote de giz na minha mochila. Mas ela apenas comentou:

— Vocês, crianças, gostam desse giz, não é? Você é o terceiro hoje. Achei que a moda agora fosse Donkey Kong e Pac-Man.

A mensagem na calçada fora desenhada com giz azul, o que significava que era de Mickey Metal. Um homem-palito ao lado de um círculo e um ponto de exclamação (o que significava "venha depressa"). Na mesma hora estranhei o fato de Mickey Metal me chamar. Ele costumava preferir Gav Gordo ou Hoppo. Mas eu não estava a fim de ficar em casa naquele dia, por isso deixei as dúvidas de lado, gritei da porta avisando que ia me encontrar com Mickey Metal e saí de novo com a bicicleta.

O parquinho estava vazio. Outra vez. O que não era incomum: quase sempre não havia ninguém por ali. Muitas famílias em Anderbury tinham crianças pequenas, e era de se esperar que elas gostassem de ser empurradas nos balanços de bebê. Contudo, a maioria dos pais levava os filhos para outro parque mais distante.

De acordo com Mickey Metal, a razão para ninguém ficar no parquinho era porque o lugar era assombrado. Ao que parece, uma menina fora assassinada ali havia alguns anos.

— Encontraram ela no gira-gira. Cortaram a garganta tão fundo que a cabeça estava quase decepada. E ele também cortou a barriga dela e as tripas ficaram para fora feito salsichas.

Justiça seja feita, Mickey Metal sabia contar uma história. Em geral, quanto mais macabra, melhor. Mas não passavam disto: histórias. Ele estava sempre inventando coisas, embora às vezes houvesse alguma verdade aqui e ali.

Definitivamente havia algo um pouco "estranho" naquele parquinho. Ele estava sempre escuro, mesmo nos dias ensolarados. É claro que isso provavelmente tinha mais a ver com as árvores do que com algo sobrenatural, porém muitas vezes eu sentia um leve calafrio quando sentava no gira-gira ou um estranho desejo de olhar para trás, como se alguém estivesse me observando, o que fazia com que eu não costumasse ir para lá sozinho.

Naquele dia, empurrei o portão rangente, irritado por Mickey Metal ainda não ter chegado. Apoiei a bicicleta na cerca e senti os primeiros sinais de inquietação. Mickey Metal em geral não se atrasava. Algo estava errado ali. Foi quando ouvi o portão ranger outra vez e uma voz atrás de mim dizer:

— Oi, Cara de Merda.

Olhei em volta e um punho atingiu a lateral da minha cabeça.

Abri os olhos. Sean Cooper me encarava de cima, com o rosto à sombra. Só dava para distinguir sua silhueta, porém eu tinha certeza de que ele sorria, e não de maneira gentil. Nada ali era gentil.

— Anda evitando a gente?

A gente? Caído de costas no chão, virei a cabeça para a esquerda e para a direita. Vi mais dois pares de tênis Converse sujos. Não precisava ver os rostos para adivinhar que pertenciam a Duncan e Keith.

O local do golpe latejava. O pânico subia à minha garganta. O rosto de Sean se aproximou. Senti sua mão agarrar minha camiseta, apertando-a ao redor do meu pescoço.

— Você atirou uma porra de um tijolo no meu olho, Cara de Merda. — Ele me sacudiu outra vez. Minha cabeça bateu contra o asfalto. — Eu não ouvi você pedir desculpas.

68   C. J. TUDOR

— Me... desh-cuulpa. — A palavra saiu estranha e arrastada. Eu estava com dificuldade para respirar.

Sean me puxou mais, levantando minha cabeça do chão. A camiseta ficou ainda mais apertada ao redor do pescoço.

— *Desh-cuulpa?* — Ele simulou uma voz chorosa e aguda e olhou para Duncan e Keith, que agora eu via encostados no trepa-trepa. — Vocês ouviram isso? O Cara de Merda pediu *desh-cuulpa.*

Os dois sorriram.

— Essa *desh-cuulpa* não parece muito sincera — disse Keith.

— Não mesmo. Parece conversa fiada — concordou Duncan.

Sean se aproximou mais. Eu podia sentir seu bafo de cigarro.

— Acho que você não está sendo sincero, Cara de Merda.

— Eu... eu estou.

— Nah. Mas não tem problema. Porque vamos fazer você se *desh-cuulpar.*

Senti a bexiga relaxar. Fiquei feliz por ser um dia quente e eu estar suando. Se eu tivesse mais uns trinta mililitros de líquido no corpo teria molhado a calça.

Sean me puxou pela camiseta para me colocar de pé. Balancei os tênis, buscando apoio para não sufocar. Então ele me empurrou para trás, em direção ao trepa-trepa. Minha cabeça começou a rodar e quase perdi o equilíbrio, mas ele me segurou com força.

Olhei ao redor em desespero, mas, afora Sean, sua gangue e suas brilhantes bicicletas BMX largadas ao lado dos balanços, o parquinho estava vazio. A bicicleta de Sean era fácil de reconhecer: ela era vermelho-claro com uma caveira preta na lateral. Do outro lado da rua, no pequeno estacionamento do lado de fora do parquinho, havia um solitário carro azul. Nenhum sinal do motorista.

Então, vi algo: uma pessoa no estacionamento. Não dava para ver bem quem era, mas parecia ser...

— Você está me ouvindo, Cara de Merda?

Sean me empurrou com força contra as barras do trepa-trepa. Bati com a cabeça contra o metal e minha visão ficou turva. A pessoa desapareceu, tudo desapareceu por um instante. Grossas cortinas cinzentas balançavam diante de meus olhos. As pernas falsearam. Tive um relance de escuridão. Senti um forte tapa no rosto. Depois outro. Minha cabeça foi projetada para o lado. A pele ardia. As cortinas voltaram a se abrir.

Sean sorriu para mim. Agora eu conseguia vê-lo claramente. O cabelo grosso e louro. A pequena cicatriz sobre o olho. Olhos azuis-claros como os do irmão. Só que os seus brilhavam com uma luz diferente. *Luz morta*, pensei. Fria, dura, louca.

— Bom, agora tenho toda a sua atenção.

Ele me golpeou na barriga e perdi todo o ar. Eu me curvei, não conseguia nem gritar. Nunca tinha levado um soco bem dado antes e a dor foi intensa, enorme. Parecia que todas as minhas entranhas estavam em chamas.

Sean me agarrou pelo cabelo e puxou a minha cabeça para trás. Eu soltava água e muco pelos olhos e pelo nariz.

—Ah, machuquei você, Cara de Merda? O negócio é o seguinte: não vou bater outra vez se você me pedir *desh-cuulpa* direito, tudo bem?

Tentei assentir, mas Sean estava segurando o meu cabelo com tanta força que a raiz chegava a doer.

—Você acha que consegue fazer isso?

Outro balançar de cabeça com o cabelo puxado.

— Certo. Fique de joelhos.

Não tive muita escolha, com ele forçando a minha cabeça para baixo. Duncan e Keith se adiantaram para me segurar pelos braços.

O asfalto áspero do parquinho arranhou meus joelhos. Estava doendo, mas eu não ousava gritar. Eu estava muito assustado para isso. Olhei para os tênis brancos Nike de Sean. Ouvi o som de fivela de cinto, de zíper, e de repente soube onde aquilo ia dar. Medo, pânico e repulsa tomaram conta de mim ao mesmo tempo.

— Não.

Lutei para me soltar, mas Duncan e Keith me seguraram com força.

— Peça *desh-cuulpa* direito, Cara de Merda. Chupe o meu pau.

Ele puxou a minha cabeça para trás. Eu me vi encarando o seu pênis. Parecia enorme. Rosa e inchado. Também fedia a suor e a algo estranho e azedo. Os pelos pubianos louros e encaracolados estavam emaranhados ao redor da base.

Trinquei os dentes e tentei virar a cabeça outra vez.

Sean pressionou a ponta do pênis contra os meus lábios. O cheiro rançoso invadiu as minhas narinas. Trinquei os dentes com mais força.

— Chupe.

Duncan torceu meu braço para trás. Gritei. Sean enfiou o pênis em minha boca.

— *Chupe*, seu merdinha.

Eu não conseguia respirar. Engasguei. Lágrimas e catarro escorreram pelo meu queixo. Achei que ia vomitar. Então, ao longe, ouvi a voz de um homem gritando:

— *Ei!* O que vocês estão fazendo?

Senti o aperto em minha cabeça afrouxar. Sean deu um passo para trás, tirando o pênis da minha boca e o metendo depressa na calça. Soltaram os meus braços.

— Perguntei o que diabos vocês estão fazendo!

Pisquei rapidamente. Através das lágrimas vi um homem alto e pálido parado no limiar do parquinho. O Sr. Halloran.

Ele pulou a cerca e caminhou em nossa direção. Vestia o uniforme habitual: camisa grande e folgada, calça jeans apertada e botas. Naquele dia, usava um chapéu cinza, o cabelo branco despontando na parte de trás. Sob o chapéu, seu rosto parecia feito de pedra, como mármore. Os olhinhos pequenos pareciam queimar por dentro. Ele parecia furioso e muito assustador, como um anjo vingador das histórias em quadrinhos.

— Nada. Não estávamos fazendo nada — ouvi Sean dizer, menos arrogante agora. — Só estávamos brincando.

— Só estavam brincando?

— Sim, senhor.

Os olhos do Sr. Halloran se voltaram para mim e se suavizaram.

— Você está bem?

Eu me levantei e assenti.

— Sim, estou.

— É verdade que vocês estavam apenas brincando?

Olhei na direção de Sean, que me lançou um olhar. Eu sabia o que significava: se eu contasse algo, minha vida estaria arruinada. Eu nunca mais poderia sair de casa. Se eu ficasse calado, talvez, apenas talvez, minha provação e meu castigo terminassem.

Assenti de novo.

— Sim, senhor. Apenas brincando.

Ele manteve o contato visual. Baixei os olhos, sentindo-me covarde, idiota e pequeno.

Finalmente, ele se virou.

— Certo — disse para os outros meninos. — Não sei exatamente o que vi acontecendo aqui, e só por isso não vou à delegacia. Agora caiam fora daqui antes que eu mude de ideia.

— Sim, senhor — murmuraram os três em uníssono, de repente mansos e amáveis como criancinhas.

Eu os observei enquanto montavam nas bicicletas e iam embora. O Sr. Halloran continuou a observar o grupo. Por um instante, pensei que tivesse esquecido a minha presença. Mas ele se virou para mim.

—Você está bem mesmo?

Algo em seu rosto, em seus olhos, até em sua voz, me impediu de mentir. Balancei a cabeça, quase às lágrimas.

—Achei que não. — Os lábios dele se estreitaram. — Não há nada que eu odeie mais do que valentões. Mas você sabe qual é o problema deles?

Balancei a cabeça. Na verdade, eu não sabia de coisa alguma naquele instante. Sentia-me fraco e abalado. Minha barriga e minha cabeça doíam, e a vergonha tomava conta de mim. Tinha vontade de lavar a boca com detergente e me esfregar até a pele ficar em carne-viva.

— Eles são covardes — completou o Sr. Halloran. — E os covardes sempre são castigados. É o carma. Você sabe o que é isso?

Balancei a cabeça de novo, agora meio querendo que o Sr. Halloran fosse embora.

— Significa que você colhe o que planta. Você faz coisas ruins e elas acabam voltando e mordendo o seu traseiro. Um dia aquele garoto vai ter o que merece. Pode ter certeza disso.

Ele apoiou a mão no meu ombro e o apertou. Consegui esboçar um leve sorriso.

— Essa é a sua bicicleta?

— Sim, senhor.

—Você está bem para ir para casa sozinho?

Eu queria dizer que sim, mas, na verdade, ficar de pé por si só já parecia exaustivo. O Sr. Halloran me lançou um sorriso de simpatia.

— Meu carro está logo ali. Pegue a bicicleta. Vou te dar uma carona.

Atravessamos a rua até o carro dele, um Princess azul. Não havia sombra no estacionamento. Quando ele abriu a porta, um calor feroz emanou de dentro do veículo. Felizmente, os assentos eram de tecido e não de plástico como no carro do meu pai, de modo que não queimei as pernas ao sentar. Ainda assim, senti a camiseta colada à pele.

O Sr. Halloran ocupou o banco do motorista.

— Uau. Está um pouco quente, não é?

Ele baixou o vidro. Fiz o mesmo do meu lado. Uma brisa leve invadiu o carro quando começamos a nos mover.

Mesmo assim, naquele espaço quente e fechado, eu estava terrivelmente ciente do fedor de suor, sujeira, sangue e tudo o mais em meu corpo.

Minha mãe vai me matar, pensei. Dava até para imaginar a sua reação: *O que diabos aconteceu com você, Eddie? Você andou brigando? Você está imundo. E olha só o seu rosto. Alguém fez isso com você?*

Ela descobriria quem era o agressor, iria até lá e armaria uma enorme confusão. Senti o estômago afundar lentamente até os dedos do pé.

O Sr. Halloran me olhou de relance.

—Você está bem?

— Minha mãe — murmurei. — Ela vai ficar furiosa.

— Mas o que aconteceu não foi culpa sua.

— Não importa.

— Se você contar para ela...

— Não, eu não posso contar.

—Tudo bem.

— Ela está muito estressada agora por causa de certas coisas.

— Ah — disse ele, como se soubesse do que se tratava. —Tive uma ideia: que tal irmos até a minha casa para você se limpar um pouco?

Ele desacelerou no cruzamento, ligou o pisca-alerta, mas, em vez de dobrar à esquerda em direção à minha rua, dobrou à direita. Demos mais umas voltas e paramos do lado de fora de um pequeno chalé pintado com cal.

Ele sorriu.

—Vamos entrar, Eddie.

O interior do chalé estava fresco e escuro. Todas as cortinas estavam fechadas. A porta da frente dava para uma pequena sala de estar. Não havia muita mobília, apenas duas poltronas, uma mesa de centro e uma pequena televisão em um banco. O ambiente cheirava a alguma estranha erva aromática. Tinha um cinzeiro na mesa de centro com algumas guimbas brancas.

O Sr. Halloran o pegou.

—Vou jogar isso fora. O banheiro fica no alto da escada.

— Certo.

Subi a escada estreita e encontrei um pequeno banheiro com mobília e chão verdes. Havia tapetes laranja-claro perto do chuveiro e ao redor da privada. Tinha também um pequeno armário com espelho instalado sobre a pia.

Fechei a porta do banheiro e me olhei no espelho. Tinha catarro seco no nariz e riscas de sujeira nas bochechas. Fiquei feliz por minha mãe não ter me visto assim, do contrário eu teria passado o resto das férias confinado ao meu quarto e ao jardim dos fundos de casa. Limpei o rosto com um pano que achei junto à pia, mergulhando-o em água morna — que ficou turva no final.

Olhei de novo no espelho. Parecia melhor. Quase normal. Me sequei com uma toalha grande e áspera e saí do banheiro.

Eu deveria ter descido imediatamente. Se tivesse descido logo, tudo teria ficado bem. Eu teria voltado para casa e esquecido que aquela visita acontecera. Em vez disso, me peguei olhando para as outras duas portas do andar de cima. Ambas fechadas. Eu me perguntei o que haveria por trás delas. Apenas uma olhadinha. Baixei a maçaneta da porta mais próxima e empurrei.

Não era um quarto. Não havia móveis. Tinha um cavalete no centro do cômodo com a tela coberta por um lençol sujo. Ali havia vários quadros apoiados contra as paredes. Alguns feitos a giz, ou seja lá como o Sr. Halloran chamava aquilo, outros, com tinta normal, grossa e pesada.

Aparentemente, a maioria das pinturas retratava apenas duas garotas. Uma era pálida e loura, muito parecida com o Sr. Halloran. Era bonita, mas parecia meio triste, como se alguém tivesse lhe dito algo que não queria ouvir e ela forçasse uma expressão de coragem.

Reconheci a outra na hora: era a Garota do Twister. Na primeira pintura, ela estava com um vestido branco, sentada de lado junto a uma janela. Embora estivesse de perfil, dava para ver que era ela — e ainda era linda. A tela seguinte era um pouquinho diferente. Ela estava sentada em um jardim trajando um belo e longo vestido de verão, um pouco mais voltada para o observador. O cabelo castanho e sedoso cascateava sobre os ombros. Dava para ver a linha suave do queixo e um grande olho amendoado.

O terceiro quadro mostrava ainda mais o seu rosto, ou melhor, o lado do rosto que o pedaço de metal voador dilacerara. No entanto, não estava tão terrível porque o Sr. Halloran suavizara todas as cicatrizes, fazendo com que o conjunto parecesse mais com uma bela colagem multicolorida, e colocara o cabelo meio que encobrindo o olho prejudicado. Ela quase parecia linda outra vez, só que de uma maneira diferente.

Olhei para a tela no cavalete. Acabei indo até ela. Levantei a ponta do lençol. Foi quando ouvi o rangido de uma tábua do assoalho.

— Eddie? O que você está fazendo?

Eu me virei, paralisado de vergonha pela segunda vez naquele dia.

— Sinto muito. Eu só... só queria dar uma olhada.

Por um instante achei que o Sr. Halloran me expulsaria, mas ele sorriu.

— Tudo bem, Eddie. Eu deveria ter fechado a porta.

Quase disse que ele tinha fechado, mas percebi que ele estava me dando uma desculpa.

— São muito bons — falei.

— Obrigado.

— Quem é? — perguntei, apontando para o quadro da garota loura.

— Minha irmã. Jenny.

Isso explicava a semelhança.

— Ela é muito bonita.

— Sim, ela era. Ela morreu faz alguns anos. Leucemia.

— Sinto muito.

Eu não sabia pelo que sentia muito, mas era isso que as pessoas diziam quando alguém morria.

— Tudo bem. De certa forma, as pinturas me ajudam a mantê-la viva. Suponho que você tenha reconhecido Elisa.

A Garota do Twister. Assenti.

— Eu a visitei várias vezes no hospital.

— Ela está bem?

— Na verdade, não está, Eddie. Mas vai ficar. Ela é forte. Mais do que ela mesma imagina.

Achei melhor ficar calado. Tinha a impressão de que o Sr. Halloran queria dizer algo mais.

— Espero que as pinturas a ajudem na convalescença. Uma menina como Elisa passou a vida inteira ouvindo que era linda. Quando isso é tirado, pode dar a impressão de que não resta mais nada. Mas resta, sim, por dentro. Quero mostrar essa beleza para ela. Quero mostrar que ainda há algo a que vale a pena se apegar.

Olhei de novo para o quadro de Elisa e meio que entendi. Ela não estava como era antes, porém o Sr. Halloran trouxera à tona um tipo de beleza diferente, especial. Também entendi o que ele queria dizer com se apegar às coisas para que não se percam para sempre. Quase disse isso a ele. Mas, quando me virei, o Sr. Halloran estava olhando para a pintura como se tivesse esquecido a minha presença.

Foi quando entendi outra coisa. Ele estava apaixonado por Elisa.

Eu gostava do Sr. Halloran, mas mesmo assim me senti desconfortável. O Sr. Halloran era adulto. Não um adulto velho (mais tarde descobrimos que ele tinha trinta e um anos), mas adulto, e a Garota do Twister... Bem, ela não era uma colegial nem nada, mas ainda era mais jovem do que ele. Ele não podia estar apaixonado por ela. Não sem criar problemas. Muitos problemas.

De repente, ele saiu do devaneio e percebeu que eu ainda estava no cômodo.

— De qualquer modo, aqui estou eu, divagando. É por isso que não ensino artes. Ninguém conseguiria terminar nada. — Ele deu seu sorriso amarelo. — Pronto para ir para casa?

— Sim, senhor.

Mais do que tudo na vida.

O Sr. Halloran estacionou no final da minha rua.

— Achei que você talvez não quisesse que sua mãe fizesse perguntas.

— Obrigado.

— Quer ajuda para tirar a bicicleta do porta-malas?

— Não, está tudo bem, eu consigo tirá-la sozinho. Obrigado, senhor.

— De nada, Eddie. Só mais uma coisa.

— Sim, senhor.

— Vamos fazer um trato. Eu não conto para ninguém sobre o que aconteceu hoje se você também não contar. Especialmente sobre as pinturas. Elas são um tanto pessoais.

Não precisei pensar duas vezes. Não queria que ninguém soubesse o que tinha acontecido.

— Sim, senhor. Quer dizer, combinado.

— Que bom. Tchau, Eddie.

— Tchau, senhor.

Peguei a bicicleta, pedalei pela rua, entrei na garagem e a apoiei na porta da frente. Tinha um pacote no degrau com uma etiqueta em que se lia: Sra. M. Adams. Perguntei-me por que o carteiro não tinha batido à porta — ou talvez ele tenha batido e meus pais não ouviram.

Peguei a caixa e a levei para dentro.

— Olá, Eddie — cumprimentou meu pai da cozinha.

Dei uma olhada rápida no espelho do corredor. Ainda tinha um hematoma na testa e minha camiseta estava meio suja, mas não tinha jeito. Respirei fundo e entrei na cozinha.

Meu pai estava sentado à mesa, bebendo um grande copo de limonada. Ele olhou para mim e franziu o cenho.

— O que aconteceu com a sua cabeça?

— Eu... ãhn... caí do trepa-trepa.

—Você está bem? Está se sentindo enjoado? Tonto?

— Não, eu estou bem.

Coloquei o pacote na mesa.

— Isso estava no degrau de entrada.

— Ah, certo. Não ouvi a campainha. — Ele se levantou e gritou escada acima: — Marianne, chegou um pacote para você.

— Tá bom, vou descer — gritou minha mãe em resposta.

— Quer um pouco de limonada, Eddie? — perguntou meu pai.

— Obrigado — disse depois de assentir.

Ele foi até a geladeira e tirou uma garrafa da porta. Inspirei. Havia um cheiro estranho no ar.

Minha mãe entrou na cozinha. Seus óculos estavam no topo da cabeça e ela parecia cansada.

— Oi, Eddie. — Ela olhou para o pacote. — O que é isso?

— Diga você — retrucou meu pai.

Ela inspirou.

— Estão sentindo um cheiro estranho?

Meu pai fez que não com a cabeça, mas reconsiderou.

— Bem, talvez um pouco.

Minha mãe voltou a olhar para o pacote e disse com a voz ligeiramente mais tensa:

— Geoff, pode me passar a tesoura?

Meu pai abriu a gaveta e lhe entregou a tesoura. Ela cortou a fita adesiva marrom e abriu o pacote.

Minha mãe não ficou muito abalada, mas eu a vi recuar.

— Jesus!

Meu pai se inclinou.

— Cristo!

Antes que ele pudesse tirar a caixa dali, olhei o que tinha dentro. Havia algo pequeno e cor-de-rosa, coberto de gosma e sangue (mais tarde, descobri que era um feto de porco), aninhado no fundo da caixa. Uma faca fina estava cravada no topo, segurando um pedaço de papel com apenas três palavras impressas:

Assassina de bebês.

2016

Ter princípios é algo bom. Se você puder bancá-los. Gosto de pensar que sou um homem de princípios, mas, no fim das contas, a maioria dos homens acha que é. O fato é que todos temos um preço, todos temos botões que podem ser pressionados para nos levar a fazer coisas que não são de todo honradas. Princípios não pagam a hipoteca nem quitam nossas dívidas. Princípios são uma moeda sem valor na rotina do dia a dia. Em geral, um homem de princípios é alguém que tem tudo o que quer ou não tem absolutamente nada a perder.

Fiquei acordado por muito tempo, e não apenas por causa da indigestão provocada pelo excesso de vinho e espaguete.

Eu sei quem a matou.

Um grande suspense. Mickey sabia que teria esse efeito. E, é claro, não disse nada além disso.

Não posso contar agora. Antes, preciso me certificar de algumas coisas.

Até parece, pensei. No entanto, assenti, entorpecido pelo choque.

—Vou deixar você pensar a respeito — disse Mickey ao sair. Ele não viera de carro e não me deixou chamar um táxi. Estava hospedado no Travelodge, na periferia da cidade.

— A caminhada me fará bem — argumentou.

Eu não tinha tanta certeza disso, considerando como o equilíbrio dele parecia afetado. Mas concordei. Afinal, não era tão tarde e Mickey é um homem adulto.

Depois que ele foi embora, coloquei a louça na máquina de lavar louça e me recolhi à sala de estar com uma grande taça de Bourbon para refletir sobre a proposta. Posso ter fechado os olhos por um instante ou por vários. Soneca após o jantar: a maldição da meia-idade.

Despertei ao som das tábuas do assoalho rangendo no andar de cima e ouvi passos na velha escada.

Chloe enfiou a cabeça no vão da porta.

— Oi.

— Olá.

Ela estava com a roupa de dormir. Uma camiseta folgada, uma calça de pijama masculina e meias largas. O cabelo escuro estava solto. Estava sexy, vulnerável e desleixada, tudo ao mesmo tempo. Enterrei o nariz na taça de Bourbon.

— Como foi? — perguntou ela.

Refleti um pouco.

— Interessante.

Ela entrou na sala e se sentou no braço do sofá.

— Conta.

Tomei um gole de vinho.

— Mickey quer escrever um livro, talvez um roteiro para televisão, sobre o que aconteceu. Ele quer que eu trabalhe nisso com ele.

— A trama se complica.

— Não é?

— E?

— E o quê?

— Bem, imagino que você tenha aceitado.

— Ainda não dei uma resposta. Não sei se quero fazer isso.

— Por que não?

— Porque há um monte de coisas a considerar. Como as pessoas em Anderbury se sentiriam conosco desenterrando o passado, por exemplo. Gav e Hoppo. Nossas famílias.

E Nicky, pensei. *Será que ele falou com Nicky?*

Chloe franziu o cenho.

— Certo. Entendi. Mas e você?

— Eu o quê?

Ela suspirou e me olhou como se eu fosse uma criança particularmente lenta.

— Pode ser uma grande oportunidade. E tenho certeza de que o dinheiro viria a calhar.

— Não é essa a questão. Além do mais, tudo isso é hipotético. Projetos assim não costumam dar em nada.

— Sim, mas às vezes é preciso arriscar.

—Você arriscaria?

— *Sim*. Do contrário, nunca se chega a lugar algum na vida. A pessoa acaba se acomodando e virando fóssil em vez de viver de verdade.

Ergo a taça.

— Bem, obrigado. Sábio conselho de alguém que está de fato levando uma vida muito animada, trabalhando meio período em uma loja de roupas fajuta. Você *realmente* está indo além.

Ela se levantou e bufou para a porta:

—Você está bêbado. Vou voltar para a cama.

O arrependimento tomou conta de mim. Eu tinha sido babaca. Um babaca classe A, com diploma e honrarias.

— Desculpa.

— Esquece. — Ela me lançou um sorriso amargo. — De qualquer modo, você provavelmente nem vai se lembrar disso pela manhã.

— Chloe...

—Vá dormir, Ed.

Vá dormir. Eu me deito de lado e me viro de costas. Seria um bom conselho se eu conseguisse dormir.

Tento me apoiar nos travesseiros, mas não adianta. Sinto uma dor forte e persistente no estômago. Devo ter alguns antiácidos em algum lugar. Talvez na cozinha.

Relutante, levanto da cama e desço a escada. Acendo a luz ofuscante da cozinha e ela fere os meus olhos doloridos. Vasculho uma das gavetas de quinquilharias. Durex, massa adesiva, canetas, tesoura. Chaves e parafusos insondáveis e um antigo baralho. Enfim encontro os antiácidos, escondidos à direita, no fundo, junto a uma lima de prego e a um velho abridor de garrafa.

Ao pegá-lo, descubro que só há uma pastilha no pacote. Deve bastar. Eu a enfio na boca e a mastigo. Supostamente ela deveria ter gosto de frutas, mas só sinto gosto de giz. Volto para o corredor e percebo algo. Bem, na verdade percebo duas coisas: há uma luz acesa na sala e um cheiro estranho vindo de algum lugar. Um tanto doce e enjoativamente rançoso. Podre. Familiar.

Dou um passo à frente e piso em algo granuloso. Olho para baixo. Rastros de terra preta no chão do corredor. Pegadas. Como se algo tivesse se arrastado pelo corredor, espalhando terra. Algo vindo das profundezas de um lugar frio e escuro, repleto de besouros e vermes.

Engulo em seco. Não. Não é possível. É apenas a minha mente me pregando uma peça. Desenterrando um antigo pesadelo sonhado por um garoto de doze anos com uma imaginação hiperativa.

Sonho lúcido. É assim que chamam esse fenômeno. Um sonho que parece incrivelmente real. Você pode até fazer atividades no sonho que contribuem para a ilusão de realidade, como conversar, cozinhar, tomar banho... ou outras coisas.

Isso não é real (apesar da sensação muito real da terra entre os meus dedos do pé e o comprimido de giz em minha boca). Tudo o que preciso fazer é despertar. *Acorde. Acorde!* Para minha infelicidade, assim como o esquecimento que busquei antes, a vigília parece igualmente difícil de alcançar.

Sigo em frente e apoio a mão na porta da sala. É claro que faço isso. É um sonho, e sonhos como esse (sonhos *ruins*) seguem um caminho um tanto inevitável; um que é estreito e tortuoso, através de florestas profundas, escuras, até a casa feita de doces no fundo de nossa psiquê.

Abro a porta. Também está frio no cômodo. Não um frio normal. Não o frio moderado de uma casa à noite. É um frio do tipo que se enrosca ao redor dos ossos e se acomoda como um bloco de gelo nos intestinos. Frio de medo. E o cheiro fica mais forte. Avassalador. Mal consigo respirar. Quero sair da sala. Quero correr. Quero gritar. Em vez disso, acendo a luz.

Ele está sentado em minha poltrona. O cabelo louro esbranquiçado grudado ao couro cabeludo como pegajosos fios de teia de aranha, partes de osso e cérebro visíveis por baixo. O rosto é uma caveira, ornamentado frouxamente com pedaços de pele apodrecida.

Como sempre, está de camisa folgada, calça jeans skinny e pesadas botas pretas. As roupas estão puídas e rasgadas; as botas, arranhadas e cobertas de terra. O chapéu surrado está no braço da cadeira.

Eu deveria ter percebido. O tempo do bicho-papão de minha infância terminou. Agora sou adulto. Hora de enfrentar o Homem de Giz.

O Sr. Halloran se volta para mim. Ele não tem olhos, mas há algo naquelas cavidades oculares, um vislumbre de compreensão ou reconhecimento... e algo mais que me leva a não querer olhar para eles muito profundamente, com medo de depois não conseguir tirar a mente dali de dentro.

Olá, Ed. Há quanto tempo não nos vemos.

Chloe já está acordada, tomando café e comendo torrada na cozinha quando desço a escada, sentindo-me claramente cansado às oito horas da manhã.

Ela mexeu no dial e, em vez da Radio 4, está tocando algo que soa como um homem gritando em desespero e tentando se matar batendo com uma guitarra na cabeça.

Desnecessário dizer que isso em nada alivia o latejar na minha cabeça.

Ela se vira e me avalia brevemente.

—Você está um lixo.

— Estou me sentindo assim.

— Que bom. Isso lhe cai bem.

— Obrigado pela empatia.

— Dor autoinfligida não merece empatia.

— Mais uma vez, obrigado. Há alguma possibilidade de você baixar o volume do branquelo irritado com problemas com o pai?

— Isso se chama rock, vovô.

— Foi o que eu disse.

Ela balança a cabeça, porém baixa um pouco o volume.

Vou até a cafeteira e me sirvo.

— Então, quanto tempo você ficou acordado depois que fui dormir? — pergunta Chloe.

Sento-me à mesa.

— Não muito. Eu estava muito bêbado.

— Não diga.

— Desculpe.

Ela gesticula com a mão pálida.

— Esquece. Eu não deveria ter me metido. Realmente não é da minha conta.

— Não, bem, quer dizer, você estava certa. Aquilo que você disse. Mas às vezes as coisas não são tão claras.

Ela toma um gole de café e diz:

— Tudo bem. Você tem certeza de que não ficou acordado mais tempo?

— Tenho.

— E você não se levantou durante a noite?

— Bem, eu desci para pegar um antiácido.

— Só isso?

Lembro-me de um fragmento de sonho: *Olá, Ed. Há quanto tempo não nos vemos.*

Afasto a lembrança.

— Sim. Por quê?

Ela me lança um olhar estranho.

—Vem ver uma coisa.

Ela se levanta e sai da cozinha. Relutante, eu me levanto e a sigo.

Chloe para à porta da sala de estar.

— Só fiquei me perguntando se as coisas em sua mente ficaram um tanto agitadas depois da conversa com o seu amigo.

— Apenas mostre, Chloe.

— Tudo bem.

Ela abre a porta.

Uma das poucas reformas que fiz na casa foi substituir a antiga lareira por um fogão a lenha sobre uma base de ardósia.

Olho para ele. A base está coberta de desenhos brancos que se destacam contra a pedra cinza. Várias dezenas deles, sobrepostos como em algum tipo de frenesi. Homens de giz branco.

1986

Um policial veio à nossa casa. Nunca um policial tinha ido lá em casa. Até aquele verão, acho que jamais tinha visto um de perto.

Era um sujeito alto e magro. Tinha cabelo vasto e escuro e o rosto um tanto quadrado. Parecia uma peça de Lego gigante, só que não era amarelo. Seu nome era Thomas.

Ele olhou para o conteúdo da caixa, colocou-a em um saco de lixo e levou-a para a viatura. Em seguida, voltou e se sentou na cozinha de modo desajeitado enquanto interrogava meus pais e fazia anotações em um caderninho espiral.

— Foi o seu filho que encontrou o pacote lá fora?

— Isso mesmo — respondeu minha mãe, olhando para mim. — Não foi, Eddie?

Assenti.

— Sim, senhor.

— Que horas foi isso?

— Eram 16h04 — respondeu minha mãe. — Consultei o relógio antes de descer as escadas.

O policial fez mais anotações.

— E você não viu ninguém saindo da casa ou na rua, alguém perambulando por aí?

Fiz que não com a cabeça.

— Não, senhor.

— Certo.

Mais anotações. Meu pai se remexeu na cadeira.

— Olha, tudo isso é inútil — disse ele.—Todos sabemos quem deixou o pacote.

O policial Thomas lhe lançou um olhar estranho. *Não muito simpático*, pensei.

— Sabemos, senhor?

— Sim. É algum membro do grupinho do reverendo Martin. Eles estão tentando intimidar a minha mulher e a nossa família, e é hora de alguém dar um basta nisso.

— O senhor tem alguma prova?

— Não. Mas é óbvio, não é?

—Talvez devêssemos deixar de lado as alegações infundadas por enquanto.

— Infundadas?

Dava para ver que meu pai estava ficando furioso. Ele não costumava ficar com raiva, mas, quando ficava — como no dia da festa —, realmente explodia.

— Não há nenhuma lei contra protestos pacíficos, senhor.

Foi quando percebi que o policial não estava do lado dos meus pais. Ele estava do lado dos manifestantes.

—Você está certo — retrucou minha mãe calmamente. — Um protesto pacífico não é ilegal, mas intimidação, assédio e ameaças com certeza são. Espero que vocês levem esse assunto a sério.

O policial Thomas fechou o caderninho.

— Claro. Se pudermos encontrar os culpados, pode ter certeza de que terão a punição merecida. — Ele se levantou, com a cadeira rangendo ruidosamente no chão de ladrilhos. — Agora, se me dão licença...

Ele saiu da cozinha. A porta da frente bateu.

Eu me voltei para a minha mãe.

— Ele não quer ajudar?

Ela suspirou.

— Sim. É claro que ele quer.

Meu pai sorriu com desdém.

—Talvez ajudasse mais se a filha dele não fosse uma das manifestantes.

— Geoff — repreendeu minha mãe. — Apenas deixe para lá.

— Está bem. — Ele se levantou e não pareceu meu pai por um instante. Seu rosto estava tenso e irritado. — Mas, se a polícia não tomar uma providência, vou cuidar disso eu mesmo.

Antes do início das aulas, todos nos reunimos uma última vez de forma apropriada. Como de costume, foi na casa de Gav Gordo. Ele tinha o quarto maior e o melhor jardim da turma, com balanço de corda e casa na árvore, e sua mãe sempre nos mantinha bem abastecidos de refrigerante e batatas fritas.

Sentamos na grama, falamos besteira e debochamos uns dos outros. Apesar do acordo com o Sr. Halloran, contei a eles sobre parte do meu encontro com o irmão de Mickey Metal. Eu precisava contar, porque o fato de Sean saber sobre os homens de giz significava que nosso jogo secreto estava arruinado. Na minha versão da história, lutei bravamente e fugi, é claro. Temia que Sean tivesse contado tudo para Mickey Metal, que, por sua vez, adoraria me contradizer, mas parece que o Sr. Halloran metera tanto medo em Sean que ele também não contou nada.

— Então seu irmão sabe sobre os homens de giz? — questionou Gav Gordo, olhando feio para Mickey Metal. — Você é um tremendo linguarudo.

— Eu não contei a ele — protestou Mickey Metal. — Sean deve ter descoberto sozinho. Quer dizer, desenhamos um monte deles por aí. Talvez ele tenha nos visto.

Mickey Metal estava mentindo, mas eu não me importava com a maneira como Sean descobrira. O fato é que descobrira, e isso mudava tudo.

— Mas sempre podemos inventar novas mensagens — ponderou Hoppo, não muito animado.

Eu entendia como ele estava se sentindo. Agora alguém sabia. *E era o Sean.* Estava tudo arruinado.

— De qualquer modo, era uma brincadeira idiota — disse Nicky, afastando o cabelo.

Olhei para ela, magoado e um tanto irritado. Nicky estava estranha naquele dia. Às vezes ela ficava assim: muito mal-humorada e crítica.

— Não, não era — disse Gav Gordo. — Mas acho que não tem por que continuarmos com ela se Sean já sabe de tudo. Além do mais, as aulas começam amanhã.

— Sim.

O grupo soltou um suspiro coletivo. Todos estávamos um pouco desanimados naquela tarde. Nem Gav Gordo se animou a fazer uma das suas péssimas imitações. O céu azul tinha desbotado para um cinza turvo. As nuvens passavam, inquietas, como que impacientes por um bom aguaceiro.

— Acho que vou para casa — disse Hoppo. — Minha mãe quer que eu corte lenha para o fogão.

Assim como nós, Hoppo e a mãe tinham um péssimo fogão a lenha na velha casa geminada.

—Também tenho que ir — disse Mickey Metal. —Vamos tomar chá com minha avó hoje à noite.

— Caaaaaara, vocês estão me deixando deprimido — disse Gav Gordo sem muita sinceridade.

— Acho que também preciso ir — admiti.

Minha mãe tinha comprado um uniforme escolar novo para mim e queria que eu o experimentasse antes do chá, para o caso de precisar fazer algum ajuste.

Nós nos levantamos e, após uma pausa, Nicky também se levantou.

Gav Gordo desabou dramaticamente na grama.

— Andem, vão logo. Vocês estão me matando.

Analisando em retrospecto, acho que foi a última vez que estivemos todos juntos assim. Relaxados, amigos, ainda uma gangue, antes de as coisas começarem a rachar e a se partir.

Hoppo e Mickey Metal foram embora em uma direção. Eu e Nicky tínhamos que seguir na direção oposta. O vicariato não ficava muito longe da minha casa e, às vezes, Nicky e eu voltávamos juntos. Não com muita frequência. Nicky costumava ir embora primeiro. Acho que por causa do pai. Ele era muito rigoroso quanto a horários e eu tinha a impressão de que não aprovava o fato de Nicky andar conosco. Mas também acho que não pensávamos muito sobre isso. Ele era vigário e, para nós, isso já explicava tudo. Quer dizer, vigários não aprovam nada, certo?

— Então, hum, preparada para o início das aulas? — disse enquanto atravessávamos no sinal e nos afastávamos do parque.

Ela me lançou um de seus olhares adultos.

— Eu sei.

— Sabe o quê?

— Sobre o pacote.

— Ah!

Eu não tinha contado sobre o pacote para os outros. Era muito complicado e confuso, e eu achava que mencionar o incidente seria deslealdade com os meus pais.

De qualquer modo, até onde eu sabia, a denúncia não tinha dado em nada. O policial não voltou e não ouvi falar da prisão de ninguém. A clínica da minha mãe foi aberta e os manifestantes continuaram a circular do lado de fora, como abutres.

— A polícia foi falar com o meu pai.

— Ah!

— Sim, foi.

— Desculpe... — comecei a dizer.

— Por que você está se desculpando? Meu pai é um babaca.

— É?

— As pessoas morrem de medo de dizer qualquer coisa porque ele é vigário. Até o policial. Foi patético. — Ela parou e olhou para os dedos da mão, quatro deles envoltos em esparadrapos.

— O que aconteceu com a sua mão?

Ela demorou muito para responder. Por um instante, pensei que não falaria. Então ela disse:

— Você ama os seus pais?

Franzi o cenho. Isso não era o que eu esperava que Nicky dissesse.

— Claro que amo. Acho que sim.

— Bem, eu odeio o meu pai. Eu o *odeio* de verdade.

— Você não está falando sério.

— Sim, estou. Fiquei feliz quando seu pai deu um soco nele. Queria que tivesse batido mais. — Ela me encarou, e algo em seus olhos me fez sentir um leve calafrio. — Queria que ele o tivesse matado.

Nicky jogou o cabelo sobre o ombro e começou a andar em um passo rápido e determinado que me deixou em dúvida se ela queria ou não que eu a seguisse.

Esperei até o cabelo ruivo desaparecer ao dobrar a esquina e me arrastei rua abaixo. Parecia que eu carregava o peso do dia nos ombros, e só queria voltar para casa.

Quando entrei, meu pai estava preparando a comida para o lanche — meu prato favorito: iscas de peixe com fritas.

— Posso ver TV? — perguntei.

— Não. — Ele pegou meu braço. — Sua mãe está na sala com uma pessoa. Vá se lavar e venha jantar.

— Quem?

— Apenas vá se lavar.

Atravessei o corredor. A porta da sala estava entreaberta: minha mãe estava sentada no sofá ao lado de uma garota loura. A garota estava chorando e minha mãe a estava abraçando. Ela parecia familiar, mas não consegui identificá-la.

Foi somente após usar o banheiro e lavar as mãos que me dei conta: era a amiga loura da Garota do Twister, a que eu vira protestando do lado de fora da clínica. Eu me perguntei o que ela estava fazendo ali e por que estava chorando. Talvez tenha vindo pedir desculpas à minha mãe. Ou talvez estivesse com algum problema.

No fim das contas, era a segunda opção. Mas o problema dela não era do tipo que eu imaginava.

Eles encontraram o corpo em uma manhã de domingo, três semanas depois do início das aulas.

De certa forma, ainda que nenhum de nós admitisse, voltar para a escola após as férias de verão não foi tão ruim quanto imaginávamos. Seis semanas de férias tinha sido ótimo. Mas se divertir e inventar coisas para fazer podia ser um pouco cansativo.

E aquelas férias de verão tinham sido esquisitas. Fiquei feliz por deixá-las para trás e voltar a desfrutar de alguma normalidade. A mesma rotina, as mesmas matérias, os mesmos rostos. Bem, tirando o Sr. Halloran.

Ele não era meu professor, o que era uma pena, mas também um alívio. Eu sabia um pouco demais a respeito dele. Professores devem ser simpáticos e amistosos, mas também devem manter certo distanciamento. O Sr. Halloran e eu compartilhávamos um segredo, o que era legal, mas que também me fazia me sentir constrangido perto dele, como se tivéssemos nos visto pelados ou algo assim.

Obviamente, todos o víamos na escola. Ele estava lá no almoço, às vezes no horário de folga, e, certo dia, deu aula para a nossa turma quando a Sra. Wilkinson, nossa professora de inglês, ficou doente. Ele era um bom professor: engraçado, interessante e muito bom em não deixar que a aula se tornasse um tédio. Tanto que logo a gente esquecia a sua aparência, o que não impediu que lhe dessem um apelido no primeiro dia de aula: Sr. Giz ou o Homem de Giz.

Naquele domingo, não estava acontecendo nada de especial — o que para mim era bom. Era legal ficar entediado, tipo normal. Meus pais também pareciam um pouco mais relaxados. Eu estava lendo no quarto no andar de cima quando a campainha tocou. Como acontece às vezes, imediatamente soube que algo tinha acontecido. Algo ruim.

— Eddie? — chamou minha mãe do térreo. — Mickey e David estão aqui.

— Estou indo.

Um tanto relutante, desci a escada até a porta da frente. Minha mãe desapareceu na cozinha.

Mickey Metal e Hoppo estavam esperando à porta com as respectivas bicicletas. Mickey Metal estava corado e muito agitado.

— Um garoto caiu no rio.

— É — confirmou Hoppo. — Tem uma ambulância e viaturas com fitas de isolamento e merdas do tipo. Vamos dar uma olhada?

Gostaria de dizer que, na época, achei o entusiasmo deles em ver um pobre garoto morto algo macabro e censurável. Mas eu tinha doze anos. *É claro* que queria dar uma olhada.

— Certo.

— Vamos logo — disse Mickey Metal, impaciente.

— Só vou pegar a bicicleta.

— Anda — disse Hoppo. — Ou não vai ter nada para ver.

Minha mãe enfiou a cabeça para fora da cozinha.

— Ver o quê?

— Nada, mãe — respondi.

— Você parece muito apressado para não ver nada.

— São só algumas novidades legais no parquinho — mentiu Mickey Metal, que sempre foi um bom mentiroso.

— Bem, não demore. Quero você de volta para o almoço.

— Certo.

Peguei a bicicleta e saímos correndo pela rua.

— Onde está Gav Gordo? — perguntei para Mickey Metal, que normalmente o chamava primeiro.

— Foi fazer compras para a mãe — respondeu. — Azar o dele.

Contudo, como acabamos descobrindo, o azar tinha sido de Mickey Metal.

Havia um cordão isolando parte da margem do rio e um policial impedia as pessoas de se aproximarem. Adultos tinham formado grupos, todos com expressões preocupadas. Paramos as bicicletas junto a um pequeno agrupamento de espectadores.

Na verdade, foi um pouco decepcionante. Além do cordão, a polícia armara uma grande barraca verde. Não dava para ver nada.

— Você acha que o corpo está atrás daquilo? — perguntou Mickey Metal.

Hoppo deu de ombros.

— Provavelmente está.

— Aposto que está todo inchado e verde, e que os peixes comeram os seus olhos.

— Que nojo! — disse Hoppo, engasgando em seguida.

Tentei afastar da mente a imagem criada por Mickey Metal, mas ela se recusava a sumir.

— Que merda! — suspirou. — Chegamos tarde demais.

— Calma aí — falei. — Estão trazendo algo.

Percebemos um movimento. Os policiais tiraram com cuidado algo de trás da tela verde. Não um corpo, mas uma bicicleta. Ao menos o que restava dela. Estava toda amassada e retorcida, coberta de plantas gosmentas. Mas soubemos no instante em que a vimos. Todos soubemos.

Era uma BMX de corrida. Vermelho brilhante com um crânio negro pintado no quadro.

Quem acordasse cedo o bastante nas manhãs de sábado e domingo veria Sean com a BMX de corrida atravessando a cidade, entregando jornais. Mas naquele domingo, quando foi pegar a bicicleta, Sean descobriu que ela tinha sumido. Alguém a tinha roubado.

No ano anterior, ocorrera uma série de roubos de bicicletas. Alguns garotos mais velhos, da faculdade, as estavam roubando e jogando no rio, apenas por diversão, como uma espécie de trote.

Talvez seja por isso que Sean foi procurá-la primeiro no rio. Ele adorava a bicicleta mais do que qualquer coisa. Ao ver o guidão despontando da superfície do rio, preso em alguns galhos soltos, decidiu entrar para pegá-la, mesmo sabendo que a correnteza era muito forte e que era um péssimo nadador.

Mesmo assim, quase conseguiu. Tinha praticamente soltado a bicicleta dos galhos quando o peso o fez cair de costas. De repente, a água estava na altura do peito. O casaco e a calça jeans o puxavam para baixo e a correnteza estava muito forte, como dezenas de mãos tentando puxá-lo para o fundo. Também estava frio. Muito frio.

Sean agarrou os galhos de árvore e gritou, mas ainda era cedo e não havia sequer um passeador de cachorros solitário nos arredores. Talvez tenha sido nesse momento que Sean Cooper começou a entrar em pânico. A correnteza envolveu seus membros e começou a puxá-lo para longe, rio abaixo.

Ele bateu as pernas com força para tentar voltar à margem, mas ela se afastava cada vez mais. A cabeça de Sean estava afundando, e, em vez de inspirar ar, ele passou a inalar a fétida água marrom.

Na verdade, eu não sabia de nada disso. Descobri alguns detalhes mais tarde. Outros eu imaginei. Minha mãe sempre disse que eu tinha uma imaginação muito fértil. Isso não só me garantiu boas notas em inglês, como também alguns bons pesadelos.

Eu achava que não conseguiria dormir naquela noite, apesar do leite quente que minha mãe tinha preparado antes de me deitar. Eu continuava imaginando Sean Cooper todo verde e inchado, coberto de plantas gosmentas, assim como a bicicleta. Algo mais permanecia à espreita em minha mente, algo que o Sr. Halloran dissera: carma. Tudo que vai, volta.

Você faz coisas ruins e elas acabam voltando e mordendo o seu traseiro. Um dia aquele garoto vai ter o que merece. Pode ter certeza disso.

Mas eu não tinha certeza. Sean Cooper podia ter feito coisas ruins. Mas será que foram *tão* ruins assim? E quanto a Mickey Metal? O que ele fizera?

O Sr. Halloran não viu o rosto de Mickey Metal ao perceber que a bicicleta era do irmão nem ouviu seu grito horrível de pesar. Nunca mais quero voltar a ouvir aquele som.

Foi preciso que eu e Hoppo o impedíssemos de correr até a tenda. Ele estava fazendo um escândalo tão grande que um dos policiais acabou se aproximando. Quando explicamos quem ele era, o policial envolveu os ombros de Mickey com o braço e meio que andou, meio que o carregou até a viatura. Alguns minutos depois o veículo se foi. Fiquei bastante aliviado. Ver a bicicleta de Sean era ruim. Ver Mickey Metal daquele jeito, gritando enlouquecidamente, era ainda pior.

—Você está bem, Eddie?

Meu pai puxou as minhas cobertas e se sentou na beirada da cama. Sua presença era pesada e reconfortante.

— Pai, o que acontece quando a gente morre?

— Uau. Bem, essa é complexa, Eddie. Acho que ninguém sabe, não com certeza.

— Não vamos para o céu ou para o inferno?

— Algumas pessoas pensam que sim, mas muitas outras acham que o céu e o inferno não existem.

— Então não faz diferença se fomos maus?

— Não, Eddie. Não acredito que o que a gente faça nesta vida implique alguma diferença depois da morte. Bem ou mal. Mas faz uma grande diferença enquanto a gente está vivo. Para as outras pessoas. É por isso que sempre devemos tratá-las bem.

Refleti a respeito e assenti. Quer dizer, eu achava um pouco frustrante passar a vida inteira sendo bom e não ir para o céu, mas fiquei feliz quanto à outra implicação. Por mais que odiasse Sean Cooper, eu não gostava da ideia de ele queimar no inferno por toda a eternidade.

— Eddie, o que aconteceu com Sean Cooper foi muito triste. Um acidente trágico. Mas foi só isto: um acidente. Às vezes as coisas acontecem sem nenhum motivo. A vida é assim. A morte também.

— Pode ser.

— Acha que está pronto para dormir?

— Acho.

Eu não estava, mas não queria que meu pai me achasse um bebê.

— Certo, Eddie. Luzes apagadas, então.

Meu pai se inclinou e me beijou na testa. Nos últimos tempos, ele quase não fazia mais isso. Naquela noite fiquei feliz com o arranhar de sua barba bolorenta. Ele desligou a luz e o quarto se encheu de sombras. Eu tinha me desfeito do abajur havia alguns anos, mas naquela noite desejei ainda tê-lo.

Deitei a cabeça no travesseiro e tentei relaxar. Ao longe, uma coruja piou. Um cão uivou. Tentei pensar em coisas alegres, não em meninos afogados. Coisas como andar de bicicleta, tomar sorvete e jogar Pac-Man. Afundei a cabeça no travesseiro. Os pensamentos flutuavam em suas dobras macias. Após um tempo eu não estava pensando em mais nada. O sono chegou e me puxou para a escuridão.

Algo me despertou bruscamente. Um barulho como o *ratatá* de chuva ou granizo. Fiz uma careta e virei de lado. Ouvi de novo. Pedras na janela do quarto. Pulei da cama, atravessei as tábuas nuas do assoalho e abri a cortina.

Devo ter dormido por um bom tempo. Estava bem escuro lá fora. A lua era um fio de prata, como um corte de papel no céu de carvão.

Fornecia iluminação suficiente para que eu visse Sean Cooper.

Ele estava de pé na grama, perto da beirada do pátio. Vestia jeans e o casaco de beisebol azul, que estava rasgado e sujo. Não estava verde nem inchado, e os peixes não tinham comido os seus olhos, mas estava muito pálido e morto.

Um sonho. Tinha que ser. *Acorde*, pensei. *Acorde, acorde, ACORDE!*

— *Ei, Cara de Merda.*

Ele sorriu. Meu estômago revirou. Com terrível e nauseante certeza, percebi que não era um sonho. Era um pesadelo.

— Vai embora — murmurei, com os punhos cerrados, as unhas cravadas nas palmas das mãos.

— *Tenho um recado para você.*

— Não quero saber — gritei. —Vai embora.

Tentei parecer desafiador, mas o medo estreitava a minha garganta com força e as palavras saíram mais como um grito agudo.

— *Olha só, Cara de Merda, se não descer, vou aí buscar você.*

Um Sean Cooper morto no jardim já era ruim, mas um Sean Cooper morto no meu quarto era ainda pior. E aquilo era um sonho, certo? Eu só precisava seguir em frente até acordar.

— Ok. Só... só um minuto.

Peguei os tênis debaixo da cama e os calcei com as mãos trêmulas. Me arrastei até a porta do quarto, segurei a maçaneta e a abri. Não ousei acender a luz, tateei ao longo da parede em direção à escada e desci de lado, como um caranguejo.

Finalmente, cheguei ao pé da escada. Atravessei o corredor e entrei na cozinha. A porta dos fundos se abriu. Saí. O ar da noite pinicava minha pele através do fino algodão do pijama. Uma leve brisa despenteava meu cabelo. Eu sentia o cheiro de algo úmido, azedo e podre.

— *Pare de farejar o ar como um maldito cachorro, Cara de Merda.*

Eu me assustei e me virei. Sean Cooper estava bem à minha frente. De perto, parecia pior do que visto do quarto. Sua pele tinha um estranho tom azulado. Dava para ver veias fininhas. Seus olhos estavam amarelos e murchos.

Eu me perguntei se haveria um ponto a partir do qual simplesmente não se consegue mais sentir medo. Se houvesse, acho que o tinha alcançado.

— O que você está fazendo aqui?

— *Eu já disse. Tenho um recado para você.*

— Qual?

— *Cuidado com os homens de giz.*

— Não entendi.

— *E você acha que eu entendi?* — Ele deu um passo em minha direção. — *Você acha que quero estar aqui? Você acha que quero estar morto? Você acha que quero feder assim?*

Ele apontou para mim com um braço que pendia estranhamente da articulação. Percebi que, na verdade, não estava encaixado. Tinha sido dilacerado na parte de cima. Um osso branco brilhava ao luar enevoado.

— *Só estou aqui por sua causa.*

— Por minha causa?

— *Isso é culpa sua, Cara de Merda. Você começou tudo isso.*

Dei um passo em direção à porta.

— Desculpe. Sinto muito.

Os lábios de Sean se retorceram em um grunhido.

— *Bem, por que não me pede* desh-cuulpa?

Ele agarrou o meu braço e a urina quente escorreu pela minha perna.

— *Chupe o meu pau.*

— Nãooo!

Eu me desvencilhei dele no exato momento em que a entrada da garagem foi inundada pela luz da janela da escada.

— Eddie, você está acordado? O que está fazendo?

Sean Cooper permaneceu ali por um instante, brilhando como um enfeite de Natal macabro, a luz brilhando através do corpo. Então, assim como todo bom monstro liberto das trevas, ele aos poucos se desfez e caiu no chão em uma nuvenzinha de poeira branca.

Olhei para baixo. No lugar onde ele estivera havia outra coisa. Um desenho branquíssimo contra a escuridão da entrada da garagem. Um homem-palito semissubmerso em ondas cruéis, com o braço erguido como se estivesse acenando. *Não*, pensei. *Se afogando. Ele não está acenando.* E não era um homem-palito: era um *homem de giz.*

Estremeci.

— *Eddie?*

Corri para dentro de casa e fechei a porta com o máximo de delicadeza que consegui.

— Está tudo bem, mãe. Só vim beber um pouco de água.

—Você ouviu a porta dos fundos bater?

— Não, mãe.

— Bem, beba a sua água e volte para a cama.Você tem aula amanhã.

— Certo, mãe.

— Bom garoto.

Tranquei a porta — os dedos estavam tão trêmulos que tive de tentar várias vezes até conseguir rodar a chave na fechadura. Depois subi a escada e coloquei o pijama molhado no cesto de roupa suja.Vesti um pijama limpo e voltei para a cama. Mas permaneci um bom tempo acordado. Fiquei ali deitado, esperando ouvir mais pedras contra a janela, ou talvez o lento avançar de passos molhados na escada.

Em algum momento, assim que os pássaros começaram a cantarolar nas árvores lá fora, devo ter adormecido. Mas não por muito tempo. Acordei cedo, antes dos meus pais. Imediatamente desci a escada e abri a porta dos fundos, esperando que tudo aquilo tivesse sido um sonho. Não havia nenhum Sean Cooper morto. Não havia...

O homem de giz ainda estava ali.

— *Ei, Cara de Merda. Que tal um mergulho? Venha, a água está de matar.*

Eu poderia ter deixado o desenho ali. Talvez devesse ter deixado. Em vez disso, peguei uma bacia embaixo da pia e a enchi de água. Afoguei o homem de giz em água fria e restos de espuma de sabão.

Tentei me convencer de que algum dos outros tinha desenhado aquilo. Talvez Gav Gordo ou Hoppo. Uma espécie de piada de mau gosto. Apenas quando eu estava a meio caminho da escola foi que me dei conta. Todos tínhamos uma cor de giz. Gav Gordo era vermelho; Mickey Metal, azul; Hoppo, verde; Nicky, amarelo; e eu era laranja. Ninguém da gangue era branco.

2016

Minha mãe telefona pouco antes do almoço. Ela costuma ligar nas horas mais inconvenientes, e hoje não é exceção. Eu poderia ter deixado cair na caixa postal, mas minha mãe odeia deixar mensagens de voz, e isso só fará com que esteja irritada quando conversarmos. Por isso, relutante, pressiono "aceitar".

— Alô.

— Oi, Ed.

Constrangido, saio da sala de aula e vou para o corredor.

— Está tudo bem? — pergunto.

— Claro que está. Por que não estaria?

Minha mãe não é de ligar só para jogar conversa fora. Se está ligando, é porque há um motivo.

— Não sei. Você está bem? Como está o Gerry?

— Está muito bem. Acabamos de tomar um suco detox, estamos nos sentindo muito vitalizados.

Tenho certeza de que minha mãe jamais usaria palavras como "vitalizado" e nunca consideraria tomar um suco detox há alguns anos. Não com meu pai vivo. Culpo Gerry por isso.

— Ótimo. Mãe, estou meio ocupado, então...

— Você não está no trabalho, não é, Ed?

— Bem...

— Estamos em férias escolares.

— Eu sei, mas atualmente isso é meio controvertido.

— Não deixe eles explorarem você, Ed. — Ela suspira. — Há outras coisas na vida além do trabalho.

Minha mãe também jamais teria dito algo assim há alguns anos. O trabalho costumava ser a vida *dela*. Mas meu pai ficou doente e cuidar dele passou a ser a vida dela.

Entendo que tudo o que minha mãe está fazendo agora — incluindo Gerry — é a sua maneira de recuperar os anos perdidos. Não a culpo por isso. Culpo a mim mesmo.

Se eu tivesse me casado e constituído família, talvez ela tivesse outras coisas com que preencher o tempo, em vez de malditos sucos detox. E talvez eu tivesse outras coisas com que preencher meu tempo em vez de trabalhar.

Mas não é isso que minha mãe quer ouvir.

— Eu sei — digo. —Você está certa.

— Que bom. Você deveria experimentar pilates, Ed. É bom para o core.

—Vou pensar nisso.

Não vou pensar.

— Mas não vou me alongar se você está ocupado. Só queria saber se você poderia me fazer um pequeno favor.

— T-tudo bem.

— Gerry e eu estamos pensando em viajar de motor-home por uma semana.

— Muito legal.

— Mas a nossa cat-sitter nos deixou na mão.

—Ah, não.

— Ed! Você adora animais.

— Adoro. Só que o Mittens me odeia.

— Absurdo. Ele é um gato. Ele não odeia ninguém.

— Ele não é um gato, é um sociopata peludo.

—Você pode cuidar dele por alguns dias ou não?

Dou um suspiro.

— Sim. Posso. Claro.

— Ótimo. Vou deixá-lo com você amanhã de manhã.

Ah. Que bom.

Termino a ligação e volto para a sala de aula. Um adolescente magro com uma lânguida franja preta caindo no rosto está reclinado em uma cadeira, com as botas na mesa, digitando no smartphone e mascando chiclete.

Danny Myers frequenta minha aula de inglês. É um garoto brilhante. Ao menos é o que todos me dizem — nossa diretora e os pais dele, que, curiosamente, são amigos da diretora e de diversos membros do conselho administrativo. Não duvido, mas ainda estou para ver algo em seus trabalhos que reflita isso.

É claro que os pais de Danny e nossa diretora não querem ouvir esse tipo de coisa. Eles acham que o garoto precisa de atenção especial. Ele está sendo prejudicado pelo sistema de educação estatal "padronizado". É brilhante demais, se distrai com muita facilidade, é sensível demais. Blá-blá-blá.

Por isso, Danny está agora no que chamamos de "intervenção". Isso significa que está tendo aulas complementares durante as férias escolares e que eu supostamente devo inspirá-lo, intimidá-lo e convencê-lo a tirar as notas que os pais acreditam que ele deveria estar tirando.

Às vezes, essas intervenções produzem resultados com alunos talentosos que não se saem tão bem em sala de aula. Em outras, são um desperdício de tempo — meu e acho que do aluno. Não gosto de pensar que sou derrotista, e sim realista. Não sou o tipo de professor extremamente rígido. Resumindo, quero dar aula para alunos que querem aprender. Alunos que estão interessados e envolvidos. Ou pelo menos aqueles que querem tentar. Melhor um D esforçado do que um C "não estou nem aí".

— Desligue o celular e tire os pés da carteira — digo ao me sentar a minha mesa.

Ele tira os pés da carteira, mas continua a digitar. Ponho os óculos e procuro o trecho do texto que estávamos discutindo.

— Quando você terminar, talvez o *Senhor das moscas* possa recuperar a sua atenção.

Mais digitação.

— Danny, eu odiaria ter de sugerir aos seus pais que o embargo de todas as mídias sociais poderia ser o estímulo que as suas notas estão precisando...

Danny me encara por um instante. Sorrio educadamente em resposta. Ele gosta de discutir, gosta de me provocar. Mas dessa vez desliga o celular e o guarda no bolso. Não considero isso uma vitória; é mais como se ele tivesse me deixado ganhar essa.

Tudo bem. Qualquer coisa que faça essas duas horas passarem mais depressa é bem-vinda. Às vezes gosto desses jogos mentais com Danny. E de fato existe um sentimento de satisfação quando consigo que ele produza um trabalho escolar razoavelmente decente. Mas hoje não é dia disso: estou cansado por causa do sono agitado da noite anterior, estou no limite. Como que à espera de que algo aconteça. Algo ruim. Algo irreversível.

Tento me concentrar no texto.

— Bem, estávamos falando sobre o que representam os personagens principais, Ralph, Jack, Simon...

Ele dá de ombros.

— Simon foi um desperdício de espaço desde o início.

— Por quê?

— Peso morto. Um idiota. Ele mereceu morrer.

— *Mereceu*? Como assim?

— Está bem. Ele não foi uma perda, ok? Jack estava certo. Se eles pretendiam sobreviver na ilha, tinham de esquecer toda essa besteira de civilização.

— Mas o ponto central do romance é que, se recorremos à selvageria, a sociedade desmorona.

— Talvez devesse desmoronar. Porque, seja como for, é tudo falso. É isso o que o livro realmente quer dizer. Estamos todos fingindo ser civilizados, quando no fundo não somos.

Sorrio, mas sinto um nó de desconforto se estreitando dentro de mim. Provavelmente é só mais uma indigestão.

— Bem, esse é um ponto de vista interessante.

Meu relógio apita. Sempre armo um alarme para indicar o fim de nossa aula.

— Certo. Bem, isso é tudo por hoje. — Recolho os livros. — Espero ansiosamente ler sobre essa teoria em sua próxima redação, Danny.

Ele se levanta e pega a mochila.

— Até mais, senhor.

— Mesmo horário na semana que vem.

Enquanto ele se arrasta para sair da sala de aula, eu me pego dizendo:

— Em sua nova versão de sociedade, você seria um dos sobreviventes, Danny?

— Claro que sim. — Ele me lança um olhar estranho. — Mas não se preocupe, o senhor também seria.

Voltar da escola pelo parque é pegar o caminho mais longo. O dia nem está particularmente quente, mas mesmo assim decido fazer uma digressão. Um pequeno passeio pela estrada da memória.

O caminho ao longo do rio é bonito, com campos ondulantes de um lado e, mais além, uma vista distante da catedral, que neste momento está coberta em parte por andaimes, o que já ocorre há vários anos. Sem ferramentas ou máquinas adequadas, demorou quatrocentos anos para construírem o famoso pináculo. Não consigo deixar de pensar que irá demorar mais tempo para restaurá-lo usando as maravilhas da tecnologia moderna.

Apesar do cenário pitoresco, sempre que caminho ao longo do rio meu olhar é atraído para o rápido fluxo de água marrom. Penso em como deve estar fria, em quão implacável deve ser sua correnteza. Em geral, ainda penso em Sean Cooper afundando enquanto tentava alcançar a bicicleta. A bicicleta que ninguém jamais admitiu ter roubado.

À minha esquerda fica a nova área de recreação. Dois meninos andam para cima e para baixo na pista em seus skates. Uma mulher empurra uma criança sorridente no gira-gira e há uma adolescente solitária sentada em um dos balanços — está de cabeça baixa, com o cabelo cobrindo o rosto como uma cortina brilhante. Cabelo castanho, não ruivo. Mas a maneira como ela está ali sentada, fechada em sua concha dura de compostura, por um instante me lembra Nicky.

Isso me faz lembrar outro dia naquele verão. Um breve momento, quase perdido na névoa confusa de outras lembranças. Minha mãe tinha pedido que eu fosse ao centro buscar umas compras. Eu estava voltando pelo parque quando vi Nicky no parquinho. Ela estava sentada sozinha em um balanço, olhando para o colo. Quase gritei: *Oi, Nicky!*

Mas algo me deteve. Talvez o modo como ela se balançava silenciosamente para a frente e para trás. Eu me aproximei. Nicky segurava alguma coisa, algo prateado que cintilava à luz do sol. Reconheci o pequeno crucifixo de seu colar. Observei quando ela o ergueu e o cravou na carne macia da coxa. Várias vezes.

Eu me afastei e corri para casa. Nunca contei para Nicky nem para ninguém o que tinha presenciado naquele dia e que tinha ficado gravado em minha memória. A maneira como ela cravou o crucifixo na perna. Várias vezes. Provavelmente tirando sangue. E ela não emitiu nenhum som, nem mesmo um gemido.

A garota no parque levanta a cabeça e ajeita o cabelo atrás da orelha. Diversas argolas prateadas brilham em seu lóbulo e uma grande argola de metal se destaca no nariz. Ela é mais velha do que imaginei, provavelmente está na faculdade. Ainda assim, estou ciente de que sou um homem de meia-idade de aparência um tanto excêntrica observando uma adolescente no parquinho.

Baixo a cabeça e caminho mais depressa. Meu celular vibra no bolso. Pego o aparelho, esperando que seja a minha mãe. Mas é Chloe.

— Sim?

— Boa saudação. Você deveria trabalhar mais nos seus modos ao telefone.

— Perdão. Só estou um pouco... Desculpe, o que foi?

— Seu amigo esqueceu a carteira aqui.

— Mickey?

— Sim, achei debaixo da mesa do corredor logo depois que você saiu. Deve ter caído do casaco.

Franzo o cenho. É hora do almoço. Com certeza Mickey percebeu a perda. Mas ele estava muito bêbado ontem à noite. Talvez ainda esteja dormindo no hotel.

— Ok. Bem, vou ligar para ele e avisar. Obrigado.

— Está bem.

Nesse momento, algo me ocorre.

—Você poderia pegar a carteira e dar uma olhada no que tem dentro?

— Só um segundo.

Eu a ouço se afastar e voltar ao telefone.

— Muito bem. Dinheiro: umas vinte libras. Cartões de crédito, cartões bancários, recibos, carteira de motorista.

— O cartão do quarto do hotel?

— Ah, sim. Isso também.

O cartão-chave. O cartão de que precisaria para entrar no quarto. Naturalmente, um funcionário do hotel daria outro a Mickey com o maior prazer caso ele tivesse algum documento de identificação.

Como que lendo os meus pensamentos, Chloe diz:

— Isso quer dizer que ele não voltou para o hotel ontem à noite?

— Não sei. Ele deve ter dormido no carro.

Mas por que não me ligou? E, mesmo que ele não quisesse me incomodar ontem à noite, por que não ligou pela manhã?

— Espero que ele não esteja caído em alguma vala — diz Chloe.

— Por que diabos você disse isso?

Na mesma hora me arrependo por ter perdido a paciência. Quase dá para ouvi-la se encrespar do outro lado da linha.

— O que deu em você hoje? Levantou com o pé esquerdo?

— Desculpa — digo. — Só estou cansado.

— Tudo bem — diz ela em um tom de voz que deixa claro que não está tudo bem. — O que você vai fazer em relação ao seu amigo?

—Vou ligar para ele. Se eu não encontrá-lo, vou deixar a carteira no hotel. Vou ver se ele está bem.

—Vou deixar a carteira na mesa do corredor.

—Você vai sair?

— Bingo, Sherlock! Minha incrível vida social, lembra?

— Certo. Bem, nos vemos mais tarde.

— Espero sinceramente que não.

Ela desliga e fico me perguntando se o comentário foi apenas uma brincadeira ou uma expressão genuína de seu desejo de nunca mais ver um idiota mal-humorado como eu.

Suspiro e ligo para o número do celular de Mickey, mas cai direto na caixa postal:

— Oi, aqui é o Mickey. Não posso atender agora, então faça o que tem que fazer após o sinal.

Não me dou ao trabalho de deixar mensagem. Volto atrás, saio do parque e pego o caminho mais curto de volta para casa, tentando ignorar a leve inquietação que ressoa em meu estômago. Talvez não seja nada. Talvez Mickey tenha voltado ao hotel, convencido os funcionários a lhe darem outro cartão-chave e esteja dormindo para curar a ressaca. Quando eu chegar lá, ele estará almoçando, perfeitamente bem.

Digo isso para mim mesmo diversas vezes, cada vez com ainda mais convicção.

E cada vez acredito menos no que estou dizendo.

O Travelodge é um prédio feio e atarracado ao lado de um Little Chef decrépito. Era de se esperar que Mickey pudesse pagar por um hotel melhor, mas acho que esse lhe convém.

A caminho do hotel, tento ligar para ele mais duas vezes, porém cai na caixa postal. Meu mau pressentimento aumenta aos poucos.

Estaciono e entro na recepção. Atrás do balcão, um jovem ruivo com rabo de cavalo arrepiado e furos de alargadores nas orelhas parece desconfortável em uma camisa muito apertada. O nó da gravata está malfeito. O crachá na lapela informa que seu nome é Duds, o que me parece mais uma admissão de falha crônica do que um nome.

— Olá. Vai fazer check-in?

— Na verdade, não. Vim encontrar um amigo.

— Certo.

— Mickey Cooper. Acho que ele deu entrada ontem.

— Certo.

Ele continua me olhando com uma expressão alheia.

— Então... — elaboro. —Você poderia ver se ele está aqui?

—Você não pode ligar para ele?

— Ele não atende e o problema é que ele esqueceu isto na minha casa ontem à noite. — Tiro a carteira do bolso. — Aqui estão o cartão-chave do quarto dele e todos os cartões de crédito.

Espero a ficha cair. Musgos brotam ao redor de meus pés. Geleiras se formam e derretem.

— Desculpe — diz ele, afinal. — Não entendi.

— Estou *perguntando* se você poderia ver se ele chegou aqui em segurança ontem à noite. Estou preocupado com ele.

— Ah, bem, eu não trabalhei ontem à noite. Quem ficou na recepção foi a Georgia.

— Certo. Bem, haveria algum registro no computador? — Indico com a cabeça o velho PC em uma mesa bagunçada a um canto. — Ele teria que ter solicitado um novo cartão-chave. Será que há algum registro?

— Bem, acho que posso verificar.

—Também acho que você pode.

O sarcasmo não o atinge. Ele se acomoda à mesa, aperta algumas teclas e se vira para mim.

— Não. Nada.

— Bem, você poderia ligar para a Georgia?

Ele reflete sobre meu pedido um pouco. É então que percebo que levá-lo a fazer qualquer coisa ligeiramente fora de suas atribuições exige um esforço gigantesco. Para ser honesto, parece que até respirar é um esforço gigantesco para Duds.

— Por favor? — peço.

Um suspiro profundo.

— Está bem.

Ele pega o telefone.

—Alô? Georgia? — Espero. — Um cara chamado Mickey Cooper voltou sem o cartão-chave ontem à noite e você teve que lhe dar outro? Certo. Está bem. Obrigado.

Ele desliga o telefone e volta para o balcão.

— E? — pergunto.

— Não. Seu amigo não voltou para cá ontem à noite.

1986

Sempre imaginei que enterros acontecessem em dias cinzentos e chuvosos, com pessoas de preto amontoadas sob guarda-chuvas.

O sol brilhava na manhã do enterro de Sean Cooper — ao menos no início. E ninguém estava de preto. Sua família pedira que as pessoas usassem azul ou vermelho, as cores favoritas dele. As cores da equipe de futebol da escola. Muitas crianças usaram o uniforme escolar.

Minha mãe separou para mim uma camisa azul-claro nova, uma gravata vermelha e calça escura.

— Você precisa estar bem-vestido, Eddie. Para mostrar respeito.

Eu na verdade não queria mostrar respeito a Sean Cooper. Também não queria ir ao enterro dele. Eu nunca tinha ido a um antes. Não que eu me lembrasse. Aparentemente, meus pais tinham me levado ao enterro do meu avô, mas eu era bebê na época e, além disso, meu avô era velho. Era de se esperar que velhos morressem. Eles até cheiram como se já estivessem meio mortos. Um odor mofado e rançoso.

A morte acontecia com outras pessoas, não com crianças como nós, não com pessoas que conhecíamos. A morte era abstrata e distante. O enterro de Sean Cooper provavelmente foi a primeira vez que compreendi que a morte está apenas a um frio e azedo ofegar. Seu maior truque é nos fazer pensar que ela não está ali. E a morte tem muitos truques sob sua manga fria e escura.

A igreja ficava a uma caminhada de dez minutos da nossa casa. Desejei que fosse mais distante. Eu arrastava os pés e puxava o colarinho da camisa.

Minha mãe estava com o mesmo vestido azul que usara na festa de Gav Gordo, mas com um casaco vermelho por cima. Para variar, meu pai estava de calça comprida, pelo que fiquei grato, e camisa com flores vermelhas, pelo que não fiquei.

Chegamos ao portão da igreja ao mesmo tempo em que Hoppo e a mãe dele. A não ser quando estava no carro, a caminho de alguma faxina, não costumávamos ver a mãe de Hoppo por aí. Naquele dia, ela havia prendido o cabelo arrepiado em um coque. Usava um vestido azul folgado e sandálias velhas em péssimo estado. É horrível dizer isso, mas, com aquela aparência, fiquei feliz por ela não ser minha mãe.

Hoppo vestia uma camiseta vermelha, calça azul do uniforme escolar e sapatos pretos. O cabelo grosso e escuro tinha sido penteado para o lado. Ele não parecia o Hoppo de sempre. Não só por causa do cabelo e das roupas elegantes, mas porque parecia tenso, preocupado. Ele trazia Murphy na coleira.

— Olá, David. Olá, Gwen — cumprimentou minha mãe.

Eu não sabia que o nome da mãe de Hoppo era Gwen. Minha mãe sempre foi boa em gravar nomes; meu pai, nem tanto. Antes do mal de Alzheimer se agravar, ele costumava brincar dizendo que esquecer o nome das pessoas não era novidade, mesmo antes que ele começasse a ficar maluco.

— Olá, Sr. e Sra. Adams — cumprimentou Hoppo.

— Olá — disse a mãe dele com uma voz débil e fina. Ela sempre falava como se estivesse se desculpando.

— Como vai? — perguntou minha mãe com o tom educado que sempre usava quando na verdade não queria saber.

A mãe de Hoppo não entendeu a dica e respondeu:

— Não muito bem. Quer dizer, tudo isso é tão terrível, e Murphy passou mal a noite inteira.

— Ah, coitado — comentou meu pai, realmente comovido.

Eu me inclinei para fazer carinho em Murphy. Desanimado, ele abanou o rabo uma vez e afundou no chão. Parecia tão relutante em estar ali quanto o restante de nós.

— Foi por isso que vocês o trouxeram? — perguntou meu pai.

Hoppo assentiu.

— Não quisemos deixá-lo em casa. Ele faria bagunça. E se o deixássemos no jardim, ele pularia a cerca e fugiria. Então pensamos em prendê-lo aqui fora.

Meu pai assentiu.

— Parece uma boa ideia. — Ele acariciou a cabeça de Murphy. — Pobrezinho. Está ficando velho, não é?

— Então — disse minha mãe —, acho melhor entrarmos.

Hoppo se abaixou e abraçou Murphy. O velho cão passou a língua grande e molhada em seu rosto.

— Bom menino — sussurrou Hoppo. — Tchau.

Todos atravessamos o portão da igreja em direção à entrada. Mais pessoas se reuniam do lado de fora, outras fumavam furtivamente. Vi Gav Gordo com os pais. Nicky estava na entrada da igreja, ao lado do Rev. Martin. Ela segurava um grosso maço de papéis. *Hinos*, pensei.

Fiquei tenso. Era a primeira vez que meus pais e o Rev. Martin se encontravam cara a cara desde a festa e o pacote. Ao nos ver, o reverendo sorriu.

— Sr. e Sra. Adams, Eddie. Obrigado por comparecerem neste dia terrivelmente triste.

Ele estendeu a mão. Meu pai não a apertou. O sorriso permaneceu no rosto do reverendo, mas dava para ver o relance de algo menos agradável em seu olhar.

— Por favor, peguem uma folha de hinos e se acomodem lá dentro.

Pegamos as folhas. Nicky meneou a cabeça breve e silenciosamente em minha direção e entramos devagar na igreja.

Estava frio lá dentro, o bastante para me fazer tremer de leve. Também estava escuro. Meus olhos demoraram um pouco para se ajustar. Algumas pessoas já estavam sentadas. Reconheci alguns garotos da escola. Alguns professores também, e o Sr. Halloran. Impossível deixar de notá-lo com o chocante cabelo branco. Para variar, usava uma camisa vermelha naquele dia. Seu chapéu estava no colo. Quando me viu entrando com meus pais, me lançou um sorriso discreto. Todos sorriam de um jeito estranho naquele dia, como se ninguém soubesse o que fazer com o próprio rosto.

Nós nos sentamos e esperamos, até que Nicky e o reverendo entraram e a música começou a tocar. Era uma melodia que eu já ouvira, mas que não conseguia identificar. Não era um hino ou coisa do tipo. Uma canção moderna, lenta. Embora fosse atual, fiquei na dúvida se era adequada para Sean, que gostava de Iron Maiden.

Todos baixamos a cabeça enquanto o caixão era trazido para dentro da igreja. Mickey Metal e os pais caminharam mais atrás. Foi a primeira vez que vimos Mickey Metal desde o acidente. Seus pais não o deixavam ir para a escola, e depois tinham ido ficar na casa dos avós dele.

Mickey Metal não estava olhando para o caixão — olhava diretamente para a frente, com o corpo todo rígido. O esforço de caminhar, respirar e não chorar parecia mobilizar toda a sua concentração. Estavam no meio da igreja quando ele parou. O homem que vinha mais atrás quase trombou nele. Houve um momento de confusão e, então, Mickey Metal deu meia-volta e saiu correndo da igreja.

Todos se entreolharam, exceto os pais dele, que pareceram mal ter percebido a saída do filho. Os dois continuaram a se arrastar como zumbis, presos no casulo de seu luto. Ninguém foi atrás de Mickey Metal. Olhei para a minha mãe, mas ela se limitou a balançar a cabeça de leve e apertar a minha mão.

Acho que foi isto que me atingiu: voltar a ver Mickey Metal tão alterado por causa de um garoto que a maioria de nós odiava, mas que ainda assim era irmão dele. Talvez Sean não tivesse sido sempre um valentão. Talvez, quando pequeno, ele brincasse com o irmão menor. Talvez ambos tivessem ido juntos ao parque, compartilhado Legos e a hora do banho.

Agora Sean estava deitado em um caixão frio e escuro coberto de flores com um cheiro muito forte enquanto alguém tocava uma música que ele teria odiado, e ele não podia dizer nada porque nunca mais diria nada a ninguém.

Engoli em seco e pisquei rapidamente. Minha mãe cutucou o meu braço e todos nos sentamos. A música parou, o Rev. Martin se levantou e falou sobre Sean Cooper e Deus. A maior parte do que disse não fez muito sentido. Coisas sobre o céu ter mais um anjo e como Deus queria Sean Cooper mais do que as pessoas na Terra. Ao olhar para seus pais, abraçados e chorando tanto que pareciam a ponto de quebrarem em pedaços, achei que não fosse o caso.

O Rev. Martin estava quase terminando quando ouvimos um grande estrondo e um deslocamento de ar que fez com que algumas folhas de hino caíssem no chão. A maioria das pessoas olhou para trás, inclusive eu.

As portas da igreja se abriram. A princípio, pensei que Mickey Metal tinha voltado, mas distingui duas pessoas envoltas em uma auréola de luz. À medida que avançaram pela igreja, as reconheci: a amiga loura da Garota do Twister e o policial Thomas, que tinha ido à nossa casa (mais tarde descobri que o nome dela era Hannah e que o policial Thomas era o seu pai).

Por um instante, perguntei-me se a garota loura estava em apuros. O policial Thomas segurava o seu braço com firmeza e, meio que marchando, praticamente a arrastou pelo corredor. Um burburinho tomou conta da igreja.

A mãe de Mickey sussurrou algo para o marido, que se levantou. Seu rosto parecia tenso e irritado. Do púlpito, o Rev. Martin disse:

— Se vieram prestar suas homenagens ao falecido, estamos prestes a ir para o cemitério.

O policial Thomas e a garota loura pararam. Ele olhou para o restante de nós. Ninguém fez contato visual. Todos nos sentamos, calados e curiosos, tentando disfarçar. A garota loura só olhava para baixo, como que desejando que o chão a engolisse — o que estava prestes a acontecer com Sean Cooper.

— Homenagens? — questionou o policial Thomas lentamente. — Não. Não vou prestar homenagens. — E cuspiu no chão, bem diante do caixão. — Não para o garoto que *estuprou* a minha filha.

O som das pessoas perdendo o fôlego subiu dos bancos até as vigas da igreja. Acho que até eu fiz um pequeno ruído. *Estuprou?* Eu não sabia muito bem o que significava "estupro" (em vários aspectos acho que eu era muito ingênuo para doze anos de idade), mas sabia que era obrigar uma garota a fazer algo que ela não queria, e eu sabia que isso era ruim.

— *Seu bastardo mentiroso!* — gritou o pai de Mickey Metal.

— Bastardo? — rosnou o policial Thomas. — Vou lhe dizer o que é um bastardo. — Ele apontou para a filha. — Bastardo é a criança que ela carrega no ventre.

Outra vez o som. O rosto do Rev. Martin parecia prestes a escorrer do crânio. Ele abriu a boca, mas antes que pudesse dizer qualquer coisa houve um enorme rugido, e o pai de Mickey Metal se lançou contra o policial Thomas.

O pai de Mickey Metal não era grande, mas era robusto e ágil e pegou Thomas desprevenido. O policial balançou, porém conseguiu manter o equilíbrio. Os dois oscilaram para a frente e para trás, agarrando os braços um do outro como se executassem uma horrível e estranha dança. Então o policial Thomas se afastou e fez menção de dar um soco na cabeça do adversário. De algum modo, o pai de Mickey Metal se esquivou e revidou. O golpe acertou o alvo e o policial Thomas cambaleou para trás.

Vi o que estava prestes a acontecer um segundo antes de o fato se concretizar. Acho que a maioria dos presentes também. Ouviram-se gritos e alguém berrou "*Nãoooo!*" no exato momento em que o policial Thomas se chocou contra o caixão de Sean Cooper, tirando-o do lugar diante do púlpito e arremessando-o no chão de pedra.

Eu não sei se imaginei o que se seguiu, porque com certeza a tampa devia estar bem fechada. Quer dizer, ninguém queria que o caixão se abrisse quando estivesse sendo baixado à sepultura. No entanto, assim que o caixão atingiu o chão, ouvi um som horrível de algo se partindo — o que me fez pensar nos ossos de Sean Cooper chacoalhando ali dentro —, a tampa se abriu um pouco e tive um vislumbre fugaz da mão branca e pálida de Sean.

Ou talvez não. Talvez fosse minha louca e estúpida imaginação novamente. Tudo aconteceu muito depressa. Quase no mesmo instante em que o caixão atingiu o chão, gritos ecoaram pela igreja e vários homens correram para erguê-lo e colocá-lo de volta no pedestal.

O policial Thomas se levantou, sem equilíbrio. O pai de Mickey Metal parecia tão desequilibrado quanto o adversário. Ele ergueu o braço como se fosse bater outra vez no policial Thomas, mas em vez disso se virou, se jogou sobre o caixão e começou a chorar compulsivamente.

O policial Thomas olhou em volta. Parecia um tanto atordoado, como se tivesse acordando de um terrível pesadelo. Seus punhos se fecharam e se abriram. Ele passou a mão pelo cabelo escuro, suado e despenteado. Um hematoma se formava junto ao olho direito.

— Papai, por favor? — sussurrou a garota loura.

O policial Thomas olhou para ela, agarrou a sua mão outra vez e a puxou de volta pelo corredor da igreja. Ao chegar à porta, ele se virou e grunhiu:

— Isso ainda não acabou.

Após isso, os dois foram embora.

Todo o incidente deve ter durado uns três ou quatro minutos, porém pareceu ter demorado muito mais. O Rev. Martin pigarreou alto, mas ainda assim só se ouvia o pai de Mickey Metal chorando.

— Sinto muitíssimo por essa interrupção. Vamos prosseguir com o serviço. Se os presentes puderem ficar de pé.

Ouviu-se mais música. Alguns parentes de Mickey Metal arrastaram o pai dele para longe do caixão, e todos saímos da igreja para o cemitério.

Eu mal tinha saído da igreja quando senti a primeira gota na cabeça. Olhei para cima. O azul fora varrido do céu por nuvens cinza como palha de aço, e a chuva pingava sobre o caixão e os enlutados.

Ninguém tinha trazido guarda-chuva, por isso todos nos amontoamos em nossas roupas vermelhas e azuis, ombros curvados contra a garoa que aumentava. Estremeci de leve enquanto o caixão era baixado aos poucos. As flores tinham sido retiradas, como que para sugerir que nada vivo e colorido deveria entrar naquele buraco escuro e profundo.

Achei que a briga na igreja tinha sido a pior parte do enterro, mas estava errado. Aquilo era pior. O chacoalhar e o raspar da terra na tampa de madeira do caixão. O cheiro de terra úmida sob o calor minguante do sol de setembro. Olhar para aquele abismo aberto no chão e saber que não havia volta. Nenhuma desculpa, nenhuma cláusula de exceção, nenhum bilhete que sua mãe pudesse escrever para o professor. A morte era final e absoluta, e não havia nada que se pudesse fazer para mudar isso.

Quando enfim terminou, todos nos afastamos do túmulo. O salão da igreja fora preparado para que as pessoas comessem sanduíches e bebessem após a cerimônia. Minha mãe me disse que isso se chamava "vigília".

Tínhamos quase chegado ao portão quando um conhecido dos meus pais parou para falar com eles. Gav Gordo e sua família estavam logo atrás, conversando com a mãe de Hoppo. Vi a família de Mickey, mas não o próprio. Achei que ele devia estar em algum lugar ali perto.

De repente me peguei um tanto perdido, ali parado na saída do cemitério.

— Oi, Eddie.

Eu me virei. O Sr. Halloran se aproximou. Ele tinha colocado o chapéu para não molhar a cabeça e segurava um maço de cigarros. Eu nunca o vira fumando, mas me lembrei do cinzeiro no chalé.

— Oi, senhor.

— Como está se sentindo?

Dei de ombros.

— Não sei direito.

Ele tinha uma habilidade que a maioria dos adultos não tem, a de nos fazer responder com sinceridade.

— Tudo bem. Você não precisa se sentir triste.

Hesitei. Não sabia bem como responder àquilo.

— Não dá para se entristecer por todo mundo que morre. — Ele baixou a voz. — Sean Cooper era um valentão. O fato de ele estar morto não muda isso. Mas também não quer dizer que o que aconteceu com ele não tenha sido trágico.

— Porque ele era apenas um garoto?

— Não. Porque ele nunca teve a chance de mudar.

Assenti e perguntei:

— Aquilo que o policial disse é verdade?

— Sobre Sean Cooper e a filha dele?

Assenti de leve.

O Sr. Halloran olhou para o maço de cigarros. Imagino que queria muito acender um, mas provavelmente achou que não deveria fumar no cemitério.

— Sean Cooper não era um bom rapaz. Algumas pessoas dariam esse mesmo nome ao que ele fez com você.

Senti as bochechas corarem. Eu não queria pensar nesse assunto. Como que percebendo meu desconforto, o Sr. Halloran prosseguiu:

— Você me perguntou se acho que ele fez aquilo de que o policial o acusou. Não, eu acho que não.

— Por quê?

— Porque acho que aquela moça não fazia o tipo de Sean Cooper.

— Ah.

Fiquei sem saber se tinha entendido direito o que ele falara.

O Sr. Halloran balançou a cabeça.

— Esqueça. E não se preocupe mais com Sean Cooper. Agora ele não pode mais machucar você.

Pensei nas pedras em minha janela, na pele azul acinzentada ao luar.

Ei, Cara de Merda.

Eu não tinha tanta certeza.

Mas respondi:

— Não, senhor. Quer dizer, sim, senhor.

— Bom garoto.

Ele sorriu e se afastou.

Eu ainda estava tentando digerir tudo aquilo quando alguém agarrou o meu braço. Quando me virei, Hoppo estava diante de mim. O penteado já estava desfeito e sua camisa, meio para fora da calça. Segurava a guia e a coleira de Murphy, mas Murphy não estava ali.

— O que aconteceu?

Ele me encarou com olhos desesperados.

— Murphy. Ele fugiu.

— Ele escapou da coleira?

— Não sei. Ele nunca fez isso antes. Não estava frouxa nem nada.

—Você acha que ele voltou para casa? — perguntei.

Hoppo balançou a cabeça.

— Não sei. Ele está velho, a visão e o olfato não são tão bons.

Dava para ver que Hoppo estava tentando não entrar em pânico.

— Mas ele é lento — argumentei.— Então, não pode ter ido muito longe.

Olhei em volta. Os adultos ainda conversavam e Gav Gordo estava muito longe para chamarmos a sua atenção. Eu ainda não tinha visto Mickey Metal... mas vi outra coisa.

Um desenho em uma pedra memorial plana junto aos portões da igreja. Já começava a ser apagado pela chuva, mas mesmo assim chamou a minha atenção porque estava errado. Estava fora de lugar, mas me parecia familiar. Eu me aproximei. Braços e pernas ficaram arrepiados e meu couro cabeludo pareceu muito pequeno para o meu crânio.

Um homem de giz branco. Braços erguidos, um pequeno "o" no lugar da boca, como se estivesse gritando. E ele não estava sozinho. Ao seu lado, alguém desenhara um cachorro de giz rudimentar. De repente, tive um mau pressentimento. Um pressentimento muito ruim.

Cuidado com os homens de giz.

— O que foi? — perguntou Hoppo.

— Nada. — Eu me levantei depressa. — Vamos atrás do Murphy. Agora.

— David, Eddie. O que houve?

Meus pais e a mãe de Hoppo se aproximaram.

— Murphy. Ele... fugiu — falei.

— Ah, não! — A mãe de Hoppo levou a mão ao rosto.

Hoppo apertou a coleira com mais força.

— Mãe, temos que procurá-lo — falei.

— Eddie... — começou a dizer minha mãe.

— *Por favor?* — implorei.

Vi que estava refletindo. Não parecia satisfeita; estava pálida e tensa — mas estávamos em um *enterro*. Meu pai pousou a mão no braço dela e meneou a cabeça de leve.

— Está bem — respondeu minha mãe. — Vá procurar o Murphy. Depois que achá-lo, encontre com a gente no salão da igreja.

— Obrigado.

— Anda. Vai.

Descemos a rua chamando por Murphy, o que provavelmente era inútil, já que o cachorro era bem surdo.

— Não acha melhor procurarmos na sua casa primeiro, só por garantia? — sugeri.

Hoppo assentiu.

— Acho que sim.

Hoppo morava do outro lado da cidade, em uma rua estreita de casas geminadas. Era o tipo de rua onde os homens se sentavam nos degraus da frente bebendo cerveja, crianças de fralda brincavam no meio-fio e sempre havia um cão latindo. Não me dei conta na época, mas talvez fosse por isso que nunca ficávamos muito tempo na casa dele. O restante do grupo morava em casas bem decentes. A minha podia estar um tanto depauperada e antiquada, porém ficava em uma rua agradável com calçadas gramadas, árvores e coisas do tipo.

Seria gentil dizer que a casa de Hoppo era uma das melhores da rua, mas não era. Cortinas amareladas pendiam das janelas, a pintura da porta da frente estava descascando e havia uma variedade de potes quebrados, anões de jardim e uma velha espreguiçadeira no pequeno quintal da frente.

O interior também era caótico. Lembro-me de ter pensado que, para uma faxineira, a mãe de Hoppo não mantinha a própria casa muito limpa. Havia coisas empilhadas por toda parte, e tudo em lugares estranhos: caixas de cereal barato empilhadas na TV da sala de estar, rolos de papel higiênico formando um morrinho no corredor, embalagens jumbo de água sanitária e caixas de veneno contra lesma de jardim empilhadas na mesa da cozinha. A casa também fedia a cachorro. Eu adorava o Murphy, mas o cheiro não era sua melhor qualidade.

Hoppo correu pela lateral da casa até o jardim dos fundos e voltou balançando a cabeça.

— Ok — falei. — Bem, vamos procurar no parque. Ele pode ter ido para lá.

Hoppo assentiu, mas dava para ver que ele estava lutando contra as lágrimas.

— Ele nunca fez isso antes.

— Vai ficar tudo bem — consolei, o que foi uma coisa estúpida de dizer, porque não ficou. Longe disso.

Nós o encontramos encolhido sob um arbusto, não muito longe do parquinho. Acho que deve ter tentado se abrigar. A chuva caía com força agora. O cabelo de Hoppo pendia em mechas grossas, como algas, e minha camisa estava grudada no corpo. Meus sapatos também estavam encharcados e eu chapinhava a cada passo enquanto corríamos em direção ao cachorro.

De longe, Murphy parecia dormir. Apenas ao nos aproximarmos percebemos o difícil subir e descer de seu peito largo e ouvimos sua respiração áspera e ofegante. Ao chegarmos mais perto, bem ao lado dele, vimos o local em que tinha vomitado. Por toda parte. Não era um vômito normal. Era grosso, alcatroado e preto, por causa de todo o sangue que continha. E veneno.

Ainda me lembro do cheiro e dos enormes olhos castanhos quando nos ajoelhamos ao seu lado. Estavam muito confusos. E, no entanto, tão gratos. Como se fôssemos dar um jeito. Só que não podíamos. Pela segunda vez naquele dia entendi que há certas coisas que não dá para consertar.

Tentamos erguê-lo e carregá-lo. Hoppo conhecia um veterinário. Mas Murphy era muito gordo e o pelo molhado o deixou ainda mais pesado. Nem tínhamos saído do parque quando ele voltou a tossir e a sentir ânsia de vômito. Nós o deitamos na relva molhada.

— E se eu corresse até o veterinário para chamar alguém? — sugeri.

Hoppo apenas balançou a cabeça e disse com a voz rouca e embargada:

— Não. Não vai adiantar.

Ele afundou o rosto no pelo grosso e encharcado de Murphy, agarrando--se ao cão como se tentasse impedi-lo de partir, de passar deste mundo para o próximo.

Mas é claro que ninguém, nem mesmo a pessoa que mais o ama no mundo, é capaz de evitar que isso aconteça. Tudo o que pudemos fazer foi tentar confortá-lo, sussurrar em suas orelhas flexíveis e tentar amenizar a dor. No fim, deve ter sido suficiente, porque Murphy ofegou uma última vez e parou de respirar.

Hoppo chorou sobre o corpo imóvel do cachorro. Tentei em vão conter as lágrimas, e elas escorreram pelo meu rosto. Mais tarde, eu perceberia que naquele dia choramos mais por um cachorro morto do que pelo irmão de Mickey Metal. E isso também voltaria para nos assombrar.

Por fim, unimos forças para tentar levá-lo para a casa de Hoppo. Foi a primeira vez que toquei de verdade em algo morto. "Murphy estava ainda mais pesado do que antes", pensei. *Peso morto.* Demoramos quase meia hora, com algumas pessoas parando para ver, mas nenhuma se oferecendo para ajudar.

Nós o deitamos em sua cama na cozinha.

— O que você vai fazer com ele? — perguntei.

— Enterrá-lo — respondeu Hoppo, como se fosse óbvio.

— Sozinho?

— Ele é o meu cachorro.

Eu não sabia o que dizer, por isso fiquei em silêncio.

—Você devia voltar para a vigília — disse Hoppo.

Parte de mim sentia que eu devia me oferecer para ficar e ajudá-lo, mas uma parte maior queria simplesmente fugir dali.

— Certo.

Eu me virei.

— Eddie?

— Sim?

— Quando descobrir quem fez isso, vou matá-lo.

Nunca esqueci a expressão em seu olhar ao dizer aquilo. Talvez tenha sido por esse motivo que não falei sobre o desenho do homem de giz com o cachorro. Ou sobre o fato de não ter visto Mickey Metal depois que saiu correndo da igreja.

2016

Não me considero alcoólatra. Da mesma forma que não me considero acumulador compulsivo. Sou um homem que gosta de beber e colecionar coisas.

Não bebo todo dia e em geral não vou para a escola cheirando a bebida. Embora já tenha acontecido. Felizmente, isso não chegou ao conhecimento da diretoria, mas rendeu um conselho de um colega professor:

— Ed, vá para casa, tome um banho e compre um antisséptico bucal. E, no futuro, limite-se a se embebedar no fim de semana.

Na verdade, bebo mais e em uma frequência maior do que deveria. Hoje estou sentindo vontade. Um aperto na garganta. Uma secura nos lábios que nenhuma quantidade de saliva vai dissipar. Não preciso apenas de uma bebida. Preciso *beber*. Uma sutileza gramatical. Uma enorme diferença em intenção.

Vou ao supermercado e escolho dois tintos encorpados no corredor de vinhos. Pego uma garrafa de um bom Bourbon e empurro o carrinho até o caixa automático. Converso um pouco com a mulher que supervisiona as caixas registradoras e guardo as garrafas no carro. Volto para casa logo depois das seis da tarde, seleciono alguns vinis antigos que não ouço já há algum tempo e sirvo a primeira taça de vinho.

Nesse momento, a porta da frente bate com força suficiente para estremecer os castiçais no console da lareira e a taça cheia balançar precariamente na mesa.

— Chloe?

Presumo que seja ela. As portas estão trancadas e ninguém mais tem a chave. No entanto, Chloe não costuma bater portas — ela levita como um gato ou algum tipo de névoa sobrenatural.

Olho para a taça de vinho com ansiedade e com um suspiro ressentido, me levanto e vou para a cozinha, onde agora posso ouvi-la abrir e fechar a geladeira ruidosamente e bater copos. Há outro som também. Um som com o qual não estou muito habituado.

Demora um instante e então percebo que Chloe está chorando.

Não sei lidar com lágrimas. Não choro muito, não chorei nem no enterro do meu pai. Não gosto da bagunça, do muco, do barulho. Ninguém fica bonito chorando. Pior ainda, se está chorando, uma mulher quase sempre precisa de consolo. Também não sou bom nisso.

Hesito à porta da cozinha e ouço Chloe dizer:

— Ah, que merda. Sim, Ed, eu estou chorando. Ou você entra e lida com isso, ou vai se foder.

Abro a porta. Chloe está sentada à mesa da cozinha com uma garrafa de gim e um copo grande à sua frente. Nenhuma água tônica. O cabelo está mais desgrenhado do que de costume e há riscos de rímel preto nas bochechas.

— Não vou me dar ao trabalho de perguntar se você está bem.

— É bom mesmo, porque senão posso enfiar esta garrafa de gim no seu rabo.

— Quer conversar a respeito?

— Na verdade, não.

— Certo. — Eu me aproximo da mesa. — Há algo que eu possa fazer?

— Sentar e tomar um drinque.

Ainda que essa já fosse a minha intenção, gim não é a minha bebida preferida, mas sinto que a oferta não é negociável. Pego um copo no armário e deixo Chloe me servir uma dose caprichada.

Vacilante, ela empurra o copo pelo tampo da mesa. Imagino que esse não seja seu primeiro, segundo ou terceiro drinque. O que é incomum. Chloe gosta de sair, gosta de beber, mas acho que nunca a vi muito bêbada.

— Então — diz ela, com a voz um pouco enrolada —, como foi o seu dia?

— Bem, tentei registrar o desaparecimento do meu amigo à polícia.

— E?

— Apesar de não ter voltado para o hotel ontem à noite, de estar sem a carteira e os cartões bancários e não estar atendendo ao celular, ele só pode ser declarado oficialmente desaparecido após vinte e quatro horas.

— Não brinca.

— Brinco.

—Você acha que aconteceu alguma coisa com ele?

Ela parece preocupada de verdade.

Tomo um gole de gim.

— Não sei.

— Talvez ele tenha voltado para casa.

— Talvez.

— Então, o que você vai fazer?

— Bem, acho que terei de voltar à delegacia amanhã.

Ela olha fixamente para o copo.

— Amigos, hein? Trazem mais problemas do que valem. Só não são tão ruins quanto parentes.

— Acho que sim — comento, cauteloso.

— Ah, acredite em mim. Dos amigos a gente pode se livrar. Dos parentes, não. Eles estão sempre ali, no fundo, ferrando com a sua mente.

Ela toma o gim e se serve de outra dose.

Chloe nunca falou sobre a sua vida pessoal, e eu nunca perguntei. É como com as crianças: se querem dizer algo, elas dizem. Se você perguntar, elas recuam para dentro da concha.

Na verdade, *andei* me perguntando. Durante um tempo, achei que a presença de Chloe em minha casa pudesse ter algo a ver com um namorado, uma separação complicada. Afinal, há diversas repúblicas de estudantes mais perto de onde ela trabalha, com pessoas em idade mais próxima e com perspectivas parecidas. Não se escolhe morar em uma casa velha, grande e assustadora com um homem estranho e solteiro a menos que se tenha um bom motivo para querer solidão e privacidade.

Contudo, Chloe nunca disse nada, portanto nunca forcei a barra, com medo de afugentá-la. Encontrar uma pessoa para ocupar o meu quarto de hóspedes é uma coisa. Encontrar uma companhia para preencher a minha solidão é outra completamente diferente.

Tomo mais um gole de gim, já sem tanta vontade de beber. Nada como lidar com outro bêbado para nos fazer mudar de ideia quanto a se embebedar.

— Bem — digo —, tanto parentes quanto amigos podem ser complicados...

— Eu sou sua amiga, Ed?

A pergunta me derruba. Chloe me encara com o olhar sério, fora de foco, os músculos faciais um tanto lânguidos, os lábios separados.

Engulo em seco.

— Espero que sim.

Ela sorri.

— Que bom. Porque eu jamais faria algo que o magoasse. Quero que você saiba disso.

— Eu sei — digo, mesmo sem saber de verdade.

As pessoas podem nos magoar sem perceber. Chloe me magoa um pouco a cada dia apenas pelo fato de existir. E está tudo bem.

— Que bom.

Ela aperta a minha mão, e fico alarmado ao ver seus olhos voltarem a se encher de lágrimas. Ela enxuga o rosto.

— Meu Deus, sou tão idiota... — Ela toma outro gole de bebida. — Preciso contar uma coisa.

Não gosto dessas palavras. Nada de bom pode sair de uma frase que começa assim. É como a fatídica "Precisamos conversar...".

— Chloe — digo.

Mas sou literalmente salvo pelo gongo. Há alguém à porta. Não recebo muitas visitas, muito menos do tipo que chega sem avisar.

— Quem diabos será? — pergunta Chloe com a cordialidade e o bom humor habituais.

— Não sei.

Eu me arrasto pesadamente até a porta da frente e a abro. Há dois homens de terno cinza do lado de fora. Antes mesmo de abrirem a boca, sei que são da polícia. Há algo neles que me diz isso. As expressões cansadas. O cabelo mal cortado. Os sapatos baratos.

— Sr. Adams? — pergunta o mais alto, de cabelo escuro.

— Sim?

— Sou o inspetor Furniss. Este é o sargento Danks. Você foi à delegacia hoje à tarde para registrar o desaparecimento de um amigo seu, Mick Cooper?

— Eu tentei. Disseram que ele não estava oficialmente desaparecido.

— Certo. Sentimos muito por isso — diz o mais baixo e calvo. — Podemos entrar?

Penso em perguntar por quê, mas eles vão acabar entrando de qualquer maneira, então não parece valer a pena. Eu me afasto.

— É claro.

Eles passam por mim, entram no vestíbulo e fecho a porta.

— Por aqui.

Por força do hábito, eu os levo para a cozinha. Assim que vejo Chloe, percebo que pode ter sido um erro. Ela ainda está com as roupas de "balada":

um colete preto apertado decorado com caveiras, uma minúscula minissaia de Lycra, meia-calça arrastão e botas pesadas.

Ela olha para os policiais.

— Ah, companhia, que bom.

— Esta é Chloe, minha inquilina. E amiga.

A dupla é profissional demais para erguer a sobrancelha, mas sei o que estão pensando. Homem mais velho morando com uma bela jovem. Ou estou dormindo com ela, ou sou apenas um velho devasso. Infelizmente, trata-se da última alternativa.

— Posso lhes servir algo? Chá, café? — pergunto.

— Gim? — Chloe ergue a garrafa.

— Infelizmente estamos de serviço, senhorita — responde Furniss.

— Ok — digo. — Hum, bem, por favor, sentem-se.

Eles se entreolham.

— Na verdade, Sr. Adams, seria melhor se conversássemos a sós.

Olho para Chloe.

— Você se importa?

— Ora, *perdão*. — Ela pega a garrafa e o copo. — Estarei na porta ao lado se precisar de mim.

Ela olha feio para os dois policiais e sai da cozinha.

Eles arrastam as cadeiras e se sentam enquanto me acomodo desajeitadamente à cabeceira da mesa.

— Posso saber do que se trata exatamente? Eu já disse tudo à sargento de plantão.

— Sei que pode parecer que o senhor está se repetindo, mas poderia nos contar tudo de novo, em detalhes?

Danks pega uma caneta.

— Bem, Mickey saiu daqui ontem à noite.

— Perdão, poderia voltar um pouco mais? Por que ele veio? Pelo que sei, ele mora em Oxford, certo?

— Bem, ele é um amigo de longa data que voltou a Anderbury e quis encontrar comigo.

— Quantos anos?

— Éramos amigos de infância.

— E vocês mantiveram contato?

— Na verdade, não. Mas às vezes é bom colocar o papo em dia.

Ambos assentiram.

— De qualquer forma, ele veio jantar.

— A que horas?

— Ele chegou às sete e meia.

—Veio de carro?

— Não, veio a pé. O hotel em que ele está hospedado não fica muito longe, e acho que ele queria beber.

— Quanto você diria que ele bebeu?

— Bem — lembro das garrafas de cerveja na lixeira —, sabe como é. Estávamos comendo, conversando...Talvez umas seis ou sete cervejas.

— Uma boa quantidade, então.

— Creio que sim.

— Em que estado você diria que ele estava quando saiu?

— Bem, ele não estava caindo nem falando enrolado, mas estava bem bêbado.

— E o senhor o deixou voltar para o hotel?

— Eu me ofereci para chamar um táxi, mas ele me disse que a caminhada o ajudaria a ficar sóbrio.

— Certo. Isso foi mais ou menos a que horas?

— Eram umas dez, dez e meia. Nem era muito tarde.

— E foi a última vez que o viu ontem?

— Sim.

— O senhor entregou a carteira dele à sargento?

Com muita dificuldade. Ela queria que eu ficasse com o objeto, mas insisti.

— Sim.

— Como o senhor acabou de posse da carteira?

— Mickey deve tê-la esquecido quando foi embora.

— Por que não tentou devolvê-la ontem?

— Só percebi hoje. Chloe me ligou quando a encontrou.

—A que horas foi isso?

— Perto da hora do almoço.Tentei ligar para Mickey para avisar que tinha esquecido a carteira, mas ele não atendeu.

Mais anotações.

— Foi quando o senhor foi ao hotel para verificar se o seu amigo estava bem?

— Sim. Lá me disseram que ele não tinha voltado ontem. Foi quando decidi procurar a polícia.

Mais meneares de cabeça. Então, Furniss pergunta:

— Como o senhor diria que seu amigo estava ontem à noite?

— Ótimo... hum, bem.

— Ele estava de bom humor?

— Bem, acho que sim.

— Qual foi o propósito da visita?

— Posso perguntar se isso é relevante?

— Todos esses anos sem contato e do nada ele vem visitar você. É um pouco estranho.

— Como dizia Jim Morrison, as pessoas são estranhas.

Eles me encaram sem entender. Não são fãs de rock clássico.

— Olha, foi um encontro social — explico. — Conversamos sobre um monte de coisas. O que andamos fazendo. Trabalho. Nada realmente importante. Agora posso saber o porquê de todas essas perguntas? Aconteceu alguma coisa com Mickey?

Eles parecem considerar a minha pergunta e, então, Danks fecha o bloco de anotações.

— Um corpo que corresponde à descrição de seu amigo, Mickey Cooper, foi encontrado hoje.

Um corpo. Mickey. Tento assimilar a informação. Aquilo fica preso em minha garganta. Não consigo falar. Tenho dificuldade para respirar.

— O senhor está bem?

— Eu... eu não sei. Estou chocado. O que aconteceu?

— Resgatamos o corpo dele no rio.

Aposto que ele está todo inchado e verde e que os peixes comeram os seus olhos.

— Mickey se afogou?

— Ainda estamos tentando estabelecer as circunstâncias exatas da morte de seu amigo.

— Se ele caiu no rio, o que há para estabelecer?

Algo parece se passar entre eles.

— O Old Meadows Park não fica na direção oposta à do hotel de seu amigo?

— Bem, fica, sim.

— Então por que ele estava lá?

— Talvez tenha decidido caminhar um pouco mais para ficar sóbrio. Ou talvez tenha pegado o caminho errado.

— Talvez.

Eles parecem céticos.

—Vocês acham que a morte de Mickey não foi acidental?

— Pelo contrário, temos certeza de que essa é a explicação mais provável. No entanto, precisamos explorar todas as outras opções.

— Tipo?

— O senhor sabe de alguém que poderia querer mal ao Mickey?

Sinto um lado da cabeça começar a latejar. Quem poderia querer mal ao Mickey? Bem, sim, consigo pensar em pelo menos um nome, mas ele dificilmente teria condições de vagar pelos parques à noite e empurrar Mickey no rio.

— Não, não consigo pensar em ninguém. — Com uma voz um pouco mais firme, acrescento: — Anderbury é uma cidade tranquila. Não consigo imaginar ninguém ferindo Mickey.

Os dois fazem que sim com a cabeça.

— Tenho certeza de que o senhor está certo. Provavelmente foi um acidente triste e infeliz.

Assim como o do irmão dele, penso. *Triste, infeliz e um pouco semelhante demais.*

— Lamento lhe dar essa notícia, Sr. Adams.

— Tudo bem. É o trabalho de vocês.

Eles afastam as cadeiras. Eu me levanto para acompanhá-los até a porta.

— Tem mais uma coisa.

Claro. Sempre tem.

— Sim?

— Encontramos algo com o seu amigo que nos deixou um tanto intrigados. Gostaríamos de saber se o senhor poderia nos dar alguma luz.

— Se eu puder...

Furniss tira um saco plástico transparente do bolso e o deixa na mesa.

Dentro do saco há uma folha de papel com o desenho de um homem-palito enforcado e um único pedaço de giz branco.

1986

— Oh, mulher de pouca fé.

Às vezes meu pai falava isso para a minha mãe quando ela não acreditava que ele conseguiria fazer algo. Acho que era uma piada interna, porque minha mãe sempre olhava para ele e retrucava:

— Não, eu não tenho nenhuma fé.

E os dois riam.

Acho que a graça era que meus pais não eram religiosos e ambos falavam muito abertamente a esse respeito. Creio que seja por isso que algumas pessoas da cidade os viam com certa reserva e por que muitos tomaram o partido do Rev. Martin na questão da clínica. Mesmo quem apoiava a minha mãe não declarava isso abertamente. Era como se estivessem discordando de Deus ou algo do tipo.

Minha mãe emagreceu naquele outono e ficou mais envelhecida também. Até então nunca tinha me ocorrido que meus pais eram mais velhos do que os outros pais (talvez porque, quando se tem doze anos, qualquer um com mais de vinte é muito velho). Minha mãe me teve aos trinta e seis, de modo que, àquela altura, já estava com quase cinquenta.

Parte disso se devia ao fato de que estava trabalhando pesado. Ela voltava para casa cada vez mais tarde, deixando para o meu pai a tarefa de preparar o lanche da tarde — o que era sempre interessante, embora nem sempre comestível. Mas a maior parte — na minha opinião — tinha a ver com os manifestantes que ainda cercavam a entrada da clínica todo dia. Agora havia uns vinte deles. Também vi cartazes nas janelas de algumas lojas da cidade:

Escolha a vida. Parem os assassinatos.
Diga não ao assassinato legal.
Junte-se aos anjos de Anderbury.

Era assim que os manifestantes se intitulavam: Anjos de Anderbury, o que acredito ter sido ideia do Rev. Martin. Eles não se pareciam nada com anjos. Sempre pensei em anjos como criaturas calmas e serenas; os manifestantes tinham rostos vermelhos, furiosos, gritavam e cuspiam. Analisando em retrospecto, acho que, assim como a maioria dos radicais, eles acreditavam estar fazendo a coisa certa, trabalhando em prol de um bem maior. O que servia de desculpa para todas as coisas erradas que faziam em nome da causa.

Estávamos em outubro. O verão recolhera as toalhas de praia, os baldes e as pás e fora embora até o ano seguinte. Os carrilhões das vans de sorvete já haviam sido substituídos pelo estrondo de fogos de artifício comprados ilegalmente; o aroma de flores e churrasco, pelo cheiro mais ácido das fogueiras.

Mickey Metal já não andava tanto conosco. Tinha mudado desde a morte do irmão, ou talvez não soubéssemos mais como lidar com ele. Passou a ser um garoto mais frio, mais duro. Ele, que sempre fora sarcástico e malicioso, agora estava ainda mais cáustico. A aparência também estava diferente: ele tinha crescido (ainda que nunca viesse a ser alto), os traços do rosto haviam se tornado mais retos e ele havia tirado o aparelho. De certa forma, não era mais o Mickey Metal, nosso amigo. De repente havia se tornado Mickey Cooper, irmão de Sean Cooper.

Não obstante todos nos sentíssemos desconfortáveis perto dele, Mickey e Hoppo pareciam estar particularmente em conflito. Era o tipo de antagonismo crescente que fermenta aos poucos, mas que, a certa altura, resulta em briga declarada. E foi isso o que aconteceu no dia em que nos reunimos para espalhar as cinzas de Murphy.

Acabou que Hoppo não enterrara o cachorro; a mãe dele tinha levado o corpo de Murphy ao veterinário para ser cremado. Hoppo guardou as cinzas por um tempo e, depois, decidiu espalhá-las no local do parque em que Murphy costumava se deitar e onde ele dera o último suspiro.

Combinamos um encontro no parquinho às onze horas de um sábado. Sentamos no gira-gira, com Hoppo segurando a caixinha com as cinzas de Murphy, todos embrulhados em casacos e cachecóis. Fazia frio naquela manhã,

O Homem de Giz

127

um frio que queimava o rosto e se infiltrava pelas luvas. Isso, somado ao fato de estarmos ali por um motivo muito triste, deixava a todos deprimidos. Quando Mickey Metal chegou, com quinze minutos de atraso, Hoppo o interpelou.

— Onde você estava?

Mickey Metal deu de ombros.

— Tive que fazer umas coisas — respondeu ele com a agressividade de sempre. — Agora que sou só eu lá em casa, minha mãe tem me mandado fazer mais coisas.

É cruel falar isso, mas tudo o que ele dizia nos últimos tempos sempre remetia ao fato de o irmão ter morrido. Sim, sabíamos que era triste e trágico e tudo o mais, porém todo mundo queria que ele parasse de insistir naquilo a cada minuto.

Vi Hoppo ceder um pouco e relevar.

— Bem, você está aqui agora — retrucou ele, em um tom de voz que deveria ter amenizado as coisas, como Hoppo sempre fazia. Mas, naquela manhã, Mickey Metal não estava disposto a aturar nada.

— Não sei qual é o seu problema. Era só um cachorro idiota.

Quase senti o ar crepitar.

— Murphy não era só um cachorro.

— É mesmo? Então o que ele sabia fazer? Conversava, fazia truques com baralho?

Mickey Metal estava provocando Hoppo. Todos sabíamos disso, Hoppo também, mas só porque sabemos que alguém está tentando nos enfurecer não quer dizer que sejamos capazes de escapar da armadilha. Mas Hoppo fez um bom trabalho.

— Ele era meu cachorro e significava muito para mim.

— Sim, e meu irmão significava muito para *mim*.

Gav Gordo se levantou do gira-gira.

— Tudo bem, nós sabemos. Mas isso é diferente.

— Sim, todos vocês se importam com a morte de um cachorro idiota, mas ninguém se importa com a do meu irmão.

Todos olhamos para ele. Ninguém sabia o que dizer porque, de certa forma, ele estava certo.

— Viram só? Nenhum de vocês consegue falar sobre ele, mas estamos aqui por causa de um vira-lata idiota e pulguento.

— Retire o que disse — exigiu Hoppo.

— Ou o quê? — Mickey sorriu e deu um passo na direção de Hoppo.

Hoppo era muito mais alto do que Mickey, além de mais forte. No entanto, assim como o irmão, Mickey Metal tinha aquele brilho de loucura no olhar. E não se pode lutar contra a loucura, porque ela sempre vence.

— Ele era um vira-lata idiota, pulguento e fedorento que se cagava o tempo todo. Seja como for, não viveria por muito mais tempo. Alguém apenas o poupou do sofrimento.

Vi Hoppo cerrar os punhos, mas ainda acho que ele não teria de fato batido em Mickey Metal se este não tivesse avançado e lhe dado um tapa, arrancando a caixa de suas mãos. A caixa caiu no chão de concreto do parquinho, se abriu, e as cinzas se espalharam em uma nuvenzinha.

Mickey Metal pisoteou as cinzas, dizendo:

— Cachorro velho, idiota e fedorento.

Foi nesse momento que Hoppo soltou um grito estranho e sufocado. Os dois caíram no chão e, por alguns segundos, trocaram socos e lutaram sobre a poeira cinzenta que outrora fora Murphy.

Gav Gordo se meteu para tentar apartar a briga. Nicky e eu o ajudamos. De algum modo, conseguimos separá-los. Gav Gordo segurou Mickey. Tentei segurar Hoppo, mas ele conseguiu se desvencilhar.

— O que há com *você*? — gritou ele para Mickey Metal.

— Meu irmão morreu, ou você esqueceu? — Ele olhou para nós. — Vocês todos esqueceram?

Ele limpou o sangue que pingava do nariz.

— Não — respondi. — Não esquecemos. Só queremos voltar a ser amigos.

— Amigos. Sim, claro. — Ele sorriu com sarcasmo para Hoppo. — Quer saber quem matou o seu cachorro idiota? Fui *eu*. Para que você soubesse como é perder alguém que ama. Talvez todos vocês devessem saber.

Hoppo gritou, depois se desvencilhou de mim e socou Mickey Metal com força.

Não sei bem o que aconteceu em seguida. Ou Mickey Metal se esquivou, ou talvez Nicky tenha tentado intervir. Só me lembro de me virar e ver Nicky no chão, com a mão no rosto. Na confusão, Hoppo sem querer a socou no olho.

— Seu filho da puta! — gritou Nicky. — Seu idiota filho da puta!

Fiquei na dúvida se ela se referia a Hoppo, a Mickey ou se isso já não fazia diferença alguma.

A expressão de Hoppo mudou de furiosa para horrorizada.

— Sinto muito. Sinto muito.

Gav Gordo e eu corremos para tentar ajudá-la. Ela nos deteve, um tanto trêmula.

— Eu estou bem.

Mas ela não estava. O olho já estava inchando, ficando roxo e intumescido. Àquela altura, eu já sabia que era algo grave. Eu também estava com raiva, com mais raiva do que já havia estado. Era tudo culpa de Mickey Metal. Naquele momento — e apesar de eu não ser de briga —, fiquei com tanta vontade de quebrar a cara dele quanto Hoppo. Mas não tive a oportunidade.

Quando levantamos Nicky e Gav Gordo falou em levá-la até em casa para que sua mãe colocasse um saco de ervilhas congeladas no olho dela, Mickey Metal já tinha ido embora.

Ele estava mentindo. O veterinário nos disse que Murphy fora envenenado pelo menos vinte e quatro horas antes do enterro, talvez até mais. Mickey Metal não matara Murphy. Mas não importava. A presença dele se tornara seu próprio veneno, contaminando a todos ao seu redor.

O saco de ervilhas ajudou a desinchar um pouco o olho de Nicky, mas o hematoma ainda estava muito feio quando ela voltou para casa. Eu esperava que não tivesse problemas por causa daquilo. Disse para mim mesmo que ela provavelmente inventaria alguma história para o pai e as coisas ficariam bem. Mas eu estava errado.

Naquela noite, quando meu pai estava preparando o lanche, ouvimos alguém bater à porta da frente. Minha mãe ainda estava no trabalho, por isso meu pai enxugou as mãos na calça jeans e revirou os olhos, foi até a porta e a abriu. O Rev. Martin estava do lado de fora. Vestia as roupas de vigário e um chapeuzinho preto. Parecia alguém saído de um quadro antigo. Também parecia furioso. Eu me detive no corredor.

— Posso ajudá-lo? — perguntou meu pai de uma forma que soou como se essa fosse a última coisa que ele queria fazer.

— Sim. Você pode manter o seu filho longe da minha filha.

— Perdão?

— Minha filha está com o olho roxo por causa do seu filho e de sua ganguezinha.

Quase deixei escapar que na verdade eles não eram a *minha* gangue, mas também fiquei muito orgulhoso ao ouvi-los serem chamados assim.

Meu pai se virou.

— Ed?

Constrangido, arrastei-me até a porta com as bochechas ardendo.

— Foi um acidente.

Ele olhou para o reverendo.

— Se meu filho diz que foi um acidente, acredito nele.

Os dois ficaram se encarando. Então o Rev. Martin sorriu.

— O que eu poderia esperar? Quem sai aos seus não degenera: "Vós tendes por pai ao Diabo e quereis satisfazer os desejos de vosso pai. Quando ele profere mentira, fala do que lhe é próprio, porque é mentiroso e pai da mentira."

— Pregue o quanto quiser, reverendo — retrucou meu pai. — Mas todos sabemos que você não pratica o que prega.

— Como assim?

— Essa não é a primeira vez que sua filha fica com o olho roxo, não é?

— Isso é calúnia, Sr. Adams.

— É mesmo? — Meu pai deu um passo à frente. Fiquei satisfeito ao ver o Rev. Martin estremecer de leve. — "Porque não há nada oculto que não venha a ser revelado, e nada escondido que não venha a ser conhecido e trazido à luz." — Meu pai deu um sorriso desagradável. — Sua igreja não o protegerá para sempre, reverendo. Agora saia da minha porta antes que eu chame a polícia.

A última coisa que vi foi a boca aberta do Rev. Martin antes de o meu pai bater a porta na cara dele.

Senti meu peito se encher de orgulho. Meu pai vencera. Ele o derrotara.

— Obrigado, pai. Isso foi o máximo. Não sabia que você entendia da Bíblia.

— Catequese. A gente acaba gravando alguns trechos.

— Foi um acidente.

— Acredito em você, Eddie. Mas...

Não, pensei. Nada de "mas". Os "mas" nunca eram bons, e eu sentia que aquele seria particularmente ruim. Como Gav Gordo disse certa vez, "o 'mas' é um pé no saco de um bom dia".

Meu pai suspirou.

— Olha, Eddie. Talvez fosse melhor se, apenas por um tempo, você não visse a Nicky.

— Mas ela é minha amiga.

—Você tem outros amigos. Gavin, David, Mickey.

— Mickey não.

O Homem de Giz

— Ah, vocês brigaram?

Não respondi.

Meu pai se inclinou e colocou as mãos em meus ombros. Ele só fazia isso quando o assunto era realmente sério.

— Não estou dizendo que você não pode ser amigo da Nicky, mas, no momento, as coisas estão complicadas, e o reverendo Martin... Bem, ele não é um homem muito agradável.

— E daí?

— Talvez seja melhor você manter distância.

— Não!

Afastei-me dele.

— Eddie...

— Isso não é o melhor. Você não entende. Você não entende nada.

Mesmo sabendo que era uma reação estúpida e infantil, dei meia-volta e saí correndo escada acima.

— Seu lanche está pronto.

— Não quero comer.

Eu queria comer. Meu estômago estava roncando, mas eu não conseguia engolir nada. Tudo estava dando errado. Todo o meu mundo — quando se é criança seus amigos *são* o seu mundo — estava desmoronando.

Afastei a minha cômoda e levantei as tábuas soltas do assoalho. Analisei o conteúdo e peguei uma caixinha de giz colorido. Escolhi um pedaço de giz branco e, sem refletir, comecei a rabiscar o chão várias vezes.

— Eddie.

Uma batida à porta.

Fiquei imóvel.

— Vá embora.

— Eddie. Olha, não vou proibir você de ver a Nicky.

Aguardei, com o giz na mão.

— Só estou *pedindo*, está bem? Por mim e pela sua mãe.

Pedir era pior, e meu pai sabia disso. Fechei o punho, esmagando o giz em pedaços.

— O que você me diz?

Eu não disse nada. Não consegui. Parecia que todas as palavras tinham entalado em minha garganta, me sufocando. Por fim, ouvi os passos pesados do meu pai descendo a escada. Olhei para os desenhos. Figuras de giz branco, rabiscadas em frenesi, diversas vezes. Algo se revirou em meu estômago. Logo as apaguei com a manga da camisa até restar apenas um borrão branco no assoalho.

Mais tarde naquela noite, jogaram um tijolo na janela da minha casa. Por sorte eu já estava no quarto e meus pais estavam ceando na cozinha, porque, se estivessem na sala da frente, poderiam ter se ferido com estilhaços de vidro ou algo pior. O tijolo abriu um grande buraco na vidraça e quebrou a TV.

Como era de se esperar, o objeto trazia uma breve mensagem presa com um elástico. Na época, minha mãe não me contou o conteúdo da mensagem. Provavelmente achou que eu ficaria com medo ou preocupado. Mais tarde, a revelou: "Pare de matar bebês ou sua família será a próxima."

A polícia foi de novo lá em casa e um sujeito pregou uma ripa de madeira na janela. Depois, ouvi meus pais discutindo na sala, achando que eu já tinha voltado para a cama. Eu me agachei na escada, ouvindo um pouco assustado. Meus pais nunca brigavam. Sim, às vezes eles discutiam, mas não era propriamente uma briga. Não com as vozes alteradas e ríspidas como as daquela discussão.

— Não podemos continuar assim — disse meu pai, parecendo irritado e preocupado.

—Assim como? — perguntou minha mãe, tensa e objetiva.

—Você entendeu. Como se não bastasse você estar trabalhando até tarde e esses evangelistas idiotas estarem intimidando mulheres na porta da sua clínica, agora isto: ameaças contra a sua própria família.

— É apenas uma tática de intimidação, e você sabe que não cedemos a táticas de intimidação.

— Dessa vez é diferente. É pessoal.

— São só ameaças. Isso já aconteceu antes. Eles vão acabar se cansando e se voltando para outra boa causa. Vai passar. Sempre passa.

Mesmo sem poder vê-lo, dava para imaginar meu pai balançando a cabeça e andando de um lado para outro, como fazia quando estava preocupado.

— Acho que você está errada e não sei se quero correr esse risco.

— Bem, o que você quer que eu faça? Que largue o meu emprego, o meu trabalho? Que fique surtando dentro de casa enquanto a gente tenta se virar com o seu salário de escritor *freelancer*?

— Isso não é justo.

— Eu sei. Desculpe.

O HOMEM DE GIZ

— Você não pode voltar para Southampton e deixar outra pessoa cuidando de Anderbury?

— Esse projeto é meu. É o meu be... — Ela se deteve. — Essa era a minha oportunidade de mostrar competência.

— Competência em quê? Em virar alvo do ódio daqueles malucos?

Uma pausa.

— Não vou largar o meu emprego nem a clínica. Não me peça para fazer isso.

— E Eddie?

— Eddie está bem.

— É mesmo? Considerando que você quase não o tem visto ultimamente?

— Então você está dizendo que ele não está bem?

— Estou dizendo que, com a briga na festa de Gavin e com o que aconteceu com o filho dos Cooper e com o cachorro de David Hopkins, ele já teve uma dose suficiente de preocupações e decepções. Sempre dissemos que lhe daríamos segurança e amor, e não quero que isso o afete de algum modo.

— Se, por um segundo, eu achasse que algo poderia ferir Eddie...

— O quê? Você pararia? — A voz do meu pai soou estranha. Um tanto amarga.

— Farei o que for preciso para proteger a minha família, mas isso e prosseguir com o meu trabalho não são coisas incompatíveis.

— Bem, esperemos que não.

Ouvi a porta da sala se abrir e um farfalhar de roupas.

— Aonde você vai? — questionou minha mãe.

— Dar uma volta.

A porta da frente bateu com força suficiente para fazer os corrimões estremecerem e uma nuvenzinha de pó de gesso cair da parede do patamar da escada.

Meu pai deve ter saído para uma longa caminhada, porque não o ouvi voltar — devo ter caído no sono. Mas ouvi algo que até então era inédito para mim: minha mãe chorando.

2016

Eu me sento em um banco nos fundos da igreja. Como era de se esperar, o lugar está vazio. Hoje as pessoas vão a outros lugares de adoração: bares e shoppings, televisão e mundos virtuais. Quem precisa da palavra de Deus quando se tem a palavra de uma estrela de *reality show*?

Não entro na igreja de São Tomé desde o enterro de Sean Cooper, embora tenha passado diversas vezes por ali. É uma construção graciosamente antiquada. Não tão grande ou impressionante quanto a Catedral de Anderbury, mas é bonita. Gosto de igrejas antigas, porém apenas para olhar, não para rezar em seu interior. Hoje é uma exceção, apesar de eu não estar aqui para fazer uma oração. Não sei bem por que estou aqui.

Do grande vitral, São Tomé olha para mim, benevolente. Santo padroeiro de sabe-se lá o quê. Por algum motivo, eu o imagino como um santo descolado. Não um chato como Maria ou Mateus. Um tanto *hipster*. Até a sua barba voltou à moda.

Eu me pergunto se os santos precisam levar vidas completamente irrepreensíveis ou se é possível viver como pecador, realizar alguns milagres aqui e ali e acabar sendo santificado. Parece que as coisas são assim na religião. Mate, estupre e mutile, mas tudo será perdoado caso você se arrependa. Isso nunca me pareceu justo. Mas, afinal — assim como a vida —, Deus não é justo.

Além disso, como destacou o próprio Sr. Cristo, quem de nós é desprovido de pecado? A maioria das pessoas faz coisas ruins em algum momento da vida, coisas que gostariam de reverter, coisas das quais se lamentam. Todo mundo erra. Todo mundo tem o bem e o mal dentro de si. Só porque alguém faz algo terrível isso deve ofuscar todas as coisas boas que fez anteriormente? Ou há coisas tão ruins que nenhum ato de bondade pode redimir?

Penso no Sr. Halloran. Em seus lindos quadros, na maneira como ele salvou a vida da Garota do Twister e em como — de certa forma — também salvou a mim e ao meu pai.

Seja lá o que tenha feito depois, não acredito que ele fosse um homem mau. Assim como Mickey não era uma criança má. Não de verdade. Sim, às vezes ele podia ser um merdinha, e não tenho certeza se gostei do adulto que ele se tornou. Mas será que alguém o odiava o bastante para matá-lo?

Encaro São Tomé. Não está ajudando muito. Não estou sentindo qualquer inspiração divina. Suspiro. A situação toda me deixou muito abalado. É quase certo que a morte de Mickey foi um acidente trágico e a carta em seu bolso, apenas uma desagradável coincidência, provavelmente obra de algum idiota que descobriu nossos endereços e quis pregar uma peça. Pelo menos é disso que tenho tentado me convencer desde a visita da polícia.

O problema é que, quem quer que seja o remetente das cartas, eles conseguiram. Eles abriram a caixa. A que mantenho bem fechada, trancada a sete chaves no fundo da mente. E, uma vez aberta, a caixa de Ed — assim como a de Pandora — é um pouco difícil de ser fechada. Pior: o que tem no fundo dela não é esperança, é culpa.

Tem uma música que ouvi, uma que Chloe escuta com frequência e à qual me tornei relativamente tolerante, cantada por um músico punk/folk: Frank Turner.

O refrão diz que ninguém é lembrado pelo que não fez.

Mas isso não é de todo verdade. Minha vida foi definida pelas coisas que não fiz, pelas coisas que não disse. Acho que o mesmo acontece com várias pessoas. Nem sempre o que nos molda são as nossas realizações, e sim as nossas omissões. Não necessariamente as mentiras, apenas as verdades que não dizemos.

Quando a polícia me mostrou a carta, eu deveria ter dito algo. Eu deveria ter mostrado a carta idêntica que tinha recebido. Mas não mostrei. Ainda não sei por quê, assim como realmente não sei por que nunca confessei as coisas que sabia ou que fiz há tantos anos.

Nem sei como me sinto em relação à morte de Mickey. Toda vez que tento pensar nele, tudo o que vejo é o jovem Mickey, o de doze anos com a boca cheia de metal e os olhos cheios de rancor. Só que ele era meu amigo. E agora ele se foi. Já não é *parte* das minhas lembranças, mas simplesmente uma lembrança.

Eu me levanto e me despeço de São Tomé. Quando me viro para sair, vejo algo se mover. A vigária. Uma mulher gorda e loura que gosta de usar botas com a bata sacerdotal. Já a vi pela cidade. Parece ser bem legal para uma vigária.

Ela sorri e diz:

— Encontrou o que precisava?

Talvez a igreja agora *de fato* pareça mais com um shopping center do que imaginei. Infelizmente, meu carrinho continua vazio.

— Ainda não — respondo.

Ao chegar em casa, vejo o carro da minha mãe estacionado do lado de fora. Merda. Lembro-me agora de nossa conversa sobre cuidar de Mittens, também conhecido como Hannibal Lecter do mundo felino. Empurro a porta, largo o casaco no cabideiro e entro na cozinha.

Minha mãe está à mesa e, felizmente, Mittens está em uma caixa de transporte aos seus pés. Chloe está na bancada, fazendo café. Está vestida com relativa discrição para os seus padrões: camiseta larga, calça legging e meias listradas.

Não obstante, ainda posso sentir a desaprovação de minha mãe irradiando como uma aura. Ela não gosta de Chloe — nunca esperei que gostasse. Ela também nunca gostou de Nicky. Há algumas garotas de quem as mães nunca gostam, e, é óbvio, são exatamente essas as garotas por quem sempre nos apaixonamos loucamente.

— Até que enfim, Ed — diz minha mãe. — Onde você estava?

— Eu, ahn, só fui dar um passeio.

Chloe se vira e diz:

— E não se lembrou de me avisar que sua mãe vinha?

As duas olham feio para mim como se o fato de não se suportarem fosse culpa minha.

— Desculpem. Perdi a noção do tempo.

Chloe coloca uma caneca diante da minha mãe e diz para mim:

— Faça um pouco de café para você. Vou tomar um banho.

Ela sai da cozinha e minha mãe me encara.

— Encantadora. Por que será que ela não tem namorado?

Vou até a cafeteira.

— Talvez ela seja um pouco ranzinza.

— É uma boa definição. — E, antes que eu possa responder: — Você está péssimo.

Eu me sento.

— Obrigado. Recebi más notícias ontem à noite.

— É mesmo?

Conto os acontecimentos das últimas trinta e seis horas da forma mais concisa possível.

Minha mãe sorve o café.

— Que triste. E pensar que o irmão dele morreu do mesmo jeito...

Isso é algo em que tenho pensado. E muito.

— Às vezes o destino pode ser cruel — comenta ela. — Mas de algum modo isso não me surpreende.

— Não?

— Bem, Mickey sempre me pareceu um menino sem muita sorte na vida. Primeiro, o irmão. Então, aquele terrível acidente com Gavin.

— Que foi culpa *dele* — disparo, indignado. — Mickey era o motorista. E é Gav quem está em uma cadeira de rodas por causa dele.

— E essa é uma culpa e tanto para carregar.

Olho para ela, exasperado. Minha mãe sempre gosta de adotar o ponto de vista oposto, o que não tem problema quando não diz respeito a você, aos seus amigos ou às suas convicções.

— Ele não parecia carregar peso algum, exceto uma camisa cara e um belo conjunto de dentes de porcelana.

Minha mãe me ignora, como costumava fazer quando eu era pequeno e dizia algo que ela considerava indigno de comentar.

— Ele ia escrever um livro — digo.

Ela baixa a caneca e fica mais séria.

— Sobre o que aconteceu quando vocês eram crianças?

— Sim. Ele queria que eu o ajudasse.

— E o que você respondeu?

— Respondi que pensaria a respeito.

— Entendo.

— Tem mais uma coisa: ele disse que sabia quem a matou.

Ela me encara com seus olhos grandes e escuros. Mesmo aos setenta e oito anos, ainda são perspicazes e lúcidos.

— Você acreditou nisso?

— Não sei. Talvez.

— Ele falou algo mais sobre as coisas que aconteceram naquela época?

— Na verdade, não. Por quê?

— Só curiosidade.

Mas minha mãe nunca faz uma pergunta só por estar curiosa. Minha mãe nunca faz nada *por fazer*.

— O que foi, mãe?

Ela hesita.

— Ma-ãe?

Ela coloca a mão fria e enrugada sobre a minha.

— Não é nada. Sinto muito por Mickey. Sei que você não o via havia muito tempo, mas vocês foram amigos. Imagino que esteja triste.

Estou prestes a insistir no assunto quando a porta da cozinha se abre e Chloe entra.

— Preciso de mais café — diz ela com a caneca na mão. — Não estou interrompendo, estou?

Olho para minha mãe.

— Não — responde ela. — De modo algum. Eu já estava de saída.

Antes de ir embora, minha mãe deixa vários sacos grandes de ração que aparentemente são vitais para a contínua harmonia e bem-estar de Mittens.

Com base em experiências anteriores, acho que tudo de que Mittens precisa para sua contínua harmonia e bem-estar é um suprimento infinito de filhotes de pássaros e ratos para estripar, geralmente em minha cama quando estou acordando de ressaca ou na mesa da cozinha enquanto estou tomando café da manhã.

Eu o solto da caixa de transporte e nos olhamos com desconfiança antes de ele saltar para o colo de Chloe e se espreguiçar com maldisfarçada presunção felina.

Detesto crueldade contra animais, mas poderia abrir uma exceção para Mittens.

Deixo os dois acomodados no sofá, felizes e ronronando (Chloe ou Mittens, não sei ao certo). Subo para o escritório, onde destranco uma gaveta na escrivaninha e tiro o envelope pardo. Eu o guardo no bolso e volto a descer.

—Vou sair para fazer umas compras — grito e, antes que Chloe possa me dar uma lista capaz de rivalizar com *Guerra e paz* ou servir de papel de parede para uma saleta, me apresso em sair de casa.

É dia de feira, portanto as ruas já estão lotadas de carros que não conseguiram vaga em um dos estacionamentos da cidade. Logo os ônibus chegarão e as calçadas estreitas ficarão repletas de turistas consultando o Google Maps e apontando iPhones para qualquer coisa com uma viga ou telhado de palha.

Vou até a lojinha da esquina, compro um maço de cigarros e um isqueiro. Em seguida, atravesso a cidade até o The Bull. Cheryl está de serviço, mas excepcionalmente Gav não está à mesa de sempre.

Antes mesmo de eu chegar ao balcão, ela me olha.

— Ele não está aqui, Ed. E ele já sabe.

Encontro Gav no parquinho. O antigo, onde costumávamos ficar nos dias quentes e ensolarados, comendo quebra-queixo e balas puxa-puxa. O parquinho onde encontramos os desenhos que nos levaram ao corpo da garota.

Ele está na cadeira de rodas, perto do velho banco. Dali dá para ver o brilho da água do rio e a fita do pessoal da perícia ainda tremulando ao redor das árvores, no local de onde tiraram o corpo de Mickey.

O portão range ao abrir. Os balanços voltaram à posição tradicional, enrolados no travessão. Há lixo e guimbas de cigarro pelo chão, algumas mais suspeitas do que as outras. Já vi Danny Myers e sua gangue aqui à noite. Nunca de dia. Ninguém vem aqui de dia.

Gav não se vira quando me aproximo, mas deve ter ouvido o portão ranger. Sento no banco ao seu lado. Tem um saco de papel no colo, que estende para mim. Dentro, há uma variedade de doces retrô. Mesmo sem muita vontade, pego um disco voador.

— Isso me custou três libras em uma daquelas lojas de doces elegantes — diz ele. — Lembra quando a gente comprava um saco grande por vinte pence?

— Lembro. Imagens difíceis de digerir, igual a esses doces.

Ele ri, mas seu riso soa forçado.

— Cheryl disse que você já sabe sobre o Mickey — comento.

— Sim. — Ele pega um rato branco e mastiga. — E não vou fingir que sinto muito.

Eu acreditaria nele se seus olhos não estivessem vermelhos e sua voz, um pouco embargada. Quando éramos crianças, Gav Gordo e Mickey Metal eram melhores amigos, até tudo começar a desmoronar. E isso muito antes do acidente, que foi o último prego enferrujado de um caixão já podre e lascado.

— A polícia me procurou — revelo. — Fui a última pessoa a ver Mickey naquela noite.

— Não foi você quem o empurrou na água, certo?

Não rio, se é que isso foi *mesmo* uma piada. Gav olha para mim e franze o cenho.

— Foi *mesmo* um acidente?

— É provável que sim.

— Provável?

— Quando tiraram o corpo do rio encontraram algo no bolso dele.

Olho ao redor do parque. Não há muita gente, e uma solitária passeadora de cães caminha pela calçada junto ao rio.

Entrego a minha carta a ele.

— Uma igual a essa — digo.

Gav se inclina e espero. Ele sempre fez uma ótima cara de paisagem, mesmo quando criança. Era capaz de contar uma mentira quase tão tranquilamente quanto Mickey. Sinto que ele está se perguntando se deve fazer isso agora.

— Parece familiar? — questiono.

Ele balança a cabeça e enfim diz, em um tom de voz cansado:

— Sim. Eu recebi uma igual. E Hoppo também.

— Hoppo?

Espero a ficha cair e, por um instante, sinto um familiar e infantil ressentimento por eles não terem me contado nada. Por ter sido deixado de fora.

— Por que vocês não disseram nada? — pergunto.

— Achamos que era uma piada de mau gosto. E você?

— Acho que pensei o mesmo. — Faço uma pausa. — Mas agora Mickey está morto.

— Bem, foi uma boa piada.

Gav enfia a mão no saco de doces, tira uma garrafinha de refrigerante e a enfia na boca.

Olho para ele por um instante.

— Por que você odeia tanto o Mickey?

Ele solta uma risada curta.

—Você realmente precisa perguntar?

— Por isso? Por causa do acidente?

— Acho que esse é um bom motivo, não?

Ele tem razão. Só que de repente tenho certeza de que ele está escondendo algo. Tiro o maço fechado de Marlboro Light do bolso.

Gav me encara.

— Desde quando você voltou a fumar?

— Eu não voltei. Ainda.

— Tem um sobrando?

— Você *não pode* estar falando sério?!

Ele quase sorri.

Abro o maço e tiro dois cigarros.

— Pensei que você também tivesse parado.

— Sim. Mas hoje parece um bom dia para transgredir.

Eu lhe entrego o cigarro, acendo o meu e passo o isqueiro. O primeiro trago me deixa um pouco tonto, um pouco enjoado, e me faz sentir um pouco bem para cacete.

Gav solta a fumaça e diz:

— Caramba, isso tem gosto de uma pilha de *merda fedorenta*. — Ele olha para mim. — Mas uma merda *ótima*, meu caro.

Nós dois sorrimos.

— Então... — digo. — Já que estamos transgredindo, quer falar sobre o Mickey?

Ele baixa a cabeça e o sorriso desaparece.

— Você sabe sobre o acidente? — Ele balança o cigarro. — Pergunta idiota. É claro que sabe.

— Sei o que me contaram. Eu não estava lá.

Ele franze o cenho, tentando lembrar.

— Não, você não estava. Onde você estava, aliás?

— Acho que estudando.

— Bem, Mickey estava dirigindo naquela noite. Como sempre. Você sabe quanto ele adorava aquele Peugeot.

— Andava naquilo feito um maluco.

— Exato. É por isso que ele nunca bebia. Preferia dirigir. Quanto a mim, eu preferia ficar bêbado.

— Éramos adolescentes. É isso o que se faz nessa idade.

Só que eu propriamente não fazia. Não mesmo. Não naquela época. Como se vê, tenho mais do que compensado desde então.

— Realmente peguei pesado naquela festa. Fiquei muito bêbado. Tive coma alcoólico. Quando comecei a vomitar por toda a parte, Tina e Rich quiseram que eu fosse embora e convenceram Mickey a me levar para casa.

— Mas Mickey também estava bebendo?

— Parece que sim. Não me lembro de tê-lo visto com bebida, mas a verdade é que não me lembro de muita coisa daquela noite.

— Ele estava acima do limite quando fizeram o teste do bafômetro?

— Estava. Só que ele me disse que alguém deve ter batizado a bebida dele.

— Quando ele disse isso?

— Ele foi me visitar no hospital. Nem chegou a pedir desculpas, já foi logo explicando que não tinha sido culpa dele, que alguém havia colocado bebida no copo dele e que se eu não estivesse tão bêbado ele não teria que me levar para casa.

Típico do Mickey. Sempre transferindo a culpa para outra pessoa.

— Entendo por que você ainda o odeia.

— Não o odeio.

Olho para ele com o cigarro a meio caminho dos lábios.

— Eu o odiei — explica ele. — Durante um tempo. Eu queria culpá-lo, mas não podia.

— Não estou entendendo.

— O acidente não é o motivo pelo qual não falo sobre Mickey nem por que nunca mais quis voltar a vê-lo.

— Então, qual é o motivo?

— É porque isso me faz lembrar que mereci o que aconteceu. Mereço estar nesta cadeira. É carma. Pelo que fiz.

De repente volto a ouvir a voz do Sr. Halloran:

Carma. Você colhe o que planta. Você faz coisas ruins e elas acabam voltando para morder o seu traseiro.

— O que você fez?

— Eu matei o irmão dele.

1986

Além de fazer faxina em casas, a mãe de Hoppo também limpava a escola primária, o salão paroquial e a igreja.

Foi assim que ficamos sabendo do Rev. Martin.

Como de costume, Gwen Hopkins chegou à Igreja de São Tomé na manhã de domingo, às 6h30, para esfregar, varrer e lustrar antes do primeiro culto, às 9h30 (creio que o descanso dominical não se aplique aos reverendos). Os relógios ainda não tinham sido atrasados, por isso estava bem escuro quando Gwen parou diante dos grandes portões de carvalho, pegou a chave que guardava em um quadro em sua cozinha e a enfiou na fechadura.

As chaves de todos os lugares em que ela fazia faxina ficavam penduradas naquele quadro, com os endereços dos proprietários. Não era uma prática muito segura ou inteligente, sobretudo porque a mãe de Hoppo fumava. À noite, ela costumava sair pela porta dos fundos para fumar e às vezes se esquecia de trancá-la de novo.

Mais tarde naquela manhã ela contaria à polícia (e a jornalistas) ter percebido que as chaves da igreja estavam no gancho errado. Ela não deu muita importância a isso nem ao fato de a porta dos fundos estar destrancada porque, como disse, ela era um tanto esquecida, embora tivesse o hábito de colocar as chaves nos ganchos corretos. O problema era que todos sabiam onde ela as guardava; foi realmente um milagre que alguém já não as tivesse usado para roubar.

Bastaria entrar escondido, pegar uma delas e entrar em uma casa que estivesse vazia. Talvez o sujeito roubasse apenas algo pequeno que ninguém notasse, como um enfeite ou uma caneta de uma gaveta. Algo que não fosse valioso e que as pessoas pensassem ter perdido. Talvez o sujeito fizesse isso se fosse o tipo de gente que gosta de levar coisas.

O primeiro indício de que havia algo errado foi quando Gwen encontrou a porta da igreja destrancada. Mas ela não deu importância, e talvez o reverendo já tivesse entrado. Às vezes ele acordava cedo e Gwen o encontrava na igreja, revisando os sermões. Foi somente ao entrar na nave que ela percebeu que algo estava errado. Muito errado.

A igreja não estava escura o suficiente.

Normalmente, os bancos e o púlpito no fundo da nave eram sombras sólidas e negras. Naquela manhã, reluziam com traços brancos.

Talvez ela tenha hesitado. Talvez os pelos em sua nuca tenham se eriçado um pouco. Um daqueles leves tremores de medo que a gente atribui a algum truque da imaginação quando, na realidade, a verdadeira ilusão é enganar a si mesmo que está tudo bem.

Gwen fez um leve sinal da cruz e acionou o interruptor de luz junto à porta. As luzes nas laterais da igreja — todas velhas, algumas quebradas, precisando ser substituídas — piscaram e ganharam vida.

Ela soltou um grito. O interior da igreja estava coberto de desenhos. O chão de pedra, os bancos de madeira e o púlpito. Para onde quer que olhasse. Várias dezenas de homens-palito desenhados com giz. Alguns dançando, outros acenando. Uns bem mais profanos. Homens-palito com pênis-palito. Mulheres-palito com seios enormes. Pior de tudo, homens-palito enforcados, com cordas ao redor dos pescoços-palito. Era estranho, assustador. Mais do que assustador: era extremamente horripilante.

Gwen quase se virou e correu. Quase deixou o balde cair ali mesmo e saiu correndo da igreja tão depressa quanto as suas pernas brancas e pálidas lhe permitiam. Se tivesse corrido, talvez tivesse sido tarde demais. No entanto, ela hesitou. E foi quando ouviu um ruído, um leve gemido.

— Olá. Tem alguém aí?

Outro gemido, dessa vez um pouco mais alto. Um som que não podia ser ignorado. Um gemido de dor.

Ela fez outra vez o sinal da cruz — com afinco e convicção — e caminhou pelo corredor, com o couro cabeludo eriçado, a pele arrepiada.

Ela o encontrou atrás do púlpito, encolhido no chão em posição fetal. Todo nu, com exceção do colarinho clerical.

O pano originalmente branco estava manchado de vermelho. Ele fora violentamente espancado na cabeça. Segundo os médicos, mais um golpe e ele estaria morto. No entanto, fora poupado da morte, se é que se pode usar a palavra "poupado".

Contudo, o sangue não era apenas da cabeça, vinha também dos ferimentos nas costas. Talhadas a faca, duas linhas enormes e irregulares indo das escápulas até as nádegas. Somente após limparem o sangue percebeu-se o que eram...

Asas de anjo.

O Rev. Martin foi levado para o hospital e ligado a um monte de tubos e aparelhos. Havia uma lesão no cérebro e os médicos tinham de descobrir a gravidade para saber se seria necessário operá-lo.

Nicky ficou com uma das colegas de protesto do pai — uma senhora mais velha com cabelo crespo e óculos de lentes grossas. Mas não por muito tempo. Um ou dois dias depois, um carro estranho parou em frente ao vicariato. Um Mini-Cooper amarelo-claro, cheio de adesivos: Greenpeace, um arco-íris, "Combata a Aids", todo tipo de coisa.

Não cheguei a vê-la. Quem me contou isso foi Gav, que ouviu de seu pai, que ouviu de alguém no pub. Uma mulher saiu do carro. Ela era alta, com cabelo ruivo quase na cintura, vestia macacão, jaqueta verde militar e botas de paraquedista.

Como uma daquelas ecofeministas radicais do Greenham Common.

Mas descobriu-se que ela não era do Greenham Common. Vinha de Bournemouth e era a mãe de Nicky.

Ao contrário do que pensávamos, ela não tinha morrido. Longe disso. Foi apenas o que o Rev. Martin dissera para todos, inclusive para Nicky. Ao que parece, ela deixou a família quando Nicky ainda era muito pequena. Eu não sabia bem por quê. Não entendia como uma mãe podia simplesmente ir embora. Mas agora ela estava de volta, e Nicky passaria a morar com ela porque não tinha outros parentes, e o pai não estava em condições de cuidar da filha.

Os médicos fizeram a cirurgia e disseram que ele melhoraria, talvez até conseguisse se recuperar completamente. Mas não havia certeza. Em se tratando de lesões na cabeça, nunca se sabe. Ele conseguia ficar sentado sozinho na cadeira e, com alguma ajuda, comer, beber e ir ao banheiro. Mas não podia — ou não queria — falar, e os médicos não sabiam se ele entendia o que lhe diziam.

Ele foi levado para uma casa que cuidava de pessoas que não batiam muito bem — para "convalescer", como disse minha mãe. A igreja pagou as despesas, o que provavelmente foi ótimo, porque acho que a mãe de Nicky não podia nem estava disposta a arcar com a dívida.

Pelo que eu sabia, ela nunca levou Nicky para visitá-lo. Talvez essa tenha sido a sua maneira de pagar na mesma moeda. Durante todos aqueles anos, ele dissera a Nicky que ela estava morta, impedindo-a de ver a filha. Ou talvez a própria Nicky não tenha querido ir. Eu não a julgava por isso.

Apenas uma pessoa o visitava com regularidade, sem nunca faltar, todas as semanas, e não era um fiel de sua congregação nem seus "anjos" devotos. Era a minha mãe.

Nunca entendi o motivo. Os dois se odiavam. O Rev. Martin tinha dito coisas horríveis para a minha mãe. Feito coisas horríveis. Um tempo depois, ela me diria:

— Esse é o ponto, Eddie. Você precisa entender que ser uma pessoa boa não é cantar hinos ou orar para algum deus. Não se trata de ostentar uma cruz ou ir à igreja todo domingo. Ser uma boa pessoa tem a ver com a maneira como você trata os outros. As pessoas boas não precisam de religião, porque sabem em seu íntimo que estão fazendo a coisa certa.

— E é por isso que você o visita?

Ela deu um sorriso estranho.

— Na verdade, não. Eu o visito porque sinto muito.

Fui junto com ela uma vez. Não sei por quê; talvez eu não tivesse nada melhor para fazer. Talvez para aproveitar a companhia da minha mãe, já que ela ainda trabalhava demais e não passávamos muito tempo juntos. Talvez fosse apenas curiosidade mórbida infantil.

A clínica se chamava Santa Madalena e ficava a uns dez minutos de carro, na estrada para Wilton. Era situada ao fim de uma estreita alameda cercada por muitas árvores. Parecia legal: uma casa grande e antiga, com um gramado comprido e listrado e belas mesas e cadeiras brancas dispostas na frente da construção.

Havia uma cabana de madeira em um dos lados e dois homens de macacão — acho que jardineiros — estavam ocupados no trabalho. Um deles andava para lá e para cá com um grande cortador de grama. O outro podava galhos mortos de árvore com um machado e os jogava em uma pilha, prontos para uma fogueira.

Havia uma idosa sentada a uma das mesas do jardim. Usava um roupão florido e um chapéu extravagante. Ao passarmos, ela acenou e disse:

— Que bom que você veio, Ferdinand.

Olhei para a minha mãe.

— Ela está falando com a gente?

— Na verdade, não, Eddie. Está falando com o noivo.

— Ah, ele vem visitá-la?

— Duvido. Ele morreu há quarenta anos.

Estacionamos e subimos uma rampa de acesso pavimentada com brita até chegarmos a um grande portal. O interior não era como eu imaginava. Ainda era agradável, ou pelo menos houvera um esforço para deixá-lo agradável, com paredes pintadas de amarelo, enfeites, quadros e coisas do tipo. Mas o lugar fedia a médicos — um cheiro característico de desinfetante, urina e repolho podre.

Achei que vomitaria antes mesmo de chegarmos ao reverendo. Uma senhora com uniforme de enfermeira nos conduziu até uma sala comprida, com muitas cadeiras e mesas. Uma TV tremeluzia a um canto com duas pessoas sentadas bem na frente, assistindo. Uma mulher muito gorda, que parecia meio adormecida, e um jovem com óculos de lentes grossas e aparelho auditivo. De vez em quando, ele se levantava, agitava os braços e gritava: "Me chicoteie, Mildred!" Era ao mesmo tempo divertido e um pouco constrangedor. As enfermeiras pareciam não dar a menor bola.

O Rev. Martin estava sentado em uma cadeira junto às portas francesas, com as mãos apoiadas nas pernas, o rosto tão inexpressivo quanto o de um manequim de vitrine. Ele fora posicionado de forma que pudesse olhar para o jardim. Não sei se ele de fato apreciava aquilo. Olhava vagamente para algo — ou talvez para nada — ao longe. Seus olhos não se moviam quando alguém passava nem quando o sujeito de aparelho auditivo gritava. Não tenho nem certeza de que piscava.

Não saí correndo da sala, mas foi por pouco. Minha mãe se sentou para ler para ele um livro clássico de algum autor morto. Pedi licença para sair e caminhar pelo jardim, apenas para fugir dali e respirar um pouco de ar fresco. A idosa de chapéu ainda estava sentada lá fora. Tentei passar despercebido, mas quando me aproximei ela se virou.

— Ferdinand não vem, não é?

— Não sei — gaguejei.

Seus olhos se concentraram em mim.

— Conheço você. Qual é o seu nome, garoto?

— Eddie.

— Eddie, *senhora* — corrigiu ela.

— Eddie, senhora.

—Você veio visitar o reverendo?

— Minha mãe veio.

Ela assentiu.

— Quer saber um segredo, Freddie?

Pensei em dizer a ela que meu nome era Eddie, mas acabei desistindo. Havia algo um tanto assustador naquela senhora, e não apenas porque ela era idosa, embora isso contribuísse para que eu tivesse essa impressão. Para as crianças, os idosos, com a pele flácida, as mãos enrugadas e as veias azuis salientes, são um pouco monstruosos.

Ela gesticulou com um dedo fino e esquelético, sugerindo que eu me aproximasse — a unha era amarela e recurvada. Parte de mim queria fugir, mas que criança não quer saber um segredo? Dei um passo à frente.

— O reverendo, ele engana todo mundo.

— Como?

— Eu o vi à noite. Ele é o Diabo disfarçado.

Esperei que ela continuasse.

Ela se recostou e franziu o cenho.

— Conheço você.

— Meu nome é Eddie — repeti.

De repente ela apontou para mim.

— Sei o que você fez, Eddie. Você roubou uma coisa, não é?

Eu me sobressaltei.

— Não, não roubei.

— Devolva ou mandarei chicoteá-lo, seu meliantezinho.

Eu me afastei, com os gritos dela ecoando atrás de mim:

— Devolva, garoto. Devolva!

Corri o mais depressa que pude e voltei para a casa, com o coração disparado e o rosto ardendo. Minha mãe ainda estava lendo para o reverendo. Fiquei sentado nos degraus de entrada até ela terminar.

Mas antes devolvi a estatueta de porcelana que tinha tirado da sala comunitária.

————

Tudo isso foi depois, muito depois. Depois da visita da polícia. Depois de prenderem o meu pai. E depois de o Sr. Halloran ter sido forçado a pedir demissão da escola.

Nicky tinha ido morar com a mãe em Bournemouth. Gav Gordo procurou Mickey Metal uma ou duas vezes — para tentar fazer as pazes —, mas em ambas as tentativas a mãe de Mickey Metal disse que ele não podia sair e bateu a porta na cara de Gav.

— *Isso* sim foi uma pilha de merda fedorenta — disse Gav Gordo, que mais tarde ele vira Mickey nas lojas com alguns garotos mais velhos. Garotos violentos que costumavam andar com o seu irmão.

Eu não me importava com quem Mickey andava. Fiquei feliz por ele não fazer mais parte da nossa gangue. Mas fiquei *sentido* pela partida de Nicky, mais do que admiti para Hoppo e Gav Gordo. E essa não foi a única coisa que não admiti para eles. Nunca contei que ela tinha ido me ver uma última vez, no dia em que foi embora.

Eu estava fazendo a lição de casa na mesa da cozinha. Meu pai estava martelando em algum lugar e minha mãe, passando o aspirador na casa. O rádio estava ligado, portanto foi um milagre eu ter ouvido a campainha.

Esperei um instante e, quando ficou claro que ninguém mais atenderia, deslizei da cadeira, atravessei o corredor e abri a porta.

Nicky estava lá fora, segurando o guidão da bicicleta. Sua pele estava pálida e o cabelo ruivo, embaraçado; a área abaixo do olho esquerdo ainda apresentava um hematoma azul amarelado. Parecia uma das pinturas abstratas do Sr. Halloran: um mosaico, uma versão pálida de si mesma.

— Oi — disse Nicky, e até a voz não soava como a dela.

— Oi — respondi. — Queríamos ter visitado você, mas...

Parei de falar. Na verdade não queríamos. Estávamos com muito medo do que dizer, como aconteceu com o Mickey.

—Tudo bem — disse ela.

Mas não estava. Afinal, éramos amigos dela.

—Você quer entrar? — perguntei. —Tomar uma limonada com biscoito?

— Não posso entrar. Minha mãe acha que estou fazendo as malas. Dei uma fugida.

—Você vai embora hoje?

—Vou.

Senti o coração apertado. Algo cedeu dentro de mim.

— Vou sentir muita saudade — falei. — Todos nós vamos.

Preparei-me para receber uma resposta mordaz, sarcástica. Em vez disso, ela se aproximou e me abraçou. Foi tão apertado que não parecia um abraço, mas um agarrar desesperado — como se eu fosse a última balsa em um oceano escuro e tempestuoso.

Eu me deixei agarrar. Inalei o cheiro dos cachos embaraçados, baunilha e chiclete. Senti seu peito subir e descer, os pequenos botões de seus seios através do pulôver folgado. Desejei que pudéssemos ficar daquele jeito para sempre, que ela nunca se afastasse.

Mas Nicky se afastou, se virou de forma brusca e montou na bicicleta. Pedalou freneticamente pela rua, o cabelo ruivo esvoaçando atrás dela como labaredas furiosas. Nem mais uma palavra. Nenhum adeus.

Eu a observei ir embora e percebi outra coisa: ela não mencionara o pai. Nenhuma vez.

A polícia voltou a falar com a mãe de Hoppo.

— Eles já sabem quem é o culpado? — perguntou Gav Gordo para Hoppo, enfiando um doce em forma de garrafa de refrigerante na boca.

Estávamos sentados em um banco no pátio da escola, no lugar onde nós cinco sempre ficávamos, à margem do campo, perto das quadras de amarelinha. Agora, havia apenas três de nós.

Hoppo balançou a cabeça.

— Acho que não. Perguntaram sobre a chave, quem sabia onde ela ficava guardada. Também perguntaram sobre os desenhos na igreja.

Isso chamou a minha atenção.

— Os desenhos. O que os policiais perguntaram?

— Se minha mãe já tinha visto algo parecido, se o reverendo mencionou outras mensagens ou ameaças, se alguém tinha algo contra ele.

Fiquei inquieto. *Cuidado com os homens de giz.*

Gav Gordo olhou para mim.

— O que foi, Eddie Monstro?

Hesitei. Não sei bem por quê. Os dois eram meus amigos. Minha gangue. Eu podia contar qualquer coisa para eles. Eu deveria ter falado sobre os outros homens de giz.

Mas algo me deteve.

Talvez porque, apesar de ser divertido, leal e generoso, Gav Gordo não era bom em guardar segredos. Talvez eu não quisesse contar para Hoppo sobre o desenho no cemitério porque precisaria explicar o motivo de não ter falado nada na época. Além disso, ainda lembrava o que ele dissera naquele dia. *Quando descobrir quem fez isso, vou matá-lo.*

— Nada — respondi. — É só que a gente desenhava homens de giz, não é? Espero que a polícia não pense que fomos nós.

Gav Gordo riu com desdém.

— Que besteira. Ninguém vai pensar que esmagamos a cabeça de um vigário. — Seu rosto se iluminou. — Aposto que foi algum satanista ou algo do tipo. Um adorador do Diabo. Sua mãe tem certeza de que era giz e não *saaaaaangue?* — Ele se levantou, curvou as mãos em garras e deu uma garga-lhada alta e maléfica: *Mua-ha-ha-ha.*

Nesse momento, o sinal tocou indicando o início das aulas da tarde e o assunto foi posto de lado por um tempo.

Quando cheguei da escola, um carro estranho estava estacionado na entrada da garagem e meu pai estava sentado na cozinha com um homem e uma mulher trajando ternos cinza baratos. Os dois pareciam severos e nada amigá-veis. Meu pai estava sentado de costas para mim, mas, pelo jeito como estava curvado na cadeira, eu sabia que seu rosto estampava uma expressão preocu-pada, com as densas sobrancelhas franzidas.

Não pude ver muito mais porque minha mãe saiu da cozinha e fechou a porta ao passar. Ela me guiou pelo corredor.

— Quem são? — perguntei.

Minha mãe não era de mascarar a verdade.

— Detetives, Eddie.

— Da polícia? Por que estão aqui?

— Só vieram fazer algumas perguntas para o seu pai e para mim sobre o Rev. Martin.

Olhei para ela, com o coração já batendo um pouco mais depressa.

— Por quê?

— É o procedimento-padrão. Eles estão conversando com várias pessoas que o conhecem.

— Eles não conversaram com o pai de Gav Gordo, e ele conhece todo mundo.

— Não seja insolente, Eddie. Vá ver TV enquanto terminamos.

Minha mãe nunca sugeria que eu fosse assistir à TV. Em geral eu não podia assistir a nada até terminar a lição de casa, por isso soube na mesma hora que alguma coisa estava acontecendo.

— Eu ia pegar algo para beber.

— Eu levo para você.

Olhei para ela mais um pouco.

— Tem alguma coisa errada, mãe? Eles acham que o meu pai fez algo errado?

Seus olhos se suavizaram. Ela colocou a mão no meu braço e apertou de leve.

— Não, Eddie. Seu pai não fez absolutamente nada de errado, está bem? Agora, vá. Levo um pouco de limonada para você.

— Certo.

Fui para a sala de estar e liguei a TV. Minha mãe não me trouxe a limonada, mas tudo bem. Logo depois, os policiais foram embora. Meu pai foi com eles. Depois eu fiquei sabendo que as coisas não estavam bem. Nem um pouco.

Acontece que meu pai *de fato* saíra para dar uma volta na noite do ataque ao reverendo, mas foi apenas até o The Bull. O pai de Gav Gordo confirmou que ele esteve lá, bebendo uísque (meu pai não bebia muito, mas, quando bebia, nunca pedia cerveja como os outros pais, só uísque). O pai de Gav Gordo conversou com ele, mas estava ocupado naquela noite e, além disso, como explicou: "A gente sabe quando o cliente quer ficar sozinho." Ainda assim, já estava pensando em não servir mais nada para ele quando meu pai foi embora, pouco antes de fechar.

Meu pai não conseguia se lembrar de muita coisa depois disso, no entanto sabia que tinha sentado para tomar ar fresco em um banco do cemitério, que ficava no caminho de casa. Alguém o tinha visto ali por volta da meia-noite. Minha mãe disse para a polícia que ele tinha chegado em casa por volta de uma da manhã. A polícia não sabia ao certo a que horas o Rev. Martin fora atacado, mas acreditavam que fora em algum momento entre meia-noite e três da manhã.

Eles provavelmente não tinham provas suficientes para acusar meu pai, mas a briga na festa e as ameaças contra a minha mãe eram tudo de que precisavam para levá-lo à delegacia e interrogá-lo mais um pouco. Talvez eles o tivessem mantido preso se não fosse pelo Sr. Halloran.

Ele foi à delegacia no dia seguinte para contar que tinha visto meu pai dormindo em um banco do cemitério naquela noite. Preocupado em deixá--lo ali, ele o acordara e o ajudara a caminhar até o portão de casa. Isso fora entre a meia-noite e uma da manhã. Demoraram uns bons quarenta minutos (apesar de em geral essa caminhada levar dez minutos), porque meu pai estava em estado deplorável.

O Sr. Halloran também contou para a polícia que meu pai não estava sujo de sangue nem nervoso ou violento. Estava apenas bêbado e um tanto emotivo.

Isso praticamente livrou o meu pai, mas também levou a perguntas sobre o que o Sr. Halloran estava fazendo vagando pelo cemitério àquela hora da noite, e foi assim que todos descobriram sobre a Garota do Twister.

2016

Achamos que queremos respostas, mas o que de fato queremos são as respostas *certas*. É a natureza humana. Fazemos perguntas esperando que nos digam a verdade que queremos ouvir. O problema é que não podemos escolher nossas verdades. A verdade tem o hábito de simplesmente ser a verdade. A única escolha que temos é a de acreditar ou não nela.

— Você roubou a bicicleta de Sean Cooper? — pergunto para Gav.

— Eu sabia que ele a deixava na entrada da garagem à noite. Ele achava que era tão fodão que ninguém ousaria roubá-la. Então fui lá e roubei. Só para irritá-lo. — Ele faz uma pausa. — Nunca pensei que ele entraria no rio para tentar recuperá-la. Nem que acabaria se afogando.

Acho que não, mas todos sabíamos o quanto Sean adorava aquela bicicleta. Deve ter passado pela cabeça de Gav Gordo que roubá-la só poderia gerar problemas.

— Por que você fez isso? — questiono.

Gav solta um anel de fumaça.

— Vi o que ele fez com você no parquinho naquele dia.

A revelação é como um soco em meu estômago. Faz trinta anos, e minhas bochechas ainda queimam de vergonha ao me lembrar daquilo. O asfalto áspero arranhando os meus joelhos. O gosto azedo e suado em minha boca.

— Eu estava no parque — revela ele. — Vi a coisa toda acontecer e não fiz nada. Só fiquei ali, parado. Vi o Sr. Halloran se adiantar e me convenci de que estava tudo bem. Mas não estava.

— Não havia nada que você pudesse fazer. Eles simplesmente o atacariam.

— Mesmo assim, eu deveria ter tentado. Amigos são tudo, lembra? Era o que eu sempre dizia. Mas na hora do vamos ver decepcionei você. Deixei Sean se safar. Como todo mundo. Nos dias de hoje, Sean acabaria na cadeia por fazer algo assim, mas naquela época todo mundo tinha medo dele. — Ele me olha com uma expressão feroz. — Sean não era só um valentão. Era um maldito psicopata.

Gav tem razão. Em parte. Não sei se Sean Cooper era um psicopata. Com certeza era um sádico. Até certo ponto, a maioria das crianças é sádica. Mas talvez ele tivesse mudado ao crescer. Penso no que o Sr. Halloran me disse no cemitério:

Ele nunca teve a chance de mudar.

— Você está calado — observa Gav.

Dou um trago mais forte. O efeito da nicotina produz um zumbido em meus ouvidos.

— Na noite em que Sean morreu, alguém desenhou um homem de giz na entrada da garagem da minha casa. Um homem de giz se *afogando*. Como um tipo de mensagem.

— Não fui eu.

— Então, quem foi?

Gav amassa o cigarro no banco.

— Quem sabe? Quem se importa? Os malditos homens de giz. É tudo o que as pessoas se lembram daquele verão. Todo mundo se importa mais com aqueles desenhos idiotas do que com as pessoas que foram afetadas.

É verdade. Mas as duas coisas estavam irremediavelmente interligadas. Ovo e galinha. Quem veio primeiro? Os homens de giz ou as mortes?

— Você é a única pessoa que sabe, Ed — alerta Gav.

— Não vou dizer nada.

— Eu sei. — Ele suspira. — Você já fez algo tão ruim que não pôde contar nem para seus amigos mais próximos?

Amasso o meu cigarro até o filtro.

— Tenho certeza de que a maioria das pessoas já fez algo assim.

— Sabe o que me disseram certa vez? Segredos são tipo o cu. Todo mundo tem, só que alguns são mais sujos do que os outros.

— É uma boa imagem mental.

— Sim. — Ele ri. — Que bela pilha de merda.

Volto para casa no fim da tarde. Entro, vou à cozinha e imediatamente franzo o nariz ao sentir o desagradável odor de cocô de gato. Olho a caixinha de areia.

Não parece estar suja — o que pode ser bom ou preocupante, dependendo do nível de maldade em que Mittens esteja operando hoje. Faço uma nota mental para dar uma olhada nos chinelos antes de calçá-los.

Tentadora, a garrafa de Bourbon está na bancada da cozinha, mas, em vez disso (cabeça lúcida e tudo o mais), pego uma cerveja na geladeira e subo a escada. Paro por um instante junto à porta do quarto de Chloe. Não ouço nada vindo de dentro, mas sinto uma leve vibração na madeira do assoalho, o que provavelmente significa que ela está ouvindo música com os fones de ouvido. Bom.

Vou ao meu quarto na ponta dos pés e fecho a porta. Coloco a cerveja na mesa de cabeceira, me agacho e afasto a cômoda junto à janela. O móvel é pesado e arranha um pouco o assoalho antigo, mas não estou muito preocupado com o barulho. Quando ouve música, Chloe a coloca em um volume de estourar os tímpanos. Um pequeno terremoto lhe passaria despercebido.

Pego uma velha chave de fenda que guardo na gaveta de cuecas e, com ela, solto as tábuas do assoalho. Quatro tábuas. Mais do que quando eu era criança — agora tenho mais a esconder.

Tiro uma das duas caixas escondidas no buraco, levanto a tampa e olho para o conteúdo. Pego o item menor e desembrulho com cuidado o papel de seda. Há uma única argola de ouro. Não ouro de verdade. Uma bijuteria barata, agora um pouquinho manchada. Seguro o objeto por um instante, deixando o metal esquentar em minha mão. Acho que foi a primeira coisa que peguei dela. No dia em que tudo começou, na feira.

Entendo como Gav deve se sentir. Se ele não tivesse roubado a bicicleta, Sean Cooper ainda poderia estar vivo. Um pequeno ato de estupidez infantil acabou resultando em uma tragédia terrível. Não que Gav pudesse ter previsto o que aconteceria; eu também não tinha como prever. Mesmo assim sou tomado por uma sensação estranha. Uma sensação de desconforto. Não exatamente culpa, mas sua irmã gêmea. A sensação de responsabilidade. Por tudo aquilo.

Eu tenho certeza de que Chloe me diria que me sinto assim porque sou um tipo de cara fechado, daqueles que são obcecados por si mesmos e que acreditam que o mundo gira ao seu redor. Até certo ponto, é verdade. Ser solitário pode levar à introspecção. Em contrapartida, talvez eu nunca tenha dedicado tempo suficiente à introspecção ou à reflexão sobre o passado. Embrulho o brinco com cuidado e o guardo de volta na caixa.

O HOMEM DE GIZ

Talvez seja hora de dar um passeio na boa e velha estrada da memória. Só que não será um passeio por um caminho ensolarado de lembranças queridas. Essa rota específica é escura, um emaranhado de mentiras, segredos e buracos ocultos.

E ao longo do caminho há homens de giz.

1986

— A gente não escolhe por quem se apaixona.

Foi o que o Sr. Halloran me disse.

Acho que ele estava certo. O amor não é uma escolha, é uma compulsão. Sei disso agora. Mas às vezes talvez a gente *devesse* escolher. Ou pelo menos escolher *não* se apaixonar. Lutar contra o sentimento, afastá-lo. Se o Sr. Halloran tivesse escolhido não se apaixonar pela Garota do Twister, tudo teria sido diferente.

Isso foi depois que ele deixou a escola de vez, quando escapuli e atravessei a cidade de bicicleta para vê-lo no pequeno chalé. Era um dia frio. O céu estava de um cinza metálico e tão duro e inflexível quanto um bloco de concreto. De vez em quando, garoava aqui e ali. Um dia tão desanimado que nem mesmo chovia direito.

O Sr. Halloran fora obrigado a pedir demissão. Não houve um comunicado oficial. Acho que esperavam que ele fosse embora discretamente, mas todos sabíamos que ele estava indo e por quê.

O Sr. Halloran visitou a Garota do Twister no hospital enquanto ela convalescia. E continuou visitando-a depois de sua alta. Os dois se encontravam no parque ou para tomar café. Acho que devem ter sido bem discretos, porque ninguém os tinha visto — ou talvez tivessem visto e não perceberam. A Garota do Twister havia pintado o cabelo de outra cor, uma tonalidade mais clara, quase loura. Eu não sabia ao certo por quê, achava seu cabelo bonito antes. Mas talvez tivesse achado que precisava mudá-lo porque ela mesma tinha mudado. Agora ela andava com uma bengala e às vezes mancava. Acho que, se alguém os *visse*, provavelmente pensaria que o Sr. Halloran estava sendo gentil com ela. Naquela época, ele ainda era um herói.

Isso tudo mudou quando descobriram que a Garota do Twister estava frequentando o chalé do Sr. Halloran à noite e que ele ia às escondidas à casa dela quando a mãe da Garota do Twister estava fora. Foi por isso que ele estava passando pelo cemitério naquela noite.

Foi quando a merda realmente foi jogada no ventilador, porque a Garota do Twister tinha só dezessete anos e o Sr. Halloran tinha mais de trinta e era professor. As pessoas pararam de chamá-lo de herói e passaram a chamá-lo de pervertido e pedófilo. Os pais dos alunos foram à escola para esbravejar com a diretora. Mesmo que, oficial ou legalmente, ele não tivesse feito nada de errado, a diretora não teve escolha senão pedir-lhe para se demitir. Eram a reputação da escola e a "segurança" das crianças que estavam em jogo.

Começaram a circular histórias de que o Sr. Halloran deixava cair borrachas em sala de aula para poder olhar por baixo das saias das alunas, que rondava as aulas de educação física para olhar para as pernas das garotas e que certa vez tocou os seios de uma das cantineiras enquanto ela limpava a sua mesa.

Nada disso era verdade, mas boatos são como germes: se espalham e se multiplicam quase imediatamente e, antes que você perceba, todo mundo está contaminado.

Gostaria de poder dizer que fiquei do lado do Sr. Halloran e que defendi o seu nome perante as outras crianças. Mas isso não é verdade. Eu tinha doze anos e estávamos na escola. Eu ria das piadas que faziam sobre ele e não dizia uma palavra quando as pessoas o xingavam ou espalhavam outro boato ultrajante.

Eu nunca lhes disse que não acreditava em nada daquilo, que o Sr. Halloran era bom, porque salvara a vida da Garota do Twister, assim como salvara o meu pai. Eu não podia lhes contar sobre os belos quadros que ele pintava, ou sobre o dia em que ele me salvou de Sean Cooper, ou como ele me ajudou a entender que devemos nos agarrar às coisas especiais. Agarrarmos com força. Acho que foi por isso que fui vê-lo naquele dia. Além de ter de renunciar ao emprego, ele teve de entregar o chalé. O aluguel do lugar era pago pela escola e o novo professor, seu substituto, se mudaria para lá em breve.

Eu ainda estava um pouco assustado e constrangido quando apoiei a bicicleta do lado de fora da casa e bati à porta. Demorou um tempo para o Sr. Halloran atender. Eu já estava me questionando se deveria ir embora — e se ele estava em casa, apesar de seu carro estar estacionado na rua — quando o Sr. Halloran abriu a porta.

De algum modo, sua aparência estava diferente. Ele sempre fora magro, mas agora parecia esquelético. A pele estava ainda mais pálida, se é que isso era possível. O cabelo estava solto e ele vestia calça jeans e uma camiseta escura que deixava à mostra os braços vigorosos, cuja única cor era o azul de suas veias, surpreendentemente visíveis através da pele translúcida. Naquele dia, ele de fato estava parecendo uma criatura estranha e desumana, um homem de giz.

— Oi, Eddie.

— Oi, Sr. Halloran.

— O que você veio fazer aqui?

Uma boa pergunta, porque, uma vez lá, eu na verdade fiquei sem saber.

— Seus pais sabem que você está aqui?

— Bem, não.

Ele franziu de leve o cenho, saiu da casa e olhou em volta. Na época, não entendi por quê. Mais tarde, ficaria claro: com todas aquelas acusações, a última coisa que ele queria era ser visto convidando um garoto para entrar em sua casa. Acho que até chegou a pensar em me mandar embora, porém depois olhou para mim e sua voz se tranquilizou:

— Entre, Eddie. Gostaria de beber algo? Limonada ou leite?

Eu não queria beber nada, mas seria uma grosseria não aceitar, por isso respondi:

— Hum, leite cairia bem.

— Certo.

Segui o Sr. Halloran até a pequena cozinha.

— Sente-se.

Sentei-me em uma das cadeiras bambas de pinho. As bancadas da cozinha estavam cheias de caixas empilhadas. A maior parte da sala também.

—Você vai se mudar? — perguntei, o que era uma pergunta idiota, porque eu já sabia que ele ia.

— Sim — respondeu o Sr. Halloran, pegando um pouco de leite da geladeira e verificando a data de validade antes de procurar um copo nas caixas. —Vou ficar com a minha irmã, na Cornuália.

— Ah! Pensei que sua irmã tivesse morrido.

—Tenho outra irmã, mais velha. Chama-se Kirsty.

—Ah.

O Sr. Halloran me entregou o leite.

— Está tudo bem, Eddie?

— Eu, hum, queria agradecer pelo que você fez pelo meu pai.

— Não fiz nada. Apenas disse a verdade.

— Sim, mas não precisava dizer, e se não tivesse dito...

Deixei a frase no ar. Aquilo foi horrível. Mais horrível do que achei que seria. Eu não queria estar ali. Queria ir embora, no entanto, sentia que não podia.

O Sr. Halloran suspirou.

— Eddie, isso tudo não tem nada a ver com o seu pai ou com você. De todo modo, eu pretendia ir embora em breve.

— Por causa da Garota do Twister?

— Você quer dizer Elisa?

— Ah, sim — assenti, bebendo o leite, que tinha um gosto meio estranho.

— Achamos que um novo começo seria melhor para nós dois.

— Então ela vai com você para a Cornuália?

— Algum dia. Espero.

— As pessoas estão dizendo coisas ruins sobre você.

— Eu sei. Não são verdade.

— Sei que não.

Mas ele deve ter sentido que eu precisava de um pouco mais de persuasão, pois continuou:

— Elisa é uma garota muito especial, Eddie. Eu não queria que isso acontecesse. Eu só queria ajudá-la, ser um amigo.

— Então, por que você não foi apenas um amigo?

— Quando você for mais velho entenderá melhor. Não podemos escolher por quem nos apaixonamos, quem nos fará felizes.

Mas ele não parecia feliz, não como as pessoas apaixonadas. Ele parecia triste e um tanto perdido.

Pedalei de volta para casa me sentindo confuso e um pouco perdido. O inverno se aproximava e, às três da tarde, o dia esmorecia e se dissolvia em um crepúsculo empoeirado.

Tudo parecia frio, sombrio e irremediavelmente alterado. Nossa gangue fora desmembrada. Nicky estava morando com a mãe em Bournemouth. Mickey tinha seus novos e desagradáveis parceiros. Eu ainda via Hoppo e Gav

Gordo, mas não era a mesma coisa. Um trio criava novos problemas. Sempre pensei em Hoppo como meu melhor amigo, mas agora, quando eu ia chamá-lo, às vezes ele já tinha saído com Gav Gordo. Isso provocou um sentimento diferente: ressentimento.

Meus pais também estavam diferentes. Desde o ataque ao Rev. Martin, os protestos diante da clínica de minha mãe tinham parado.

— Foi como cortar a cabeça do monstro — disse meu pai.

Embora minha mãe estivesse mais relaxada, meu pai parecia mais nervoso e no limite. Talvez toda a história com a polícia o tivesse abalado, ou talvez fosse outra coisa. Ele andava esquecido e irritado. Às vezes eu o pegava sentado em uma cadeira, olhando para o nada, como se estivesse apenas esperando por algo, apesar de não saber bem o quê.

Essa sensação de espera parecia pairar sobre toda Anderbury. De algum modo, tudo parecia pausado. A polícia ainda não tinha acusado ninguém pelo ataque ao Rev. Martin, então talvez parte disso se devesse à suspeita: ao ato de ficar observando e imaginando se alguém que você conhecia seria capaz de fazer algo assim.

As folhas se curvaram, enrugaram e, enfim, caíram das árvores. Uma sensação de ressecamento e morte parecia permear a tudo. Nada parecia fresco, colorido ou inocente. Era como se a cidade inteira estivesse temporariamente suspensa na própria cápsula do tempo empoeirada.

Como se viu, *estávamos* mesmo esperando. E quando a mão pálida da garota acenou de dentro de um monte de folhas secas foi como se a cidade inteira soltasse um longo e estagnado suspiro. Porque havia acontecido. O pior finalmente chegara.

2016

Acordo cedo na manhã seguinte. Ou melhor, enfim desisto de dormir após horas revirando na cama, interrompidas por sonhos dos quais me lembrava em parte.

Em um deles, o Sr. Halloran estava no Twister com a Garota do Twister. Mesmo sem cabeça, tenho certeza de que era ela por causa das roupas. A cabeça dela estava no colo do Sr. Halloran e gritava toda vez que o funcionário da feira, que percebi ser Sean Cooper, os fazia dar mais uma volta.

— *Gritem se quiserem ir mais depressa, seus Caras de Merda. Eu disse GRITEM!*

Levanto da cama, trêmulo e claramente cansado, visto-me e desço a escada. Presumo que Chloe ainda esteja dormindo, por isso mato o tempo preparando café, lendo e fumando dois cigarros nos fundos da casa. Quando o relógio passa das nove e o horário parece quase razoável, pego o telefone e ligo para Hoppo.

A mãe dele atende.

— Olá, Sra. Hopkins. David está?

— Quem é?

Sua voz soa trêmula e frágil — um contraste marcante com o tom seco e decidido da minha mãe. Assim como meu pai, a mãe de Hoppo sofre de demência senil. Só que o mal de Alzheimer do meu pai começou mais cedo e progrediu mais depressa.

Este é o motivo pelo qual Hoppo ainda mora na mesma casa onde cresceu: ele cuida da mãe. Às vezes brincamos com o fato de que nós dois, dois homens crescidos, nunca tenhamos saído de casa. É uma piada um tanto amarga.

— Sou eu, Ed Adams, Sra. Hopkins.

— Quem?

— Eddie Adams. Amigo do David.

— Ele não está.

— Ah, a senhora sabe quando ele vai voltar?

Uma longa pausa. Então ela diz, mais incisiva:

— Não queremos nada disso. Já temos vidraças duplas.

Ela desliga o telefone. Olho para o aparelho por um tempo. Sei que não devo dar muita atenção ao que Gwen diz. Meu pai costumava se perder nas conversas e dizer coisas completamente aleatórias.

Ligo para o celular de Hoppo, mas cai na caixa postal. É sempre assim. Não fosse pelo fato de ele administrar um negócio, aposto que nem ligaria o maldito aparelho.

Engulo o restante do quarto café do dia e caminho pelo corredor. Está muito frio para meados de agosto e o vento sopra com força. Olho em volta em busca do meu sobretudo. Ele costuma ficar pendurado no suporte de casacos junto à porta. Não o uso há algum tempo porque o clima até então se manteve ameno. Mas agora que preciso dele não está ali.

Franzo o cenho. Não gosto de perder coisas: o início do declínio do meu pai foi assim, e toda vez que perco as chaves tenho um pequeno ataque de pânico. Primeiro você perde objetos depois começa a esquecer os nomes desses objetos.

Ainda me lembro do meu pai olhando fixamente para a porta da frente certa manhã, a boca se movendo em silêncio, as sobrancelhas franzidas em uma profunda carranca. De repente ele bateu palmas como uma criança, sorriu e apontou para a maçaneta da porta.

— A *caneta* da porta. A *caneta* da porta. — Ele se voltou para mim. — Achei que tivesse esquecido.

Ele estava tão feliz, tão satisfeito, que não consegui contrariá-lo. Apenas sorri.

— Ótimo, papai. Muito bom.

Volto a procurar o casaco. Talvez o tenha deixado lá em cima. Mas não, por que eu teria levado o casaco lá para cima? Mesmo assim, subo e procuro no quarto. Atrás da cadeira que fica do lado da cama? Não. Pendurado no gancho atrás da porta? Não. Guarda-roupa? Verifico a roupa pendurada nos cabides e encontro algo enrolado em um canto, bem no fundo.

Eu me agacho e o pego. É o meu casaco. Eu o analiso: está enrugado, amassado, um tanto úmido. Tento pensar quando foi a última vez que o vi.

Foi na noite em que Mickey veio me visitar. Lembro-me de ter pendurado seu caríssimo casaco esportivo no gancho ao lado do meu. E depois? Não me lembro de tê-lo usado depois disso.

Ou talvez tenha usado. Mais tarde naquela noite, talvez eu o tenha vestido, saído para respirar o ar fresco e levemente úmido da madrugada e... *e o quê?* Empurrei Mickey no rio? *Ridículo.* Acho que eu me lembraria de ter empurrado meu velho amigo no rio no meio da noite.

É mesmo, Ed? Porque você não se lembra de ter descido e desenhado homens de giz na lareira, não é mesmo? Você bebeu muito e não tem ideia do que mais pode ter feito naquela noite.

Calo a voz irritante. Eu não tinha nenhum motivo para ferir Mickey e ele estava me oferecendo uma grande oportunidade. E, se Mickey sabia quem de fato matou a Garota do Twister — e se isso pudesse inocentar o Sr. Halloran —, eu ficaria feliz, não é?

Então, o que o casaco está fazendo amontoado no fundo do seu guarda-roupa, Ed?

Olho para o casaco, corro os dedos sobre a lã grosseira e reparo em algo. No punho de uma das mangas. Vários respingos em um tom vermelho oxidado. Minha garganta se estreita.

Sangue.

Ser adulto é apenas uma ilusão. Pensando bem, não tenho certeza se algum de nós de fato cresceu. Simplesmente ficamos mais altos e mais peludos. Às vezes, ainda me espanto por ter permissão para dirigir um carro e por não ser expulso ao beber em um pub.

Sob o verniz da idade adulta, sob as camadas de experiência que acumulamos à medida que os anos avançam estoicamente, ainda somos crianças com joelhos ralados e narizes escorrendo que precisam dos pais... e dos amigos.

A van de Hoppo está estacionada do lado de fora da casa dele. Ao dobrar a esquina, eu o vejo montado na velha bicicleta, com dois sacos pendurados no guidão, carregados de lenha e cascas de árvore, e uma volumosa mochila às costas. Minha mente retorna aos dias ensolarados de verão, quando muitas vezes voltamos juntos do bosque, com Hoppo trazendo lenha e gravetos para a mãe.

Apesar de tudo, não consigo evitar um leve sorriso quando ele salta da bicicleta e a encosta ao meio-fio.

— Ed, o que você está fazendo aqui?

— Tentei ligar, mas seu celular estava desligado.

— Ah, sim. Eu estava no bosque. O sinal lá não é bom.

Faço que sim com a cabeça.

—Velhos hábitos são difíceis de abandonar.

Ele sorri.

— A memória da minha mãe pode estar falhando, mas ela nunca me perdoaria se tivéssemos que comprar lenha.

De repente, talvez por causa da expressão em meu rosto, o sorriso dele desaparece.

— O que houve?

—Você soube do Mickey?

— O que ele fez agora?

Abro a boca, minha língua trava, mas enfim meu cérebro me força a dizer as palavras mais óbvias:

— Ele morreu.

— Morreu?

É engraçado como as pessoas sempre repetem essa palavra, mesmo sabendo que a ouviram direito — uma espécie de negação atrasada.

Após um tempo, Hoppo pergunta:

— Como? O que aconteceu?

— Ele se afogou. No rio.

— Meu Deus. Como o irmão.

— Não exatamente. Olha, posso entrar?

— Sim, claro.

Hoppo conduz a bicicleta pelo curto caminho até a entrada da casa. Eu o sigo e ele destranca a porta. Atravessamos um corredor estreito e escuro. Não visito a casa de Hoppo desde que éramos crianças e, mesmo assim, não ficávamos muito lá dentro por causa da bagunça. De vez em quando brincávamos no jardim dos fundos, mas nunca por muito tempo, porque o espaço era pequeno, não muito maior do que um quintal. Muitas vezes havia cocô de cachorro por ali, alguns frescos, outros já esbranquiçados.

A casa fede a suor, comida azeda e desinfetante. À minha direita, através da porta aberta da sala, vejo o mesmo sofá floral antigo, o bordado branco que o cobre em um tom encardido de amarelo, feito nicotina. A um canto, uma TV. Em outro, um urinol e um andador.

A mãe de Hoppo está sentada em uma cadeira reclinável de espaldar alto ao lado do sofá, olhando fixamente para um programa de perguntas e respostas. Gwen Hopkins sempre foi pequena, mas a doença e a idade parecem tê-la encolhido ainda mais. Ela parece perdida dentro de um vestido longo e florido e um casaco de lã verde. Seus pulsos despontam das mangas como pequenos e enrugados pedaços de carne-seca.

— Mãe? — diz Hoppo com delicadeza. — Ed está aqui. Você se lembra do Eddie Adams?

— Olá, Sra. Hopkins — digo com a voz levemente mais alta que as pessoas sempre usam com os doentes e os idosos.

Ela se volta devagar, os olhos se esforçando para enxergar, ou talvez seja a sua mente lutando para lembrar. Então sorri, revelando a dentadura branca feito leite.

— Eu me lembro de você, Eddie. Você tinha um irmão. Sean?

— Na verdade, mamãe, esse era o Mickey — intervém Hoppo. — O Mickey tinha um irmão chamado Sean.

Ela franze o cenho e sorri de novo.

— Ah, claro. *Mickey*. Como ele está?

Hoppo se apressa em responder:

— Ele está bem, mamãe. Muito bem.

— Bom, que bom. Você poderia me trazer um chá, David querido?

— Claro, mamãe. — Ele olha para mim. — Só vou colocar a chaleira para ferver.

Fico à porta e sorrio constrangido para Gwen. A sala fede um pouco. Fico na dúvida se o urinol foi esvaziado recentemente.

— Ele é um bom rapaz — diz Gwen.

— Sim, ele é.

Ela franze o cenho.

— Quem é você?

— Ed. Eddie. Amigo do David.

— Ah, sim. Onde está o David?

— Ali na cozinha.

— Você tem certeza? Pensei que ele tivesse levado o cachorro para passear.

— O cachorro?

— Murphy.

— Certo. Não, acho que ele não levou o Murphy para passear.

Ela aponta um dedo trêmulo para mim.

— Você está certo. Murphy morreu. Eu quis dizer Buddy.

Buddy era o cachorro que Hoppo teve depois de Murphy. Ele também já morreu.

— Ah! Claro.

Meneio a cabeça. Ela também. Assentimos de novo, agora juntos. Ficaríamos bem no banco traseiro de um carro.

Ela se inclina para mim por sobre o braço da cadeira.

— Eu me lembro de você, Eddie. Sua mãe matava bebês.

Sinto um nó na garganta. Gwen continua a assentir e sorrir, mas há algo diferente em sua expressão. Uma amarga curvatura no canto dos lábios, uma súbita lucidez nos olhos azuis-claros.

— Não se preocupe. Não vou contar para eles. — Ela se inclina mais, dá um tapinha no nariz e uma piscadela lenta e trêmula. — Sei guardar segredos.

— Aqui está. — Hoppo reaparece, trazendo uma xícara de chá. — Tudo bem?

Olho para Gwen, mas sua lucidez está se esvaindo, com os olhos cada vez mais enevoados de confusão.

— Tudo bem — respondo. — Só estávamos conversando.

— Certo, mamãe. Seu chá. — Ele coloca a xícara na mesa. — Lembre-se: está quente. Sopre primeiro.

— Obrigado, Gordy.

— Gordy?

Olho para Hoppo.

— Meu pai — sussurra ele.

— Ah!

Meu pai não costumava confundir as pessoas. Mas às vezes ele me chamava de "filho" para disfarçar que tinha esquecido o meu nome de novo.

Gwen se reclina na cadeira, olhando para a TV, mais uma vez perdida no próprio mundo, ou talvez em algum outro. *Como é tênue a trama entre as realidades*, penso. Talvez as mentes não se percam. Talvez simplesmente deslizem pelas brechas e encontrem outro lugar onde passear.

Hoppo me lança um sorriso breve e sombrio.

— Por que não vamos para a cozinha?

— Claro — digo.

Se ele tivesse sugerido nadar com tubarões eu teria concordado, apenas para sair daquela sala quente e fedorenta.

A cozinha não está em estado muito melhor. Há pratos sujos empilhados na pia. As bancadas estão abarrotadas de envelopes, revistas velhas, embalagens econômicas de suco. A mesa foi esvaziada às pressas, mas ainda dá para ver restos de um rádio antigo ou as entranhas de um motor. Não sou habilidoso com as mãos, mas Hoppo sempre foi bom em montar e desmontar coisas.

Sento-me numa das velhas cadeiras de madeira, que range e cede um pouco.

— Chá? Café? — oferece Hoppo.

— Ahn, café, obrigado.

Hoppo vai até a chaleira, que pelo menos é nova, e pega duas canecas do escorredor.

Ele serve o café direto da garrafa e se vira para mim.

— Então, o que aconteceu?

Mais uma vez, reconto os acontecimentos dos últimos três dias. Hoppo ouve em silêncio. Sua expressão só muda quando chego ao último detalhe.

— Gav me contou que você também recebeu uma carta.

Ele assente e adiciona água quente ao café.

— Sim, há algumas semanas.

Ele vai até a geladeira, pega um pouco de leite, cheira e depois acrescenta um pingo nas duas canecas.

— Achei que fosse uma brincadeira de mau gosto.

Ele traz as canecas para a mesa e senta-se à minha frente.

— Mas a polícia acha que a morte de Mickey foi acidental?

Fui um tanto vago a esse respeito, mas agora digo:

— Por enquanto.

— Você acha que isso vai mudar?

— Eles encontraram a carta.

— Isso não necessariamente significa alguma coisa.

— Não?

— Como assim? Você acha que alguém vai começar a nos matar, um por um, como fazem nos livros?

Eu não tinha pensado nisso dessa maneira, mas agora, ao ouvi-lo falar, me parecia muito plausível. E isso me faz pensar em outra coisa. Será que Nicky também recebeu uma carta?

— Estou brincando — explica ele. — Você mesmo disse que Mickey estava bêbado, estava escuro, não há iluminação naquele trecho do caminho. Provavelmente ele caiu. Gente bêbada vive caindo em rios.

Ele está certo, *mas...* Há sempre um "mas", um sujeito chato e irritante atando nós de escoteiro em nosso intestino.

— Tem mais alguma coisa?

— Quando Mickey veio me visitar naquela noite, estávamos conversando e ele me contou que... que sabia quem realmente matou Elisa.

— Conversa fiada.

— Bem, foi o que pensei, mas e se ele disse a verdade?

Hoppo toma outro gole de café.

— Você acha que o verdadeiro assassino empurrou Mickey no rio?

Balanço a cabeça em negativa.

— Não sei.

— Olha, Mickey sempre foi bom em botar pilha. Parece que continua fazendo isso depois de morto. — Ele faz uma pausa. — Além disso, você é a única pessoa com quem ele falou sobre essa teoria, certo?

— Acho que sim.

— Então, como o verdadeiro assassino descobriu que Mickey sabia quem ele era?

— Bem...

— A menos que fosse você.

Eu o encaro.

Respingos vermelho ferrugem. Sangue.

— Brincadeira — diz ele.

— Claro.

Tomo um gole de café. *Claro.*

Voltando da casa de Hoppo, pego o celular e ligo para Chloe. Ainda sinto que as coisas entre nós não estão bem, como se houvesse algo mal resolvido. Isso me incomoda. Além de Hoppo e Gav, ela é a minha única amiga.

Chloe atende no terceiro toque.

— Alô?

— Oi. Sou eu.

— Aham.

— Contenha o entusiasmo.

— Estou tentando.

— Desculpe pela minha mãe ontem.

— Tudo bem. Sua mãe, sua casa.

— Bem, realmente sinto muito. O que você está preparando para o almoço?

— Estou no trabalho.

— Ah! Pensei que fosse o seu dia de folga.

— Uma pessoa ficou doente.

— Certo. Bem...

— Olha, desculpas aceitas, Ed. Preciso ir. Cliente.

— Certo. Bem, nos vemos mais tarde.

— Talvez.

Ela desliga. Olho para o celular por um instante — Chloe nunca facilita as coisas. Paro e acendo um cigarro, refletindo se compro um sanduíche a caminho de casa. Então, reconsidero. Chloe pode estar trabalhando, mas ainda deve fazer uma pausa para o almoço. Decido que não serei descartado com tanta facilidade. Eu me viro e vou ao centro da cidade.

Nunca fui ver Chloe no trabalho. Devo confessar que uma loja de roupas "rock/gótico alternativo" não é bem o meu ambiente habitual. Acho que tinha medo de constrangê-la, e a mim mesmo.

Nem sei exatamente onde fica. Abro caminho através do centro, desviando de turistas e idosos, e acabo encontrando-a. A loja fica em uma rua transversal, entre um brechó e uma loja de joias de prata e sinos de vento. Olho para a placa: Gear (a folha de maconha no letreiro sugere mais do que apenas vestuário). Sentindo ter uns cem anos de idade, empurro a porta.

A loja é barulhenta e mal iluminada. Algo que pode ser música — como também alguém sendo esquartejado — berra dos alto-falantes acima de minha cabeça e logo meus tímpanos começam a doer.

Alguns adolescentes magrelos pairam junto às roupas — funcionários ou clientes, não sei bem. O que *sei* é que Chloe não está ali. Franzo o cenho. Atrás da caixa registradora há uma jovem magra com cabelo escarlate de um lado, sidecut do outro e muitos piercings no rosto. Ao se virar, vejo que a camiseta que emoldura seu corpo magro ostenta a declaração: "Perfurado. Penetrado. Mutilado." Simpático.

Vou até a caixa registradora. A Garota Perfurada ergue os olhos e sorri.

— Oi. Posso ajudar?

— Ahn, na verdade estou procurando uma pessoa.

— Que pena.

Eu rio, um pouco nervoso.

— Hum, minha amiga. Ela trabalha aqui. Chloe Jackson.

Ela franze o cenho.

— Chloe Jackson?

— Sim, magra. Cabelo escuro. Sempre de roupa preta.

Ela continua me encarando e percebo que essa descrição se encaixa a praticamente qualquer um na loja.

— Desculpe. Não conheço. Tem certeza de que ela trabalha aqui?

Eu tinha, mas agora estou começando a duvidar de mim mesmo. Talvez tenha entrado na loja errada.

— Há outra loja parecida com esta aqui em Anderbury?

Ela pondera.

— Na verdade, não.

— Certo.

Talvez ao ver a expressão em meu rosto e compadecendo-se do pobre e confuso senhor de meia-idade, ela diz:

— Olha, trabalho aqui há poucas semanas. Vou perguntar para o Mark. Ele é o gerente.

— Obrigado — digo, embora ela não tenha me dado nenhuma resposta. Chloe disse que estava no trabalho *hoje*, até onde eu sei ela tem trabalhado aqui nos últimos nove meses.

Espero, olhando fixamente para uma fileira de relógios com crânios vermelhos sorridentes nos mostruários e uma prateleira de cartões de aniversário com cumprimentos impressos do tipo "Aniversário é o cacete" e "Feliz aniversário, seu babaca".

Alguns minutos depois, um jovem magrelo com a cabeça raspada e uma barba enorme e espessa se aproxima.

— Oi. Sou Mark, o gerente.

— Oi.

— Você está procurando pela Chloe?

Sinto um pequeno alívio. Ele a conhece.

— Sim. Pensei que ela trabalhasse aqui.

— Trabalhava, mas não trabalha mais.

— É mesmo? Quando foi que ela saiu?

— Há mais ou menos um mês.

— Certo. Entendo. — Embora realmente não entenda. — Será que estamos falando da mesma Chloe?

— Magra, cabelo preto quase sempre de maria-chiquinha?

— Parece ser ela.

Ele me olha com cautela.

— Ela é sua amiga?

— Pensei que fosse.

— Para ser honesto, tive que mandá-la embora.

— Como assim?

— Ela tinha uma atitude agressiva. Era grossa com alguns clientes.

Mais uma vez, parece ser Chloe.

— Achei que isso fosse normal em uma loja como esta.

Ele sorri.

— Indiferença, sim, não insultos. Ela teve uma discussão terrível com uma mulher que entrou na loja. Aí precisei interferir. Achei que iam cair na porrada. Depois disso, eu a demiti.

— Entendo.

Digerir tudo isso é difícil. Estou ciente de que ambos estão olhando para mim.

— Desculpe — digo. — Parece que me deram uma informação errada. — Isso é uma forma educada de dizer que alguém que eu pensava conhecer mentiu para mim. — Obrigado pela sua atenção.

Vou em direção à porta e tenho meu momento Columbo. Eu me viro e pergunto:

— A mulher com quem Chloe discutiu... como ela era?

— Magra, atraente para uma mulher mais velha. Cabelo comprido e ruivo.

Congelo, com cada terminação nervosa em alerta.

— Cabelo ruivo?

— Sim. Vermelho feito fogo. Para ser sincero, ela era bem gata.

— Você sabe o nome dela?

— Anotei. Ela na verdade não queria que eu anotasse, mas precisava fazê-lo, caso ela decidisse prestar queixa ou algo do tipo.

— Você ainda tem isso anotado? Quer dizer, sei que é pedir muito. Mas... é realmente importante.

— Bem, gosto de ajudar os clientes. — Ele franze o cenho, acaricia a barba e me olha de cima abaixo. — Você *é* um cliente, certo? Só que não vejo nenhuma sacola de compras...

Claro. Nada vem de graça. Dou um suspiro, recuo um pouco e pego o primeiro suéter preto estampado com crânios sorridentes que encontro pela frente. Eu o estendo para a Garota Perfurada.

—Vou levar este aqui.

Ela sorri, abre uma gaveta e tira um pedaço de papel amassado. Ela o entrega para mim. Mal consigo decifrar os garranchos: "Nicola Martin." *Nicky*.

1986

Como diz a letra de "Happy Talk": "É preciso ter sonhos. Se não tivermos sonhos, como teremos sonhos realizados?"

É estranho como essa música sempre me vem à mente quando me lembro do dia em que a encontramos. Conheço várias canções de antigos musicais, talvez porque sempre estavam tocando quando visitávamos meu pai na casa de saúde. Isso foi depois de minha mãe enfim entregar os pontos e admitir ser incapaz de cuidar dele em casa.

Vi muitas coisas horríveis, mas o terrível declínio de meu pai por causa do Alzheimer, antes mesmo que ele pudesse se aposentar, é o que ainda assombra os meus dias e me faz acordar suando frio. Há mortes violentas, súbitas e sangrentas, e há algo ainda pior. Se tivesse que escolher, eu sei muito bem qual seria a minha decisão.

Eu tinha vinte e sete anos quando vi meu pai morrer. Eu tinha doze anos, onze meses e oito dias quando vi meu primeiro cadáver.

De certa forma, eu estava esperando por aquilo. Desde o ataque ao Rev. Martin. Talvez desde o acidente de Sean Cooper e do primeiro homem de giz.

E também porque eu tivera um sonho.

No sonho, eu estava no bosque, nas profundezas dele. As árvores se erguiam como velhos gigantes, estendendo galhos rangentes para o céu. Uma lua pálida espreitava por entre seus dedos curvos e retorcidos.

Eu estava em uma pequena clareira, cercado por pilhas de folhas marrons apodrecidas. Sentia o ar úmido da noite impregnar minha pele e se aprofundar em meus ossos. Eu estava só de pijama, tênis e um casaco com capuz. Estremeci e fechei o casaco. Gelado, o metal do zíper tocava meu queixo.

Real. Muito real.

Havia outra coisa. Um cheiro. Enjoativamente doce e azedo. Ele invadia as minhas narinas e obstruía a minha garganta. Certa vez, topamos com um texugo morto no bosque — estava podre e repleto de vermes. O cheiro era o mesmo.

Soube na mesma hora. Fazia quase três meses desde o acidente. Muito tempo enterrado. Muito tempo deitado em um caixão duro e brilhante, enquanto as flores se transformavam em poeira e vermes marrons se retorciam e deslizavam em sua carne amolecida e começavam a abrir caminho pelo seu corpo.

Eu me virei. Sean Cooper, ou o que restava dele, sorriu para mim, com os lábios rachados e descascados emoldurando longos dentes brancos que sobressaíam de gengivas podres e enegrecidas.

— *Oi, Cara de Merda.*

No lugar dos olhos, havia agora apenas órbitas escuras e vazias. Só que não completamente vazias. Ali dentro, vi coisas se movendo, coisas pretas e brilhantes, deslizando diligentemente na carne macia das cavidades oculares.

— O que estou fazendo aqui?

— *Diga você, Cara de Merda.*

— Não sei. Não sei por que estou aqui. Não sei por que *você* está aqui.

— *A resposta é fácil, Cara de Merda. Sou a Morte. Sua primeira e mais próxima experiência. Parece que tenho estado muito presente em seus pensamentos.*

— Não quero pensar em você. Quero que você vá embora.

— *Azar o seu. Mas não se preocupe: em breve você terá outras coisas pesadas para lhe provocar pesadelos.*

— O quê?

— *O que você acha?*

Olhei em volta. Os troncos das árvores estavam cobertos de desenhos. Homens de giz branco. Em movimento. Remexiam-se na casca das árvores, como se dançassem um estranho e terrível balé. Seus braços e pernas-palito se agitavam e acenavam. Não tinham rosto, mas de algum modo eu sabia que sorriam. E não de maneira agradável.

Minha pele se encrespou sobre os meus ossos.

— Quem os desenhou?

— *Quem você acha que os desenhou, Cara de Merda?*

— Não sei!

— *Ah, você sabe, Cara de Merda. Só que ainda não sabe.*

Mesmo sem olhos ou pálpebras, ele piscou e desapareceu. Dessa vez, não em uma nuvem de poeira, mas em uma súbita chuva de folhas que caíram no chão e imediatamente começaram a se enroscar e a morrer.

Olhei para trás. Os homens de giz tinham desaparecido. O bosque também. Eu estava no meu quarto, tremendo de medo e frio, com as mãos dormentes e formigando. Enfiei-as bem fundo nos bolsos. Foi quando percebi.

Meus bolsos estavam cheios de giz.

Nossa gangue completa não se reunia desde a briga. Nicky tinha se mudado e agora Mickey Metal tinha novos parceiros. Quando via Gav Gordo, Hoppo e eu, ele costumava nos ignorar. Às vezes, ouvíamos a gangue tentando conter o riso abafado enquanto passávamos e ouvíamos alguém murmurar "veados", "bichonas" ou algo mais pesado.

Naquela manhã, quando entrei no parquinho, mal o reconheci. O cabelo crescera e clareara. Assustadoramente, ele estava começando a parecer o irmão. Eu tinha certeza de que estava usando algumas roupas de Sean.

Na verdade, por um momento horrível, pensei que fosse *mesmo* o irmão dele sentado no gira-gira, esperando por mim.

Ei, Cara de Merda. Quer chupar o meu pau?

E dessa vez eu tinha certeza — bem, quase certeza — de que aquilo não era um sonho. Para começo de conversa, era dia, e fantasmas e zumbis não existiam à luz do dia. Só naquele sonolento intervalo entre a meia-noite e o amanhecer, desfazendo-se em poeira aos primeiros raios de sol. Aos doze anos, eu ainda acreditava nisso.

Então Mickey sorriu, e era apenas ele mesmo. Levantou-se do gira-gira onde estava sentado, mascando chiclete, e se aproximou.

— Ei, Eddie Monstro. Recebeu a mensagem?

Eu recebera: a vi desenhada com giz azul na entrada da garagem quando fui para o primeiro andar. O símbolo que usávamos quando queríamos nos encontrar no parquinho seguido de três pontos de exclamação. Um queria dizer que era muito urgente. Dois, que você precisava ir para lá imediatamente. Três, que era uma questão de vida ou morte.

— Por que você quis se encontrar comigo? O que é tão urgente?

Ele franziu o cenho.

— Eu? Não fui eu quem deixou a mensagem.

—Você me deixou uma mensagem. Em azul.

Ele balançou a cabeça.

— *Não*. Recebi uma mensagem de Hoppo. Em verde.

Olhamos um para o outro.

— Uau. A volta do filho pródigo! — Gav Gordo entrou no parque. — O que está rolando?

—Alguém deixou uma mensagem para que você viesse aqui? — perguntei.

— Sim. Você deixou, Bafo de Pica.

Estávamos no meio dessa discussão quando Hoppo chegou.

— Então — perguntou Gav Gordo —, quem disse para você vir para cá? Hoppo o olhou com estranheza.

— Foi *você*. O que está acontecendo?

— Alguém queria que a gente se reunisse aqui — expliquei.

— Por quê?

Você sabe, Cara de Merda. Só que ainda não sabe.

— Acho que alguém vai se ferir ou já se feriu.

—Vai se ferrar — desdenhou Mickey Metal.

Olhei em volta em busca de outra mensagem. Tinha certeza de que haveria alguma. Comecei a circular pelo parquinho, os outros me observavam como se eu estivesse maluco. De repente, apontei. Debaixo dos balanços de bebê. Um desenho feito com giz branco. Mas era diferente dos demais: a figura tinha cabelo comprido e usava vestido. Não era um *homem* de giz, mas uma garota, desenhada ao lado de várias árvores de giz.

Ainda me lembro claramente desse momento. A nitidez do giz branco contra o asfalto preto. O leve ranger do balanço de bebê velho e enferrujado e o frio do ar matinal.

— Que merda é essa? — perguntou Mickey, se aproximando. Hoppo e Gav Gordo o seguiram. Os três olharam para o desenho.

—Temos que ir ao bosque — falei.

—Você *não pode* estar falando sério! — exclamou Gav Gordo, sem passar muita convicção.

— Não vou ao bosque — disse Mickey Metal. — Vai levar séculos, e para quê?

— Eu vou — disse Hoppo. Mesmo sabendo que ele provavelmente disse aquilo só para irritar Mickey, fiquei feliz por seu apoio.

Gav Gordo revirou os olhos, deu de ombros e então falou:

— Tudo bem. Estou dentro.

Mickey Metal ficou de lado, contrariado, com as mãos enfiadas nos bolsos. Olhei para os outros dois.

—Vamos.

Atravessamos o parquinho e pegamos nossas bicicletas.

— Esperem. — Mickey Metal se aproximou e olhou feio para nós. — É melhor não ser uma maldita brincadeira.

— Não é — retruquei, e ele assentiu.

Saímos pedalando do parquinho. Olhei para os balanços. Não tinha certeza se algum dos outros percebera, mas havia algo diferente na garota de giz. Ela estava quebrada — as linhas do corpo não eram contínuas. Os braços. As pernas. A cabeça. Não estavam unidos.

Estranhamente — como quando acontece algo terrível e sentimos um desejo incontrolável de rir até não poder mais — a corrida até o bosque naquela manhã foi mais emocionante e mais agradável do que nunca.

Com exceção de Hoppo, que às vezes ia até lá para pegar madeira, não íamos muito ao bosque no inverno. Naquele dia, o sol brilhava e o vento batia gelado em nosso rosto, puxando nosso cabelo para trás. Minha pele estava fresca e formigando, minhas pernas pareciam capazes de pedalar mais depressa do que nunca. Nada poderia nos deter. Eu queria que aquele passeio de bicicleta se estendesse indefinidamente, mas é claro que isso não era possível. Muito depressa, a massa escura do bosque surgiu ao longe.

— E agora? — perguntou Mickey, um pouco ofegante.

Descemos das bicicletas, olhei em volta e vi. Desenhado na cerca de madeira, junto à escada. Um único braço branco de giz com o dedo apontando diretamente para a frente.

—Vamos nessa, então — disse Gav Gordo, erguendo a bicicleta sobre a escada.

A expressão em seus olhos refletia como eu estava me sentindo. Uma consciência expandida, em uma espécie de empolgação quase histérica. Não sei bem se algum de nós sabia exatamente o que estava procurando. Ou talvez soubesse e apenas não quisesse dizê-lo em voz alta.

Todo garoto quer encontrar um cadáver. As únicas coisas que um garoto de doze anos quer encontrar mais do que um cadáver são uma nave espacial, um tesouro enterrado ou uma revista pornográfica. Queríamos achar algo ruim naquele dia. E achamos. Só não sei se alguém tinha noção de quão ruim seria.

Gav Gordo liderou o trajeto, e lembro que isso me deixou irritado. Aquela era para ser a *minha* aventura, o *meu* negócio. No entanto, Gav Gordo sempre fora o nosso líder, por isso ele ir na frente de certa forma parecia certo. A gangue estava novamente reunida. Ou quase.

Percorremos um longo caminho através do bosque antes de encontrarmos outra mão-palito no tronco de uma árvore.

— Por aqui — disse Gav Gordo, um tanto ofegante.

— Sim, a gente também viu — disse Mickey Metal.

Hoppo e eu olhamos um para o outro e sorrimos. Parecia que as coisas tinham voltado a ser como antes: as discussões idiotas, Mickey Metal fazendo comentários sarcásticos.

Saímos da trilha e nos aprofundamos no coração do bosque. De vez em quando, ouvíamos um ruído e um bando de andorinhas ou corvos alçava voo em meio às árvores. Uma ou duas vezes pensei ter ouvido um farfalhar em meio à vegetação rasteira. Talvez fosse um coelho, embora às vezes víssemos raposas por ali.

— Parem — ordenou Gav Gordo, e todos pararam.

Ele apontou para outra árvore, bem na nossa frente. No tronco vimos não um braço, mas outra garota-palito. Abaixo havia uma enorme pilha de folhas. Nos entreolhamos e, depois, voltamos a olhar para a pilha de folhas. Algo despontava do topo.

— Puta merda! — exclamou Gav Gordo.

Dedos.

As unhas eram curtas e limpas, pintadas com um belo cor-de-rosa clarinho. Não estavam lascadas, quebradas ou algo do tipo. Mais tarde, a polícia diria que ela não reagiu — ou talvez não tivesse tido a chance de reagir. A pele estava mais pálida do que eu me lembrava; o bronzeado de verão, desbotado em um tom mais invernal. No dedo médio, usava um pequeno anel de prata com uma pedra verde no centro. No instante em que o vi, soube que o braço pertencia à Garota do Twister.

Hoppo se inclinou primeiro — ele sempre fora o menos sensível. Certa vez eu o vi abreviar o sofrimento de um pássaro ferido com uma pedra. Ele afastou mais folhas.

— Ai, merda — murmurou Mickey Metal.

A extremidade serrilhada do osso era muito branca. Destacava-se mais do que o sangue; depois de seco, este ficara com uma tonalidade escura, de ferrugem, quase se mesclando à das folhas que parcialmente ainda cobriam o braço. Apenas o braço. Cortado à altura do ombro.

De repente, Gav Gordo se largou no chão.

— É um braço — murmurou. — É a merda de um braço.

— Bem observado, Sherlock — provocou Mickey, mas até seu falso desdém soou um tanto abalado.

Gav Gordo olhou para mim, esperançoso.

— Talvez seja uma brincadeira. Talvez não seja de verdade.

— É de verdade — falei.

— O que a gente faz?

— Vamos chamar a polícia — respondeu Hoppo.

— Sim, sim — murmurou Gav Gordo. — Quer dizer, talvez ela ainda esteja viva.

— Ela não está viva, seu gordo idiota — retrucou Mickey Metal. — Ela está morta, como Sean.

— Não podemos afirmar.

— Podemos, sim — falei, apontando para outra árvore, com outro dedo de giz desenhado. — Há mais sinais... para o que restou dela.

— Temos que chamar a polícia — repetiu Hoppo.

— Ele tem razão — concordou Mickey Metal. — Vamos, a gente tem que ir.

Todos assentiram e demos os primeiros passos para ir embora quando Gav Gordo disse:

— Alguém não deveria ficar? Para o caso...

— Para o caso de quê? De o braço se levantar e sair correndo? — atacou Mickey Metal.

— Não. Não sei. Apenas para garantir que nada vai acontecer com isso.

Todos nos entreolhamos. Ele estava certo: alguém deveria ficar de guarda. Mas ninguém queria ficar, ninguém estava disposto a permanecer no silêncio do bosque com um braço amputado, ouvindo o sussurrar da vegetação rasteira, se sobressaltando a cada revoada de pássaros, se perguntando...

— Eu fico — anunciei.

Depois que os outros foram embora, sentei-me ao lado dela. Hesitante, estendi a mão e toquei-lhe os dedos. Era o que ela parecia estar fazendo: estendendo a mão, implorando para que alguém a segurasse. Eu esperava que sua mão estivesse fria como gelo, mas, na verdade, ainda parecia macia e quase quente.

— Sinto muito — falei. — Sinto muito.

Não sei bem por quanto tempo fiquei no bosque. Provavelmente não mais do que meia hora. Quando a gangue enfim voltou com os dois primeiros policiais, minhas pernas estavam dormentes e acho que devo ter caído em um estranho transe.

Mesmo assim pude assegurar à polícia que ninguém tinha mexido no braço, que estava exatamente como quando o encontramos. E isso era quase verdade.

A única diferença era um círculo um pouquinho mais claro ao redor do dedo médio, no lugar onde antes houvera um anel.

Eles encontraram o restante do corpo debaixo de outras pilhas de folhas espalhadas pelo bosque. Bem, quase tudo. Acho que foi por isso que demorou um tempo para descobrirem quem ela era. É claro que eu já sabia, mas ninguém me perguntou isso. Fizeram muitas outras perguntas. *O que estávamos fazendo no bosque? Como encontramos o corpo?* Quando contamos a respeito dos desenhos de giz nas árvores, eles ficaram muito interessados *naquilo*, mas, quando tentei falar sobre os outros bonecos de giz, sobre as mensagens, fiquei na dúvida se tinham entendido.

Este é o problema com os adultos: às vezes não importa o que você diga, eles só ouvem o que querem ouvir.

Para a polícia, éramos apenas crianças brincando no bosque que toparam com um corpo depois de seguirem marcas de giz. Não foi bem assim que aconteceu, mas creio que não ficou muito longe da verdade. Acho que é assim que mitos e coisas do tipo ganham corpo. O passado é contado e recontado, as coisas ficam um tanto retorcidas e borradas, e enfim a nova história se torna fato.

Naturalmente, todos na escola queriam conversar conosco. Foi um pouco como depois da feira, só que dessa vez as pessoas estavam ainda mais interessadas, porque ela estava morta. E esquartejada.

Nós nos reunimos em assembleia e um policial veio para nos dizer que deveríamos ter cuidado redobrado e não conversar com estranhos. Claro que agora havia muitos estranhos na cidade: pessoas com câmeras e microfones falando em pé na rua ou junto ao bosque. Não fomos autorizados a voltar lá. Havia fitas de isolamento ao redor das árvores e policiais de guarda.

Gav Gordo e Mickey Metal tinham enorme prazer em descrever os detalhes macabros e aumentá-los. Na maioria das vezes, Hoppo e eu os deixávamos falar. Quer dizer, foi emocionante e tal, mas eu também me sentia um pouco culpado. Não parecia certo se divertir à custa de uma garota morta. E parecia injusto que a Garota do Twister tivesse sobrevivido ao dia na feira e tivesse tido a perna salva apenas para ser cortada de novo. Isso realmente era uma pilha de merda fedorenta.

Também me senti mal pelo Sr. Halloran. Ele parecia muito triste na última vez em que o vi, mesmo com a Garota do Twister ainda viva e com os planos de os dois irem morar juntos. Agora ela estava morta e não iria a parte alguma, exceto para o mesmo lugar escuro e frio para onde fora Sean Cooper.

Tentei dizer isso para os meus pais certa noite durante o jantar.

— Estou com pena do Sr. Halloran.

— Do Sr. Halloran? Por quê? — perguntou o meu pai.

— Porque ele a salvou e agora ela está morta. Foi tudo em vão.

Minha mãe suspirou.

—Você e o Sr. Halloran fizeram algo corajoso naquele dia. Não foi em vão. Você nunca deve pensar assim, não importa o que as pessoas digam.

— O que as pessoas estão dizendo?

Meus pais trocaram olhares "adultos" — o tipo de olhar que os adultos acham que, só pelo fato de sermos criança, de algum modo não conseguimos perceber.

— Eddie — disse minha mãe. — Sabemos que você gosta do Sr. Halloran. Mas às vezes não conhecemos as pessoas tão bem quanto pensamos conhecer. Ele está na cidade há pouco tempo. Nenhum de nós o conhece de verdade.

Olhei para eles.

— As pessoas estão achando que ele a matou?

— Não dissemos isso, Eddie.

Não precisavam dizer. Eu tinha doze anos, mas não era idiota.

Senti a garganta se estreitar.

— Ele nunca a mataria. Ele a amava. Eles iam embora juntos. Ele me disse.

Minha mãe franziu o cenho.

— Quando ele lhe disse isso, Eddie?

Eu tinha me metido em uma enrascada.

— Quando fui visitá-lo.

—Você foi visitá-lo? Quando?

Dei de ombros.

— Há algumas semanas.

— Na casa dele?

— Sim.

Meu pai baixou a faca na mesa com força.

— Eddie. Você nunca deve voltar lá, entendeu?

— Mas ele é meu amigo.

— Não é mais, Eddie. Agora não sabemos o que ele é. Você não deve mais vê-lo.

— Por quê?

— Porque estamos mandando, Eddie — disse minha mãe de forma brusca.

Minha mãe *nunca* falava assim. Ela costumava dizer que não se pode dizer algo para uma criança e esperar que ela obedeça sem lhe dar um motivo. Mas agora seu rosto assumia uma expressão que eu nunca tinha visto. Nem quando o pacote chegou. Nem quando jogaram o tijolo em nossa vidraça. Nem mesmo quando fizeram aquelas coisas ruins com o Rev. Martin. Ela parecia estar com medo.

— Agora prometa.

Baixei os olhos e murmurei:

— Prometo.

Meu pai colocou a mão grande e pesada em meu ombro.

— Bom garoto.

— Posso sair da mesa agora e ficar um pouco no meu quarto?

— Claro.

Deslizei da cadeira e subi a escada. No meio do caminho, descruzei os dedos.

2016

Respostas. Para uma pergunta que eu sequer tinha feito, que nem mesmo havia pensado em fazer. Chloe era tudo o que parecia ser? Ela estava mentindo para mim?

Tive que demiti-la. Ela discutiu com uma cliente. Nicky.

Vasculho as gavetas da cozinha, remexendo antigos folders de *delivery*, cartões de comerciantes e panfletos de supermercados, tentando juntar os pedaços da minha mente bagunçada, tentando pensar em uma explicação racional.

Talvez Chloe tenha arranjado outro emprego e simplesmente não me disse. Talvez tenha ficado com vergonha por ter sido demitida, embora isso não parecesse ser do seu feitio. Talvez a discussão com Nicky tenha sido uma total coincidência. Talvez nem fosse a Nicky que conheço (ou conhecia). Poderia ser outra mulher mais velha, magra, atraente e com cabelo vermelho como fogo chamada Nicola Martin. Ah, claro. Estou forçando a barra, mas é *possível*.

Pensei em telefonar para Chloe algumas vezes. Mas não. Ainda não. Primeiro, preciso fazer outra ligação.

Fecho a gaveta e subo a escada. Não vou para o meu quarto, mas para o quarto de guardados. Olho para as caixas empilhadas, descartando algumas logo de cara.

Depois que se mudou, Nicky enviou um cartão-postal para todos nós com o novo endereço. Cheguei a escrever para ela algumas vezes, mas não recebi resposta.

Pego três caixas de uma das prateleiras de cima e as vasculho. Não encontro o que procuro na primeira nem na segunda. Desanimado, abro a terceira.

Quando meu pai morreu, recebi outro cartão-postal. Apenas duas palavras: *Sinto muito. N.* Dessa vez, tinha um número de telefone. Nunca liguei.

Meus olhos se fixam em um cartão-postal amarrotado com uma foto do cais de Bournemouth. Eu o pego e o viro. Bingo. Saco o meu celular.

Chama várias vezes. Pode até não ser mais o número dela. Ela provavelmente trocou de linha. Isso é...

— Alô?

— Nicky, é o Ed.

— *Ed?*

— Eddie Adams...

— Não, não. Sei quem você é. Só estou surpresa. Já faz um tempo.

Faz, sim. Mas ainda consigo perceber quando ela está mentindo. Nicky não está surpresa, está preocupada.

— Eu sei.

— Como você está?

Boa pergunta. Muitas respostas. Escolho a mais fácil.

— Já estive melhor. Olha, sei que pode parecer um tanto repentino, mas será que a gente pode conversar?

— Pensei que já estivéssemos conversando.

— Pessoalmente.

— Sobre o quê?

— Chloe.

Silêncio. Um tão demorado que me pergunto se ela desligou na minha cara. De repente Nicky diz:

— Saio do trabalho às três.

O trem para Bournemouth chega às 15h30. Passo a viagem fingindo ler, de vez em quando folheando o livro mais recente de Harlan Coben. Quando o trem chega ao destino, saio da estação e me junto à multidão que se dirige à beira-mar. Atravesso nas faixas de pedestre e vago pelo Bournemouth Gardens.

Apesar de ficar a uns trinta quilômetros de distância, raramente visito Bournemouth. Não sou muito de praia. Mesmo quando era criança, eu ficava um pouco assustado com o quebrar das ondas e odiava a sensação da areia mole e granulosa entre os dedos dos pés, o que só piorou depois que vi alguém enterrando restos de sanduíche na areia. A partir de então, nunca mais pisei em uma praia sem estar calçando chinelos ou tênis.

Hoje não é o dia mais quente do finzinho do verão, mas ainda há um número razoável de pessoas passeando pelos jardins e jogando minigolfe (algo de que eu gostava quando garoto).

Chego ao calçadão, evito o local agora vazio onde outrora havia um cinema IMAX monstruoso que se deteriorou lentamente após anos sem uso, passo pelo fliperama e dobro à direita em direção aos cafés à beira-mar.

Sento-me à varanda de um deles, fumando e acalentando um cappuccino morno. Somente mais uma mesa está ocupada por um jovem casal — uma mulher com cabelo curto oxigenado e um homem com dreadlocks e vários piercings. Sinto-me — e com certeza aparento ser — muito velho e muito careta.

Pego o livro, mas de novo não consigo me concentrar na leitura. Olho para o relógio: quase quatro e quinze. Tiro outro cigarro do maço — o terceiro em meia hora — e me curvo para acendê-lo. Ao erguer os olhos, vejo Nicky em pé diante de mim.

— Vício repugnante. — Ela puxa uma cadeira e se senta. — Tem um sobrando?

Empurro o maço e o isqueiro pela mesa, feliz por minha mão não estar trêmula. Ela pega um cigarro e o acende, dando-me a oportunidade de observá-la. Obviamente, parece mais velha. O tempo trouxe rugas para sua testa e cantos dos olhos. O cabelo ruivo está mais liso e com mechas louras. Ela ainda é magra e veste calça jeans e uma camisa xadrez. Sob a cuidadosa maquiagem, vejo apenas um leve lampejo de sardas. A menina sob a mulher.

Ela ergue os olhos.

— Sim. Envelheci. E você também.

De repente me dou conta de como devo estar aos olhos dela. Um homem macilento e desgrenhado, com um casaco antiquado, camisa amarrotada e gravata frouxa. Meu cabelo está despenteado e estou com os óculos de leitura. Estou surpreso que ela tenha me reconhecido.

— Obrigado — digo. — Fico feliz por pularmos as gentilezas.

Ela me encara com os vívidos olhos verdes.

— Sabe o que é mais estranho?

Muitas respostas.

— O quê?

— Não fiquei surpresa quando você me ligou. Na verdade, acho que estava esperando por isso.

— Eu não sabia se era o número certo.

Um garçom se aproxima. Está vestido de preto e ostenta uma barba hipster que não parece condizente com a idade que aparenta e um daqueles topetes da moda que desafiam a gravidade.

— Expresso duplo — pede Nicky.

O garçom se inclina apenas o suficiente para indicar que ouviu o pedido e volta a se afastar.

— Então? — diz ela, virando-se para mim. — Quem começa?

Percebo que não faço ideia de por onde devo começar. Olho para o cappuccino em busca de inspiração. Nenhuma me ocorre. Decido-me pelo óbvio.

—Você ainda mora em Bournemouth?

— Passei um tempo fora a trabalho, mas voltei.

— Certo. Com o que você trabalha?

— Nada de emocionante. Só trabalho de igreja.

— Legal.

— Não é legal. Na verdade, é muito chato.

—Ah!

— E você?

— Dou aula. Sou professor agora.

— Em Anderbury?

— Sim.

— Bom para você.

O garçom volta com o café de Nicky. Ela agradece. Eu bebo o cappuccino. Os movimentos parecem deliberados e exagerados. Ambos estamos protelando.

— Como vai a sua mãe? — pergunto.

— Ela morreu. Câncer de mama. Cinco anos atrás.

— Sinto muito.

— Não sinta. A gente não se dava muito bem. Saí de casa quando tinha dezoito anos. Não a vi muito desde então.

Eu a encaro. Sempre pensei que Nicky tivera um final feliz. O afastamento do pai. A volta da mãe. Acho que na vida real não há finais felizes, apenas finais confusos e complicados.

Ela sopra a fumaça.

—Você ainda vê os outros?

Faço que sim com a cabeça.

— Sim, vejo. Hoppo é encanador. Gav assumiu o The Bull. — Hesito. — Você soube do acidente?

O HOMEM DE GIZ

— Ouvi dizer.

— Como?

— Ruth costumava escrever para mim. Foi assim que soube da morte do seu pai.

Ruth? Uma lembrança distante se agita, até que me lembro: a amiga do Rev. Martin, a mulher de cabelo crespo que ficou com Nicky após o ataque.

— E ela continuou visitando o meu pai. Depois de um tempo parei de ler as cartas que ela me enviava. Mudei de endereço e não a avisei. — Nicky toma um gole de café. — Ele ainda está vivo, sabia?

— Eu sei.

— Ah, sim. — Ela assente. — Sua mãe. A boa samaritana. Irônico, não é?

Dou um leve sorriso e pergunto:

—Você nunca o visitou?

— Não. Visitarei quando ele morrer.

—Você nunca pensou em voltar a morar em Anderbury?

— Muitas lembranças ruins. E eu nem estava lá quando as coisas pioraram.

Não, ela não estava, penso. Mas ainda assim ela fazia parte daquilo.

Nicky se inclina para apagar o cigarro.

— Então, já falamos amenidades. Vamos ao que interessa? Por que você está perguntando sobre Chloe?

— De onde você a conhece?

Ela me observa por um instante e depois diz:

—Você primeiro.

— Ela é minha inquilina.

— Merda — dispara ela com os olhos arregalados.

— Que tranquilizador.

— Desculpe, mas... Bem, é que... — Ela balança a cabeça. — Não acredito que ela tenha feito isso.

Encaro Nicky, confuso.

—Tenha feito o quê?

Ela estende a mão e tira outro cigarro do maço sem pedir. A manga de sua camisa sobe, revelando uma pequena tatuagem no pulso. Asas de anjo. Ela percebe que vi.

— Em memória do meu pai. Uma homenagem.

— Mas ele ainda está vivo.

— Não considero aquilo vida.

E não considero a tatuagem uma homenagem. É outra coisa. Algo com que não sei bem se me sinto inteiramente confortável.

— De qualquer modo — diz ela, acendendo o cigarro e tragando com força —, eu a conheci há pouco mais de um ano. Quando ela me encontrou.

— Encontrou você? Quem é ela?

— Minha irmã.

—Você se lembra de Hannah Thomas?

Demoro um instante para me lembrar. A amiga loura da Garota do Twister que participava dos protestos. A filha do policial. E, é claro...

— A garota que Sean Cooper estuprou e engravidou — digo.

— Só que ele não fez nada disso — revela Nicky. — Era mentira. Sean Cooper não estuprou Hannah Thomas e não era o pai do bebê.

— Então quem era o pai? — Eu a encaro, confuso.

Nicky olha para mim como se eu fosse idiota.

—Vamos lá, Ed. Raciocina.

Raciocino. E a ficha cai.

— Seu pai? *Seu pai* a engravidou?

— Não fique tão chocado. Aquelas manifestantes eram o pequeno harém do meu pai. Fanáticas. Elas o adoravam como a um astro de rock. E meu pai? Bem, digamos que a carne é fraca.

Tento processar tudo isso.

— Por que Hannah mentiu e disse que foi Sean Cooper?

— Porque meu pai pediu que ela mentisse. Porque o pai *dela* não poderia matar um garoto que já estava morto.

— Como você descobriu?

— Certa noite ouvi os dois brigando por causa disso. Eles achavam que eu estava dormindo, assim como achavam que eu estava dormindo enquanto trepavam.

Lembro-me da noite em que vi Hannah Thomas na sala de estar com a minha mãe.

— Ela foi procurar a minha mãe — digo. — Estava realmente abalada. Minha mãe a estava consolando. — Dou um leve sorriso. — Engraçado como os princípios vão para o espaço quando o bebê indesejado é *seu* e é a *sua* vida.

— Na verdade, ela queria ter o bebê. Foi meu pai quem quis que ela se livrasse dele.

Olho para Nicky, incrédulo.

— Seu pai queria que ela *abortasse*? Depois de tudo o que ele fez?

Nicky ergue a sobrancelha.

— Engraçado como as suas crenças piedosas vão para o espaço quando é o *seu* filho bastardo e a *sua* reputação que estão em jogo.

Assinto.

— Filho da puta.

— Sim. Muito.

Meu cérebro se agita, tentando processar todas essas revelações.

— Então, ela teve o bebê? Não me lembro.

— A família se mudou. O pai dela foi transferido ou algo assim.

O Rev. Martin foi atacado, por isso não estava em posição de manter contato.

Nicky bate a cinza do cigarro no cinzeiro, que já está começando a parecer um anúncio do Ministério da Saúde.

— Avance no tempo quase trinta anos — diz ela. — E, então, Chloe aparece à minha porta. Ainda não sei exatamente como ela me localizou. Disse que era filha de Hannah, minha meia-irmã. A princípio, não acreditei, disse para ela ir embora. Mas ela me deu o número dela. Eu não tinha intenção de ligar, mas não sei, acho que fiquei curiosa. Marcamos um almoço. Ela levou fotos, me disse coisas que me convenceram de que ela era *mesmo* quem dizia ser. Passei a gostar dela. Talvez Chloe lembrasse um pouco a mim mesma quando eu era mais jovem.

Talvez seja por isso que eu também gostei dela, penso.

— Chloe me contou que a mãe tinha morrido. Câncer — continua Nicky. — Ela não tinha um bom relacionamento com o padrasto. De novo, simpatizei com ela. Nós nos encontramos mais algumas vezes. Certo dia, ela disse que precisava sair do apartamento onde estava e não conseguia arranjar um lugar onde morar. Falei que ela poderia ficar comigo por um tempo se isso fosse ajudar.

— O que aconteceu?

— Nada. Durante três meses ela foi a inquilina perfeita. Quase perfeita demais.

— E depois?

— Cheguei em casa certa noite. Chloe devia ter saído. Ela deixou a porta do quarto entreaberta e o laptop aberto na mesa.

— Você foi bisbilhotar o quarto dela.

— O quarto era *meu* e... Não sei, eu só estava...

— Invadindo a privacidade alheia?

— Bem, fico feliz por ter invadido. Descobri que ela estava escrevendo a meu respeito. Sobre os homens de giz. Sobre todos nós. Como se estivesse pesquisando.

— Para quê?

— Quem vai saber?

— Ela explicou o motivo?

— Não dei a oportunidade. Naquela mesma noite mandei que ela fizesse as malas. Chloe disse que ia se mudar mesmo, que tinha arranjado um emprego em Anderbury.

Ela apaga o segundo cigarro e toma um grande gole de café. Percebo que sua mão está um pouco trêmula.

— Há quanto tempo foi isso?

— Uns nove, dez meses.

Mais ou menos na época em que Chloe apareceu à minha porta, agradecendo por eu ter disponibilizado o quarto tão em cima da hora.

O vento sopra sobre o calçadão. Estremeço e levanto o colarinho do casaco. Apenas um pé de vento. Nada mais.

— Se você não a vê há meses, o que motivou a discussão na loja?

—Você soube da discussão?

— Foi como descobri que vocês se conheciam. — Franzo o cenho. — Como *você* descobriu onde Chloe trabalhava?

— Não há muitos lugares em Anderbury que empregariam Chloe.

Verdade.

— E fui falar com ela porque recebi uma carta.

Meu coração desacelera.

— O enforcado e o pedaço de giz?

Ela me encara.

— Como você sabe?

— Porque também recebi. Além de Gav, Hoppo... e Mickey.

Nicky franze o cenho.

— Ela mandou uma para cada um de nós?

— *Ela?* Você acha que foi Chloe quem enviou as cartas?

— É claro que acho.

— Bem, ela admitiu isso?

— Não. Mas quem mais poderia ser?

Há uma pausa. Penso na Chloe que conheço. A pessoa impertinente, engraçada e brilhante que me acostumei a ter por perto. Nada disso faz sentido.

— Não sei. Mas prefiro não tirar conclusões precipitadas.

Ela dá de ombros.

— Bem, é a sua cabeça em jogo.

Aproveitando a deixa, espero ela tomar um gole de café e digo, com mais delicadeza:

—Você soube do Mickey?

— O que tem ele?

Ed Adams, portador de alegria e boas notícias.

— Ele morreu.

— *Meu Deus.* O que houve?

— Ele caiu no rio, se afogou.

Ela me encara.

— O rio em Anderbury?

— Sim.

— O que ele estava fazendo em Anderbury?

— Tinha ido me visitar. Estava pensando em escrever um livro sobre os homens de giz. Queria que eu o ajudasse. Bebemos um pouco, ele insistiu em voltar para o hotel a pé, mas não chegou lá.

— Merda.

— Sim, uma merda.

— Mas foi um acidente?

Hesito.

— Ed?

— Olha, sei que vai parecer loucura, mas, antes de ir embora naquela noite, Mickey me disse que sabia quem de fato matou Elisa.

Ela ri com desdém.

— E você acreditou nele?

— E se ele estivesse dizendo a verdade?

— Bem, essa teria sido a primeira vez.

— Mas, *se* for verdade, talvez a morte dele não tenha sido acidental.

— E daí? Quem se importa?

Por um instante, fico surpreso. Eu me pergunto se ela sempre foi assim tão dura. Um doce todo coberto com a frase VÁ SE FERRAR.

—Você não está falando sério.

— Sim. Estou falando sério. Mickey passou a vida fazendo inimigos. Ele não era amigo de ninguém. Mas você era. Foi por isso que vim conversar com você. Mas agora chega. — Ela afasta a cadeira. — Siga o meu conselho: vá para casa, mande Chloe embora e siga com a sua vida.

Eu deveria ouvi-la. Eu deveria deixá-la ir embora. Eu deveria terminar o cappuccino e pegar o trem. Mas, afinal, minha vida sempre foi uma longa sucessão de "deverias" chocando-se uns contra os outros em um grande emaranhado de arrependimentos.

— Nicky. Espera.

— *O quê?*

— E o seu pai? Você não quer saber quem foi o responsável?

— Ed, deixa isso para lá.

— Por quê?

— Porque *sei* quem foi o responsável.

Pela segunda vez, sou pego desprevenido.

— Você sabe? Como?

— Porque ela me contou.

O trem de volta para Anderbury está atrasado. Tento atribuir isso a uma coincidência infeliz, mas vejo que não consigo. Caminho irrequieto pela plataforma, amaldiçoando a mim por ter decidido pegar o trem em vez de vir de carro (e também por ter ficado no bar e bebido uma garrafa de vinho em vez de pegar o trem mais cedo). Olho sem parar para o quadro de partidas. Atrasado. Poderia muito bem estar escrito: "Determinado a ferrar com você, Ed."

Chego pouco depois das nove da noite, com calor, amarrotado e com um lado do corpo dormente por ter sido esmagado contra a janela por um homem que parecia ter jogado rúgbi para os Titãs (os deuses, não a equipe).

Quando salto do ônibus que me trouxe da estação e caminho até em casa estou me sentindo cansado, nervoso e lamentavelmente sóbrio. Empurro o portão e subo a entrada da garagem. A casa está às escuras, Chloe deve ter saído. Talvez seja melhor assim, porque não sei se estou pronto para a conversa que precisamos ter.

O primeiro dedo frio de desconforto faz cócegas em minha nuca quando chego à porta da frente e vejo que está destrancada. Chloe pode ser frustrantemente irreverente, mas não costuma ser irresponsável ou negligente.

Fico imóvel por um instante à entrada de minha própria casa como um vendedor indesejado e, então, abro a porta.

— Olá?

A única resposta é o silêncio sem ar da casa e um zumbido fraco vindo da cozinha. Acendo a luz do corredor e fico ali parado, com minhas chaves desnecessárias na mão.

— Chloe?

Entro na cozinha, ligo a luz e olho em volta.

A porta dos fundos está entreaberta, e uma brisa fresca sopra em minha direção. As bancadas estão cheias dos restos de um jantar inacabado: uma pizza de um lado. Um pouco de salada em uma tigela. Uma taça de vinho pela metade na mesa. O zumbido que estou ouvindo vem do forno.

Eu me curvo e o desligo. O silêncio aumenta imediatamente. O único som que ouço agora é o pulsar do sangue nos ouvidos.

— Chloe?

Dou um passo à frente. Meu pé escorrega em algo no chão. Olho para baixo. Meu coração para de bater. O rugido em meus ouvidos aumenta. Vermelho. Vermelho-escuro. Sangue. Uma trilha tênue que leva até a porta dos fundos, que está aberta. Sigo em frente, com o coração ainda disparado. À porta dos fundos, hesito. Está quase escuro. Volto atrás, pego uma lanterna na gaveta de quinquilharias e saio.

— Chloe? Você está aí?

Vou com cautela até os fundos da casa e ilumino a vegetação rasteira que se estende até um grupinho de árvores. Parte da grama alta está amassada. Alguém pisoteou o jardim recentemente.

Sigo a trilha. Ervas daninhas e urtigas se agarram à minha calça. A luz da lanterna ilumina algo na grama. Algo vermelho, rosa e marrom. Eu me curvo e meu estômago se contorce como uma ginasta russa.

— Merda.

Um rato, um rato eviscerado. A barriga foi cortada e os intestinos estão para fora como uma fieira de minúsculas salsichas cruas.

Algo farfalha à minha direita. Eu me sobressalto e me viro. Dois discos verdes brilham para mim em meio à grama alta. Mittens pula para a frente com um sibilar gutural.

Tropeço para trás, com um grito engasgado na garganta.

— Merda.

Mittens olha para mim, achando graça. *"Eu o assustei, hein, Eddie?"* Então, pega tranquilamente o que restou do rato com os dentes brancos e afiados e some com ele noite adentro.

Eu me permito uma breve explosão de riso histérico.

— Porra, mas que *merda*.

O sangue era do rato. Somente um rato e um gato filhos da puta. Sinto um enorme alívio. Aí uma voz sussurra ao meu ouvido:

Mas o gato e o rato não explicam a porta de trás aberta, não é mesmo, Eddie? E nem o jantar abandonado no meio? O que significa isso tudo?

Volto para a casa e grito:

— Chloe!

Subo a escada correndo até o quarto dela. Bato uma vez e depois abro a porta. Parte de mim espera ver uma cabeça despenteada despontando da cama, mas a cama está vazia. O quarto está vazio. Por impulso, abro o guarda-roupa. Os cabides vazios chocalham. Abro as gavetas da cômoda. Vazia. Vazia. Vazia.

Chloe se foi.

1986

Achei que demoraria até eu ter a oportunidade de escapulir. No fim, tive que esperar só alguns dias, até o fim de semana.

Minha mãe recebeu um telefonema e teve que ir correndo para a clínica. Meu pai deveria estar tomando conta de mim, mas tinha que entregar um trabalho com o prazo apertado e se trancou no escritório. Vi o bilhete que minha mãe lhe deixara: "Prepare o café da manhã para Eddie. Cereal ou torradas. NADA de batata chips ou chocolate! Com amor, Marianne."

Acho que meu pai nem leu. Ele parecia mais distraído do que nunca. Ao abrir o armário, descobri que ele guardara o leite em uma prateleira e o café na geladeira. Balancei a cabeça e peguei uma tigela, na qual joguei um pouco de cereal e um pingo de leite. Então a deixei no escorredor de pratos com uma colher dentro.

Peguei um pacote de batata chips, que comi rapidamente na sala de estar enquanto assistia ao *Saturday Superstore*. Depois, desliguei a TV e fui na ponta dos pés para o meu quarto, no andar de cima. Afastei a cômoda, peguei a caixa de sapatos e abri a tampa.

O anel estava aninhado ali dentro. Ainda estava um pouco sujo de lodo do bosque, mas eu não quis limpá-lo. Se o fizesse, o anel não seria mais dela, não seria especial. Isso era importante. Se quiser se agarrar a alguma coisa, é necessário se agarrar a cada parte dela. Para se lembrar de seu tempo e lugar.

Mas havia outra pessoa que precisava daquilo mais do que eu. Alguém que a amava, que não tinha nada para se lembrar dela. Quer dizer, ele tinha as pinturas, mas essas não faziam parte dela, não haviam tocado a sua pele ou o seu corpo enquanto ela esfriava aos poucos no chão do bosque.

Embrulhei o anel em um pouco de papel higiênico e o guardei com cuidado no bolso. Naquele momento, acho que não sabia bem o que pretendia fazer. Na minha cabeça, tinha imaginado procurar o Sr. Halloran, dizer a ele quanto estava triste e entregar o anel. Ele ficaria muito grato, e assim eu teria retribuído todas as coisas boas que ele fizera por mim. Pelo menos, *acho* que era isso que eu queria.

Ouvi movimento no cômodo ao lado: uma tosse, o rangido da cadeira do meu pai e o zumbido da impressora. Empurrei a cômoda de volta para o lugar e desci a escada. Peguei o meu casaco de inverno e um cachecol e escrevi um breve bilhete para o caso de o meu pai descer e ficar preocupado: "Saí com o Hoppo. Não quis atrapalhar você. Eddie."

De modo geral, eu não era uma criança desobediente. No entanto, era teimoso, obsessivo, até. Uma vez que tivesse uma ideia, eu não a tirava da cabeça. Não posso dizer que tive um momento de dúvida ou apreensão ao tirar a bicicleta da garagem e sair pela rua em direção ao chalé do Sr. Halloran.

O Sr. Halloran já deveria ter ido embora para a Cornuália, porém a polícia pediu que permanecesse na cidade por causa da investigação. Eu não sabia na época, mas eles estavam muito perto de determinar se tinham provas suficientes para acusá-lo pelo assassinato da Garota do Twister.

Na verdade, eles tinham pouquíssimas provas — a maioria era circunstancial e rumores. Todos queriam que ele fosse o culpado, porque isso seria adequado, claro e compreensível. Ele era um forasteiro e, não apenas isso, um forasteiro com uma aparência estranha, que já havia provado ser um pervertido ao corromper uma jovem.

A teoria da polícia era a de que a Garota do Twister quis terminar o relacionamento e o Sr. Halloran, em um surto, a matou quando ela lhe disse isso. Essa versão foi apoiada em parte pela mãe dela, que disse à polícia que a filha chegara em casa às lágrimas na noite anterior após uma discussão com o Sr. Halloran. O Sr. Halloran confirmou que os dois tinham discutido, mas negou que tivessem rompido. Ele até admitiu que haviam combinado de se encontrarem no bosque na noite em que ela foi morta, mas que, depois da discussão, ele não foi ao encontro. Não tenho total certeza sobre qual é a verdade, e ninguém poderia confirmar ou negar nenhuma dessas histórias, afora uma garota que nunca mais voltaria a falar, exceto em um lugar onde sua voz estaria abafada pela terra e pelos vermes.

Era uma tranquila manhã de sábado, uma daquelas em que o dia parece não querer sair da cama, como um adolescente mal-humorado, relutante em afastar a coberta da noite e abrir as cortinas do amanhecer. Às dez horas o tempo ainda estava escuro e cinzento, com apenas um ou outro carro passando e oferecendo iluminação esporádica ao longo do caminho. A maioria das casas estava às escuras. Embora não faltasse muito para o Natal, quase ninguém decorara a fachada. Acho que ninguém se sentia muito no clima de comemoração. Meu pai ainda não tinha comprado uma árvore de Natal e eu mal pensara no meu aniversário.

O chalé se destacava como um fantasma branco, com as bordas borradas de leve por causa da neblina. O carro do Sr. Halloran estava estacionado do lado de fora. Parei a uma distância curta e olhei em torno. O chalé erguia-se solitário no final da Amory's Lane, uma ruela com poucas casas. Parecia não haver ninguém por perto. Mesmo assim, em vez de deixar a bicicleta do lado de fora da casa do Sr. Halloran, a escondi em uma cerca-viva do outro lado da rua, onde não seria vista com facilidade. Então, atravessei a rua depressa e subi o caminho da entrada.

As cortinas estavam abertas, porém não havia luz ali dentro. Bati à porta e esperei. Nenhum som ou movimento. Tentei outra vez. Ainda silêncio. Bem, não exatamente silêncio. Pensei ter ouvido algo. Ponderei. Achei que talvez ele não quisesse ver ninguém. Talvez eu devesse ir para casa. Quase fui. Mas algo — ainda não sei bem o quê — pareceu me cutucar e dizer: *apenas abra a porta.*

Levei a mão à maçaneta e a girei. A porta se abriu. Olhei para a escuridão ali dentro.

— Olá. Sr. Halloran?

Nenhuma resposta. Respirei fundo e entrei.

— Olá?

Olhei em volta. Ainda havia caixas empilhadas por toda parte, porém tinha algo novo na pequena sala de estar. Garrafas. Vinho, cerveja e duas mais volumosas com o rótulo "Jim Beam". Franzi o cenho. Eu sabia que os adultos às vezes bebiam, mas eram garrafas demais.

Ouvi som de água corrente no andar de cima — era esse o som fraco que tinha ouvido antes. Fiquei aliviado. O Sr. Halloran estava tomando banho, por isso não tinha me ouvido à porta.

Obviamente isso me deixou em uma situação constrangedora. Eu não podia simplesmente subir a escada — ele podia estar nu ou algo do tipo. Além disso, ele saberia que eu havia entrado na casa sem ser convidado. No entanto, eu também não queria esperar do lado de fora porque alguém poderia me ver.

Refleti e tomei uma decisão: entrei na cozinha, tirei o anel do bolso e o coloquei no centro da mesa, onde com certeza seria visto.

Eu deveria ter deixado um bilhete, mas não vi nenhum papel ou caneta. Olhei para cima. Havia uma estranha mancha escura no teto. Ocorreu-me que aquilo, somado ao som de água corrente, não parecia estar certo. Nesse momento, ouvi o estouro do escapamento de um carro na rua. Levei um susto: o som inesperado me lembrou de que eu estava na casa de outra pessoa, além da advertência dos meus pais. Meu pai já poderia ter terminado de trabalhar. E se minha mãe tivesse voltado para casa? Eu deixara um bilhete para eles, mas sempre havia a possibilidade de ela suspeitar e ligar para a mãe de Hoppo para confirmar.

Com o coração disparado, saí do chalé, fechei a porta, atravessei a rua e peguei a bicicleta. Voltei correndo para casa o mais depressa que pude, apoiei a bicicleta na porta dos fundos, tirei o casaco e o cachecol e me atirei no sofá da sala. Meu pai desceu a escada uns vinte minutos depois e enfiou a cabeça pelo vão da porta.

— Tudo bem, Eddie? Você saiu?

— Fui à casa de Hoppo, mas ele não estava.

— Você deveria ter me avisado.

— Deixei um bilhete. Eu não queria atrapalhar você.

Ele sorriu.

— Você é um bom garoto. Que tal prepararmos biscoitos para quando sua mãe chegar?

— Certo.

Eu gostava de assar biscoitos com o meu pai. Alguns meninos achavam que cozinhar era coisa de mulher, mas, quando era meu pai quem cozinhava, eu não pensava assim. Ele não seguia nenhuma receita e colocava coisas estranhas na massa. Seus biscoitos ou ficavam ótimos, ou com um gosto estranho, mas era sempre uma aventura descobrir.

Minha mãe voltou cerca de uma hora mais tarde, quando tínhamos acabado de tirar do forno biscoitos de passas, Marmite e pasta de amendoim.

— Estamos na cozinha! — gritou meu pai.

Minha mãe entrou. Na mesma hora percebi que havia algo errado.

— Está tudo bem na clínica? — perguntou meu pai.

— O quê? Sim. Tudo resolvido. Tudo certo.

Mas parecia não estar tudo certo. Minha mãe estava preocupada e agitada.

— O que foi, mãe? — perguntei.

Ela olhou para mim e para o meu pai e enfim disse:

— Passei em frente ao chalé do Sr. Halloran a caminho de casa.

Eu fiquei bem tenso ao ouvir isso. Será que minha mãe tinha me visto? Com certeza não. Eu já estava em casa havia séculos. Ou talvez alguém tivesse me visto e contado para ela, ou talvez ela simplesmente soubesse, porque era minha mãe e tinha um sexto sentido para detectar quando eu tinha feito algo de errado.

Mas, na verdade, não era nada disso.

— Havia policiais do lado de fora... e uma ambulância.

— Uma ambulância? — disse meu pai. — Por quê?

Ela respondeu em voz baixa:

— Estavam removendo um corpo em uma maca.

Suicídio. A polícia fora até lá para prender o Sr. Halloran, mas, em vez disso, o encontrara no andar de cima na banheira transbordante, que já estava gerando bolhas de infiltração e vergando o teto do andar de baixo. A água que pingava na mesa da cozinha era de um cor-de-rosa clarinho. Estava vermelho-escura na banheira, onde o Sr. Halloran estava deitado, com os braços profundamente cortados do pulso ao cotovelo. No sentido do comprimento: não era um pedido de socorro, mas um grito de adeus.

Encontraram o anel — ainda sujo da terra do bosque. Essa era a prova substancial de que a polícia precisava. O Sr. Halloran matara a Garota do Twister e depois se suicidara.

Nunca confessei. Sei que deveria ter confessado, mas eu tinha doze anos, estava com medo e, de qualquer modo, não sabia se alguém acreditaria em mim. Minha mãe pensaria que eu estava tentando ajudar o Sr. Halloran, e a verdade era que agora ninguém poderia ajudar nem a ele nem a Garota do Twister. De que adiantaria dizer a verdade?

Não houve mais mensagens, homens de giz, acidentes terríveis ou assassinatos brutais. Acredito que a pior coisa que aconteceu em Anderbury nos anos que se seguiram foi alguns ciganos terem roubado o cobre do telhado da igreja. Ah, e obviamente Mickey ter batido com o carro em uma árvore, quase matando a si mesmo e ao Gav.

Isso não quer dizer que as pessoas logo esqueceram. O assassinato e todas as outras coisas que aconteceram garantiram a Anderbury uma sinistra notoriedade. Os jornais locais exploraram aquilo por semanas.

— Em breve darão pedaços de giz de brinde junto com as edições de fim de semana — ouvi minha mãe murmurar certa noite.

Gav Gordo me contou que o pai cogitara mudar o nome do pub para "O Homem de Giz", mas sua mãe o dissuadira.

— É recente demais — ponderou ela.

Durante um tempo, viam-se grupos de gente estranha na cidade. Usavam casacos impermeáveis e sapatos baixos e portavam câmeras e blocos de notas. Entravam na igreja e caminhavam pelo bosque.

Meu pai os chamava de "abutres".

Tive de perguntar o que aquilo significava.

— Pessoas que gostam de olhar para algo terrível ou visitar o lugar onde algo terrível aconteceu. Elas também são conhecidas como cães farejadores da morte.

Acho que preferi a segunda definição: *farejadores da morte*. Era com isso que aquelas pessoas pareciam com o cabelo escorrido, o rosto flácido e o modo como sempre estavam com o nariz grudado às janelas ou curvado junto ao chão, tirando fotos com as máquinas.

Às vezes perguntavam: *Onde fica o chalé do Homem de Giz? Alguém o conheceu de verdade? Alguém tem um de seus desenhos?*

Eles nunca faziam perguntas sobre a Garota do Twister. Ninguém fazia. Certa vez, a mãe de Elisa deu uma entrevista para os jornais. Falou sobre como ela gostava de música, disse que a filha queria ser enfermeira para ajudar pessoas que também tinham se ferido e contou como ela fora corajosa após o acidente. Mas aquilo foi apenas uma matéria pequena. Era quase como se as pessoas *quisessem* esquecê-la. Como se o fato de lembrarem que ela era uma pessoa de verdade que morreu estragasse a história.

Finalmente, até os farejadores da morte tiveram que voltar para os seus canis. Outros acontecimentos terríveis passaram a ocupar a primeira página dos jornais. De vez em quando, o assassinato da Garota do Twister era mencionado em uma revista ou requentado em algum programa de crimes reais na TV.

Sim, havia pontas soltas. Coisas estranhas que não faziam muito sentido. Todos supunham que o Sr. Halloran atacara o Rev. Martin e desenhara as figuras na igreja, mas ninguém sabia explicar por quê. O machado que ele usou para esquartejar o corpo nunca foi encontrado...

E, é claro, nunca encontraram a cabeça da Garota do Twister.

Ainda assim, acredito que, embora nenhum de nós concorde em relação ao dia em que tudo começou, todos achávamos que a ocasião da morte do Sr. Halloran foi o dia em que tudo acabou.

2016

De certa forma, o funeral do meu pai ocorreu com vários anos de atraso. O homem que eu conhecia morrera havia muito tempo. Restava apenas uma casca vazia. Todas as coisas que o faziam ser quem era — compaixão, humor, afeto, até mesmo suas péssimas previsões meteorológicas — tinham desaparecido. Suas lembranças também. E talvez isso fosse o pior. Afinal, quem somos nós além da soma de nossas experiências, das coisas que aprendemos e colecionamos ao longo da vida? Sem isso, não passamos de um conjunto de pele, ossos e vasos sanguíneos.

Se existe alma — e ainda não estou convencido disso —, meu pai se foi bem antes que a pneumonia finalmente o colocasse gemendo e delirando em uma cama de hospital branca e esterilizada. Ele era uma versão encolhida e esquelética do pai alto e cheio de energia que eu conhecera a vida toda. Eu não reconhecia aquela concha de ser humano. E sinto vergonha de confessar que, quando me disseram que ele havia morrido, a primeira coisa que senti não foi tristeza, mas alívio.

Um funeral discreto foi realizado no crematório. Só minha mãe e eu, alguns amigos das revistas para as quais meu pai escrevia, Hoppo e a mãe, Gav Gordo e sua família. Não me importei. Acho que não devemos julgar o valor de alguém com base na quantidade de pessoas que aparecem quando ela morre. A maioria das pessoas tem muitos amigos. E uso o termo "amigos" informalmente. "Amigos" virtuais não são amigos de verdade. Amigos de verdade são outra coisa. Amigos de verdade ficam do seu lado a qualquer custo. Amigos de verdade são pessoas que você ama e odeia na mesma medida, mas que são parte de você tanto quanto você mesmo.

Depois da cerimônia, todos voltamos para casa. Minha mãe preparara sanduíches e aperitivos, mas a maioria das pessoas só bebeu. Por mais que meu pai tenha ficado internado na casa de repouso por mais de um ano antes de morrer, e mesmo que a casa estivesse mais lotada do que nunca, acho que aquela foi a vez em que pareceu mais vazia.

Minha mãe e eu visitamos o crematório juntos todos os anos no aniversário da morte do meu pai. Mas ela deve visitá-lo mais vezes. Sempre há flores frescas junto à plaquinha com o nome dele e uma ou duas linhas no livro de recordações.

Encontro-a lá hoje, sentada em um dos bancos do jardim. A luz do sol é irregular. Nuvens cinza deslizam pelo céu, apressadas por uma brisa constante. Minha mãe está vestindo calça jeans e um casaco vermelho.

— Oi.

— Oi, mãe.

Eu me sento ao seu lado. Os pequenos óculos redondos estão apoiados no nariz e brilham quando ela se vira para mim.

—Você parece cansado, Ed.

— É. Foi uma longa semana. Desculpe por você ter precisado interromper suas férias.

Ela acena com a mão.

— Não precisei. Preferi. Além disso, se você viu um lago uma vez significa que já viu todos.

— Mesmo assim, obrigado por ter voltado.

— Bem, quatro dias com Mittens provavelmente foram suficientes para vocês dois.

Dou um sorriso forçado.

— Então, você vai me dizer qual é o problema?

Ela olha para mim do jeito que costumava fazer quando eu era criança, me dando a impressão de que pode ver o âmago das minhas mentiras.

— Chloe foi embora.

— Embora?

— Fez as malas, saiu, desapareceu.

— Sem dizer nada?

—Ahã.

Não espero que Chloe diga nada. Na verdade, isso é mentira. Nos primeiros dias, meio que tive esperança de que ela entrasse em contato, que fosse chegar casualmente em casa, fazer café e me olhar com a sobrancelha ironicamente erguida enquanto me daria uma explicação lacônica e plausível que me faria sentir insignificante, tolo e paranoico.

Mas ela não voltou. Agora, quase uma semana depois, seja lá como eu tente encarar isso, realmente não consigo pensar em nenhuma explicação que não seja a mais óbvia: ela é uma garota desonesta que me enganou.

— Bem, nunca fui muito fã daquela garota — diz minha mãe. — Mas isso não parece típico dela.

— Acho que não sei julgar direito o caráter dos outros.

— Não se culpe, Ed. Tem gente que mente muito bem.

Acho que sim. É mesmo.

— Você se lembra de Hannah Thomas, mãe?

Ela franze o cenho.

— Lembro, mas não...

— *Chloe* é filha de Hannah Thomas.

Por trás dos óculos, seus olhos se arregalam um pouco, mas ela mantém a compostura.

— Ah, é? E foi ela quem te contou?

— Não. Foi Nicky.

— Você falou com Nicky?

— Encontrei com ela.

— Como ela está?

— Provavelmente igual a quando você a encontrou uns cinco anos atrás. E contou o que de fato aconteceu com o pai dela.

Paira um silêncio muito maior. Minha mãe olha para baixo. Suas mãos são nodosas e pontilhadas de veias azuis. Acho que nossas mãos sempre nos traem. Nossa idade. Nosso estado de nervos. As mãos da minha mãe faziam coisas maravilhosas. Soltavam os nós do meu cabelo, acariciavam delicadamente meu rosto, lavavam e colocavam esparadrapo em um joelho ralado. Mas essas mesmas mãos também faziam outras coisas. Coisas que algumas pessoas podem achar menos palatáveis.

— Gerry me convenceu a ir — disse ela, por fim. — Contei tudo para ele. E foi bom confessar. Ele me mostrou que eu devia a Nicky uma explicação e precisava contar a verdade a ela.

— E qual é a verdade?

Ela sorri com tristeza.

— Sempre falei para você nunca se arrepender. Você toma uma decisão e, no momento, age pelo motivo certo. Mesmo se depois ficar claro que foi uma decisão errada, você convive com isso.

— Sem olhar para trás.

— Isso. Mas é mais fácil dizer do que fazer.

Espero. Ela suspira.

— Hannah Thomas era uma garota vulnerável. Era manipulada com facilidade. Sempre procurava alguém para seguir, idolatrar. Infelizmente, ela o encontrou.

— O reverendo Martin?

Minha mãe assente.

— Ela encontrou comigo uma noite.

— Eu lembro.

— Você lembra?

— Eu a vi na sala com você.

— Ela deveria ter marcado uma consulta na clínica. Eu deveria ter insistido, mas ela estava tão abalada, coitadinha, não sabia com quem conversar, então a deixei entrar e preparei uma xícara de chá...

— Mesmo ela sendo uma das manifestantes?

— Sou médica. Médicos não julgam. Ela estava grávida. De quatro meses. Com medo de contar para o pai. E Hannah tinha só dezesseis anos.

— Ela queria ter o bebê?

— Ela não sabia o que queria. Era só uma menina.

— E o que você disse a ela?

— O que dizia a todas as mulheres que iam à clínica. Expliquei as opções. E, é claro, perguntei se o pai do bebê gostaria de ajudar.

— O que ela respondeu?

— No início, não quis revelar quem era, mas depois desabafou. Disse que ela e o reverendo estavam apaixonados, mas que a igreja queria impedi-los de se verem. — Ela balança a cabeça. — Dei o melhor conselho possível e ela foi embora um pouco mais calma. Mas admito que eu estava preocupada, confusa. Então, naquele dia, no funeral, quando o pai dela perdeu a linha e acusou Sean Cooper de tê-la estuprado...

— Você sabia a verdade?

— Sabia. Mas o que eu podia fazer? Eu não ia trair a confiança de Hannah.

— Mas você contou para o papai?

Ela assente.

— Ele já sabia que Hannah tinha ido me encontrar. Naquela noite, contei tudo para ele. Seu pai queria ir à polícia, à igreja, desmascarar o reverendo Martin, mas o convenci a ficar quieto.

— Mas não foi o que ele fez, não é?

— Não. Quando jogaram o tijolo em nossa janela, ele ficou furioso. Nós discutimos...

— Escutei a discussão. Meu pai saiu e encheu a cara...

Sei o resto da história, mas deixo que ela termine.

— O pai de Hannah e alguns amigos estavam no bar naquela noite. Seu pai... Bem, ele tinha bebido muito, estava furioso...

— Ele contou que o reverendo Martin era o pai do bebê de Hannah?

Minha mãe assente outra vez.

—Você precisa entender que ele não tinha como adivinhar o que ia acontecer. O que fariam com o reverendo Martin naquela noite. Invadir a casa dele, arrastá-lo até a igreja e dar uma surra nele como fizeram.

— Eu sei — digo. — Entendo.

Assim como Gav não tinha como adivinhar o que aconteceria quando roubou a bicicleta de Sean. Assim como eu não tinha como adivinhar o que aconteceria quando deixei o anel para o Sr. Halloran.

— Por que você não disse nada depois, mãe? Por que meu pai não disse nada?

— Andy Thomas era policial. E não tínhamos como provar nada.

— Então foi isso? Vocês deixaram que eles saíssem impunes?

Ela demora um tempo para responder.

— Não foi só isso. Naquela noite, Andy Thomas e os amigos estavam bêbados e sedentos de sangue. Não tenho dúvida de que foram eles que espancaram o reverendo Martin...

— Mas?

— Aqueles desenhos de giz horríveis e os cortes nas costas do reverendo? Ainda acho difícil acreditar que foram eles que fizeram aquilo.

Asas de anjo. Eu me lembro da pequena tatuagem no pulso de Nicky. *Em memória do meu pai.*

E algo mais que ela disse, pouco antes de ir embora, quando perguntei sobre os desenhos: "Meu pai adorava aquela igreja. Era a única coisa que ele amava. Aqueles desenhos violando seu precioso santuário? Esqueça a surra. Era aquilo que o mataria."

Sinto um frio, uma lufada fresca e gelada.

— Devem ter sido eles — digo. — Quem mais poderia ter sido?

— Acho que sim. — Ela suspira. — Ed, errei ao contar para o seu pai. Também errei quando não revelei quem realmente atacou o reverendo.

— É por isso que você o visita toda semana? Você se sente responsável?

Minha mãe assente.

— Talvez ele não tenha sido um homem bom, mas todo mundo merece ser perdoado.

— Não por Nicky. Ela disse que vai visitá-lo quando ele morrer.

Minha mãe franze o cenho.

— Estranho...

— É uma palavra que define bem esta situação — digo.

— Não, quer dizer, é estranho porque ela tem ido visitá-lo.

— Como assim?

— De acordo com as enfermeiras, faz um mês que ela tem ido todos os dias.

O mundo encolhe à medida que envelhecemos. Nós nos tornamos um Gulliver em nossa própria Lilliput. Lembro que o retiro de Santa Madalena era um edifício grandioso e antigo. Uma mansão imponente ao fim de um longo e sinuoso acesso de veículos, rodeada por hectares de gramados verdes listrados.

Hoje em dia, o acesso de veículos é mais curto, o gramado não é maior do que o de um grande jardim do subúrbio, um pouco descuidado e desigual. Não há sinal de um jardineiro para mantê-lo e podar as plantas. A antiga cabana está empenada, a porta pende das dobradiças, revelando algumas ferramentas de jardinagem abandonadas e velhos macacões pendurados em ganchos. Mais à frente, no gramado, onde encontrei a senhora com o chapéu extravagante, o mesmo conjunto de móveis de jardim está com as pernas enferrujadas, abandonado às intempéries e aos dejetos de pássaros.

A casa parece menor, as paredes brancas precisam de pintura, as velhas janelas de madeira pedem com urgência uma substituição. Como alguns de seus moradores, a construção parece uma grande dama do passado, mas decadente agora nos últimos anos de vida.

Toco a campainha na porta da frente. Há uma pausa, um estalido, e uma voz feminina diz, com impaciência:

— Pois não?

— Edward Adams, vim visitar o reverendo Martin.

—Tudo bem.

A porta range e a empurro. O interior da casa não está tão diferente do que eu lembrava. As paredes ainda são amarelas, ou talvez a cor esteja mais para mostarda. Tenho certeza de que os quadros pendurados são os mesmos. O cheiro também não mudou. Fragrance à la Instituition. Detergente, xixi e comida estragada.

No canto do corredor há uma recepção vazia. Um computador exibe um trêmulo protetor de tela e uma luz pisca no telefone. O livro de visitantes está aberto em cima do balcão. Eu me aproximo, olho ao redor e passo o dedo pela página, verificando nomes, datas...

Não há muito para ver. Ou os residentes não têm família ou, como diria Chloe, elas os abandonaram, deixando-os afundar lentamente nos pântanos enlameados das próprias mentes.

Identifico imediatamente o nome de Nicky. Ela veio na semana passada. Então por que mentiu?

— Posso ajudá-lo?

Levo um susto. O livro de visitantes se fecha. Uma mulher robusta, de cara fechada e cabelo puxado para trás em um coque e unhas postiças chamativas, me observa com as sobrancelhas erguidas. Pelo menos acho que estão erguidas. Podem ter sido pintadas.

— Oi. Eu estava... hã... prestes a assinar.

—Ah, sim, você estava, não é?

As enfermeiras têm o mesmo olhar que as mães. Aquele que diz: "Não me enrole, cara. Sei exatamente o que você estava fazendo."

— Desculpe, o livro estava aberto na página errada e...

Ela ri com desdém, se aproxima e abre o livro na página do dia, na qual bate com a unha pintada de um tom brilhante de roxo.

— Nome. Pessoa que você está visitando. Amigo ou parente.

— Está bem.

Pego uma caneta, escrevo meu nome e "Rev. Martin". Depois de hesitar por um instante, escrevo "amigo".

A enfermeira me observa e pergunta:

—Você já veio aqui?

— Hã, minha mãe é quem costuma vir.

Ela me observa com mais atenção.

— Adams. Claro. Marianne.

Sua expressão se suaviza.

— Ela é uma boa pessoa. Lê para ele toda semana, ao longo de todos esses anos. — De repente franze a testa. — Ela está bem, não está?

— Está. Quer dizer, está resfriada. Por isso estou aqui.

A enfermeira assente.

— O reverendo está no quarto. Eu estava indo buscá-lo para o chá da tarde, mas se você quiser...

Não quero. Na verdade, agora que estou aqui, a ideia de vê-lo, de ficar perto dele, me enche de repulsa, mas não tenho escolha.

— Claro.

— Siga pelo corredor. O quarto do reverendo é a quarta porta à direita.

— Ótimo. Obrigado.

Caminho devagar, arrastando os pés. Não vim aqui para isso. Vim para descobrir se Nicky tinha visitado o pai. Não tenho certeza do motivo. Parecia importante. Mas agora que estou aqui, bem, realmente não sei *por que* estou aqui, a não ser para dar continuidade à farsa.

Chego ao quarto do reverendo. A porta está fechada. Quase me viro e volto pelo corredor. Mas algo — curiosidade mórbida, talvez — me detém. Ergo a mão e bato. Eu não estava esperando por uma resposta, porém pareceu educado bater. Depois de um instante, abro a porta.

Se o restante da casa tenta — sem sucesso — parecer mais do que apenas um hospital para pessoas com mentes irremediavelmente doentes, o quarto do reverendo resiste com teimosia a esses toques domésticos.

É simples e austero. Nenhum quadro decora as paredes, não há nenhum vaso de flores. Não há livros, enfeites ou lembranças. Apenas uma cruz pendurada na parede acima da cama cuidadosamente arrumada e uma Bíblia na mesa de cabeceira. A janela dupla — vidro simples, tranca de aparência frágil, não exatamente dentro dos padrões de saúde e segurança — está voltada para mais um trecho descuidado do gramado, que se estende até o limiar do bosque. Uma bela vista, suponho, para quem tiver condições de apreciá-la, mas duvido muito que esse seja o caso do reverendo.

O próprio reverendo, ou o que resta dele, está sentado em uma cadeira de rodas diante de uma pequena televisão no canto. Há um controle remoto no braço da cadeira. Mas o aparelho está desligado.

Fico na dúvida se ele está dormindo, mas percebo que seus olhos estão abertos e vidrados, como antes. O efeito é igualmente desconcertante. Sua boca se move bem devagar, dando a impressão de que está em um monólogo interno com alguém que só ele consegue ver ou ouvir. Deus, talvez.

Eu me forço a entrar no quarto e paro, hesitante. Parece uma intromissão, apesar de eu ter certeza de que o reverendo mal notou a minha presença. Por fim, eu me empoleiro desajeitadamente ao pé da cama ao seu lado.

— Oi, reverendo Martin.

Nenhuma resposta. Mas, afinal, o que eu esperava?

— O senhor provavelmente não se lembra de mim. Sou Eddie Adams. Minha mãe vem visitá-lo toda semana, apesar... Bem, apesar de tudo.

Silêncio. Exceto pelo som baixo e ofegante de sua respiração. Nem mesmo o tique-taque de um relógio. Nada para marcar a passagem das horas. Mas talvez isso seja a última coisa que queiram em um lugar assim. Ser lembrado da lentidão com a qual o tempo se arrasta. Olho para baixo, desviando do olhar fixo do reverendo. Por mais que eu seja um homem adulto, esse olhar ainda me deixa assustado e desconfortável.

— Eu era só uma criança quando o senhor me viu pela última vez. Tinha doze anos. Era amigo da Nicky. O senhor se lembra *dela*? Da sua filha? — Faço uma pausa. — Pergunta idiota. Tenho certeza de que lembra. Em algum lugar. Aí dentro.

Faço outra pausa. Eu não tinha a intenção de dizer nada, mas, agora que estou aqui, acho que na verdade quero falar.

— Meu pai. Ele teve alguns problemas mentais. Não como os do senhor. O problema dele era que tudo lhe escapava. Como um vazamento. Ele não se apegava a nada: lembranças, palavras... A ele mesmo, afinal. Acho que com o senhor acontece o oposto. Está tudo trancado. Em algum lugar. No fundo. Mas ainda está aí.

Ou então tudo foi simplesmente apagado, destruído para sempre. Mas não acredito nisso. Nossos pensamentos, nossas lembranças têm que ir para algum lugar. As lembranças do meu pai podem ter lhe escapado, mas minha mãe e eu tentamos recolher o que pudemos. Para lembrar no lugar dele. Para manter os momentos mais preciosos em nossas mentes.

Só que, à medida que envelheço, estou achando a recuperação mais difícil. Eventos, coisas que alguém disse, o que vestiam, a sua aparência, tudo isso está ficando mais indistinto. O passado está desaparecendo, como uma foto antiga, e, por mais que eu tente, não há nada que possa fazer para impedir.

Olho de volta para o reverendo e quase caio da cama.

Ele está olhando diretamente para mim, os olhos cinza lúcidos e severos. Seus lábios se movem e um sussurro discreto escapa:

— Confesse.

Meu couro cabeludo se arrepia.

— *O quê?*

Ele agarra meu braço de repente. Para um homem que passou os últimos trinta anos incapaz de ir ao banheiro sozinho, seu aperto é surpreendentemente forte.

— Confesse.

— Confessar o quê? Eu não...

Antes que possa dizer qualquer outra coisa, eu me viro ao ouvir uma batida à porta. O reverendo solta meu braço.

Uma enfermeira enfia a cabeça pelo vão da porta. É diferente da anterior, e magra e loura, com uma expressão amável.

— Oi. — Ela sorri. — Só queria conferir se está tudo bem por aqui. — O sorriso vacila. — Está tudo bem, não está?

Tento me recompor. A última coisa que quero é que alguém dispare o alarme de pânico e eu seja expulso.

— Sim. Só estávamos... Bem, eu estava conversando.

A enfermeira sorri.

— Sempre digo que as pessoas devem conversar com os internos. Faz bem para eles. Pode parecer que não estão ouvindo, mas eles entendem mais do que você imagina.

Forço um sorriso.

— Eu sei. Meu pai tinha Alzheimer. Muitas vezes ele respondia a coisas que eu achava que não tinha escutado.

Ela assente com compaixão.

— Não compreendemos muito as doenças mentais. Mas ainda há pessoas aí dentro. Independentemente do que tenha acontecido com isso aqui — ela dá um tapinha na cabeça —, o coração continua o mesmo.

Olho para o reverendo. Seus olhos voltaram a ficar vidrados. *Confesse.*

— Talvez você tenha razão.

— Vamos tomar chá na sala comunitária — diz ela, mais alegre. — Gostaria de trazer o reverendo?

— Sim. Claro.

Qualquer coisa para sair daqui. Pego a cadeira de rodas e o empurro porta afora. Avançamos pelo corredor.

— Nunca vi você por aqui — comenta a enfermeira.

— Geralmente é minha mãe que vem.

— Ah, Marianne?

— É.

— Ela está bem?

— Está gripada.

— Ah, poxa. Bem, espero que melhore logo.

Ela abre a porta da sala comunitária — a que minha mãe e eu visitamos — e empurro o reverendo para dentro. Decido jogar verde.

— Minha mãe disse que a filha dele tem visitado.

A enfermeira fica pensativa.

— Na verdade, sim. Recentemente vi uma garota com ele. Magra, cabelo preto?

— Não — começo a dizer. — Nicky é...

Então me detenho.

Mentalmente, dou um tapa na testa. Claro. Nicky não esteve aqui, seja lá o que uma garota esperta tenha escrito no livro de visitantes. O reverendo tem outra filha. Chloe. Chloe anda visitando o pai.

— Desculpe — corrijo. — Sim, ela mesma.

A enfermeira assente.

— Eu não sabia que ela era da família. Bem, preciso servir o chá.

— Claro.

Ela se afasta. E algumas coisas se encaixam. Aonde Chloe ia quando não estava trabalhando. A visita da semana passada. No mesmo dia em que voltou bêbada, chorando, fazendo aqueles comentários estranhos sobre família.

Mas por quê? Mais pesquisas? Revisitando o próprio passado? O que ela estaria tramando?

Empurro o reverendo e o posiciono diante da televisão, onde está passando um episódio antigo de *Diagnosis: Murder*. Meu Deus, quem não está louco antes de vir para cá provavelmente vai pirar vendo Dick Van Dyke e sua família todo dia.

Até que outra coisa chama a minha atenção. Além da televisão e dos internos refestelados em cadeiras de espaldar alto, há alguém frágil sentado do lado de fora das portas francesas. Está envolto em um casaco grosso de pele, com um turbante roxo precariamente colocado na cabeça e mechas de cabelo branco enfiadas por baixo.

A Senhora do Jardim. A que me contou um segredo. Mas isso faz quase trinta anos. Não acredito que ela ainda esteja viva. Acho que é possível que tivesse só sessenta anos naquela época. Mas isso a deixaria perto dos noventa agora.

Curioso, sigo em frente e abro as portas duplas. O ar está fresco, mas o sol confere um calor discreto.

— Olá?

A Senhora do Jardim se vira. Seus olhos são leitosos e enevoados por cataratas.

— Ferdinand?

— Não, meu nome é Ed. Vim aqui uma vez, há muito tempo, com a minha mãe.

Ela se inclina para a frente e estreita os olhos na minha direção. Seus olhos desaparecem em um emaranhado de rugas marrons, feito um pergaminho velho e enrugado.

— Eu me lembro de você. O menino. O ladrão.

Penso em negar, mas para quê?

— Isso mesmo — digo.

— Você devolveu?

— Devolvi.

— Bom menino.

— Posso me sentar?

Aponto para o único outro lugar disponível.

Ela hesita e concorda com a cabeça.

— Mas só por um instante. Daqui a pouco Ferdinand chega.

— Claro.

Eu me sento.

— Você veio vê-lo — diz ela.

— Ferdinand?

— Não. — Ela balança a cabeça com desdém. — O reverendo.

Olho para onde ele está sentado, curvado na cadeira de rodas. *Confesse.*

— Sim. A senhora me falou que ele engana todo mundo. O que quis dizer com isso?

— Pernas.

— Como assim?

Ela se inclina para a frente e aperta minha coxa com a mão branca e ossuda. Estremeço. Geralmente não gosto de ser tocado sem consentimento. E hoje com certeza não é exceção.

— Gosto de um homem com belas pernas — diz ela. — Ferdinand tem belas pernas. Pernas *fortes*.

— Entendo. — Não entendo, mas parece mais fácil concordar. — O que isso tem a ver com o reverendo?

— O reverendo?

O rosto dela fica sombrio novamente. A atenção se dispersa. Quase consigo ver sua mente indo do presente ao passado. Ela solta minha perna e me encara.

— Quem é você? O que está fazendo no lugar de Ferdinand?

— Desculpe.

Eu me levanto. Minha perna dói um pouco por causa do aperto dela.

—Vá buscar Ferdinand. Ele está atrasado.

— Estou indo. Foi... bom... vê-la outra vez.

Ela faz um gesto de desdém. Entro pelas portas francesas. A mesma enfermeira que me atendeu está ali perto, enxugando a boca de alguém. Ela ergue os olhos.

— Não sabia que você conhecia Penny — diz ela.

— Nos conhecemos quando vim com a minha mãe anos atrás. Estou surpreso que ela ainda esteja aqui.

— Noventa e oito anos e cada vez mais forte.

Pernas fortes.

— E ainda esperando por Ferdinand?

—Ah, sim.

—Acho que isso é que é amor de verdade. Esperar o noivo durante todos esses anos.

— Bem, seria. — A enfermeira se empertiga e me lança outro sorriso brilhante. — Só que, aparentemente, o noivo falecido dela se chamava Alfred.

Volto depressa para casa. Eu poderia ter ido de carro ao Santa Madalena, mas o lugar fica a meia hora a pé da cidade e eu queria clarear meus pensamentos. Contudo, para ser sincero, não está funcionando. Palavras e frases continuam flutuando na minha cabeça, feito confetes em um globo de neve.

Confesse. Pernas fortes. O noivo falecido dela se chamava Alfred.

Há alguma coisa ali. Quase visível através do turbilhão. Mas não consigo clarear meus pensamentos tumultuados para enxergar.

Ergo o colarinho do casaco. O sol se foi e nuvens cinzentas surgiram no lugar. O crepúsculo está à espreita, uma sombra escura atrás do ombro do dia.

Por mais que seja familiar, há algo estranho nas redondezas. Como se eu fosse estrangeiro no meu próprio mundo. Como se, durante todo esse tempo, eu visse as coisas da maneira errada. Não olhasse adequadamente. Tudo parece mais nítido, sólido. Tenho a impressão de que, se eu estendesse a mão para tocar uma folha de árvore, ela passaria direto pelos meus dedos.

Passo por um grande condomínio que já demarcou o limite do bosque. Percebo que estou olhando constantemente para trás, estremecendo com cada rajada de vento. As únicas pessoas que vejo são um homem passeando com um labrador relutante e uma jovem mãe empurrando o carrinho de bebê até o ponto de ônibus.

Mas isso não é bem verdade. Algumas vezes tenho a impressão de ver alguém ou algo escondido nas sombras que avançam às minhas costas: um relance de pele de marfim, a borda de um chapéu preto e o brilho claro de cabelos brancos se demorando por uma fração de segundo no canto do olho.

Chego em casa tenso e sem fôlego, encharcado de suor apesar do frio. Coloco a mão pegajosa na maçaneta da porta. Ainda preciso chamar um chaveiro para trocar as fechaduras. Mas, primeiro, quero muito uma bebida. Mais do que isso. *Preciso* de uma bebida. De várias. Sigo pelo corredor e paro. Acho que ouvi um barulho, mas poderia ter sido o vento ou a casa se acomodando. Ainda assim, olho ao redor: há algo errado. Alguma coisa na casa está diferente. Um cheiro. Um vago aroma de baunilha. Feminino. Fora de lugar. E a porta da cozinha está entreaberta. Não a fechei antes de sair?

— Chloe? — grito.

Silêncio retumbante. É claro. Que idiotice. É só porque estou nervoso, mais tenso que as cordas de um Stradivarius. Jogo as chaves na mesa. Depois quase bato a cabeça no teto quando uma voz lacônica grita da cozinha:

— Já era hora.

2016

Seu cabelo está solto, caindo nos ombros. Ela o tingiu de louro. Não combinou. Está usando calça jeans, tênis Converse e uma camiseta velha dos Foo Fighters. Seu rosto está sem a pesada maquiagem preta ao redor dos olhos. Não parece Chloe. Não a minha Chloe. Mas de repente me dou conta de que ela nunca foi minha.

—Visual novo? — pergunto.

— Eu queria dar uma mudada.

— Acho que eu preferia antes.

— Eu sei. Desculpe.

— Não precisa se desculpar.

— Não quis magoar você.

— Não estou magoado. Estou puto.

— Ed.

— Para com isso. Me dá um bom motivo para não ligar para a polícia agora mesmo.

— Porque não fiz nada de errado.

— Perseguição. Ameaças por carta. E o assassinato?

— *Assassinato?*

—Você seguiu Mickey naquela noite e o empurrou no rio.

— Meu Deus, Ed. — Ela balança a cabeça. — Por que eu mataria Mickey?

— Responda você.

— Essa é a parte em que admito tudo, como acontece naqueles *thrillers* ruins?

— Achei que você tivesse voltado para isso.

Ela ergue a sobrancelha.

— Na verdade, deixei uma garrafa de gim na geladeira.

— Fique à vontade para levá-la.

Ela vai até lá e pega a garrafa de Bombay Sapphire.

— Quer?

— Que pergunta idiota.

Ela serve duas doses caprichadas, senta-se à minha frente e ergue o copo.

— Saúde.

— A que estamos brindando?

— Confissões?

Confesse.

Tomo um grande gole e lembro que não gosto muito de gim. Mas no momento até uma garrafa de álcool puro cairia bem.

— Certo. Você começa. Por que veio morar comigo?

— Talvez eu tenha uma queda por homens mais velhos.

— Em outros tempos, isso teria feito um velho muito feliz.

— E agora?

— Eu gostaria da verdade.

— Está bem. Há pouco mais de um ano, seu amigo Mickey entrou em contato comigo.

— *Mickey?* — Não era a resposta que eu esperava. — Por quê? E como ele te encontrou?

— Ele não me encontrou. Encontrou a minha mãe.

— Achei que sua mãe tivesse morrido.

— Não. Isso foi o que eu disse para Nicky.

— Outra mentira. Impressionante.

— Mas bem que ela poderia estar morta. Não era exatamente uma boa mãe. Passei metade da adolescência aos cuidados de assistentes sociais.

— Pensei que Hannah tivesse encontrado Deus.

— É, bem, mas depois ela encontrou a bebida, a maconha e qualquer cara que lhe pagasse vodca e cocaína.

— Sinto muito.

— Não precisa. De qualquer forma, não demorou muito para ela dizer a Mickey quem era meu pai verdadeiro. E por muito me refiro a meia garrafa de Smirnoff.

— Então Mickey encontrou você?

— Isso.

—Você sabia do seu pai?

Ela assente.

— Minha mãe me contou há alguns anos, quando estava bêbada. Não dei a mínima. O cara foi só um doador de esperma, um acidente biológico. Mas acho que a visita de Mickey despertou meu interesse. Além disso, ele me fez uma proposta. Se eu o ajudasse com a pesquisa para o livro que estava escrevendo, ele me daria parte do dinheiro.

Tenho uma deprimente sensação de *déjà-vu*.

— Bem a cara dele.

— Pois é. Mas, ao contrário de você, insisti para receber um adiantamento.

Sorrio com tristeza.

— Claro.

— Olha só, não me sinto bem com o que fiz, mas me convenci de que também estava fazendo isso por mim, para descobrir sobre a minha família, sobre o meu passado.

— E o dinheiro não cairia mal, não é?

Ela faz uma careta.

— O que você quer que eu diga, Ed?

Quero que ela não diga nada do que está dizendo. Quero que tudo isso não passe de um pesadelo terrível. Mas a realidade é sempre mais difícil e cruel.

— Basicamente, Mickey pagou para você espionar Nicky e a mim. Por quê?

— Ele disse que talvez vocês se abrissem mais. Seria um bom histórico.

Histórico. Acho que é isso que sempre fomos para Mickey. Não éramos amigos. Só malditos históricos.

— Então Nicky descobriu o que você estava fazendo e a expulsou?

— Basicamente.

Mas ela já vinha planejando se mudar. Já arranjara um trabalho em Anderbury.

— E eu tinha um quarto vazio. No momento perfeito.

Perfeito demais, é claro. Eu me perguntava por que o rapaz que estava prestes a se mudar (um estudante de medicina muito nervosinho) de repente desistiu e quis o depósito de volta. Mas agora posso arriscar um palpite.

— O que aconteceu com meu outro inquilino? — pergunto para ela.

Ela passa o dedo na borda do copo.

O Homem de Giz

— Deve ter saído para beber com uma garota que disse que você era um tremendo tarado que tinha uma queda por estudantes de medicina e que, portanto, ele deveria trancar a porta do quarto à noite.

— Que absurdo!

— Na verdade, fiz um favor para você. Ele era meio babaca.

Balanço a cabeça. Não há ninguém mais idiota do que um velho idiota, exceto, talvez, um idiota de meia-idade. Pego a garrafa de gim e encho o copo. Depois engulo metade de uma vez.

— E as cartas?

— Não fui eu.

— Então quem foi?

Antes que ela possa falar qualquer coisa, respondo a minha própria pergunta.

— Foi Mickey, não foi?

— Bingo. Você ganhou nosso grande prêmio.

Claro. Mexendo no passado. Deixando a gente com medo. É a cara dele. Mas acho que o tiro acabou saindo pela culatra.

— Você não o matou?

— Claro que não. Meu Deus, Ed. Você realmente acha que eu mataria alguém? — Ela fez uma pausa. — Mas você tem razão. Fui atrás dele naquela noite.

Subitamente, algo no fundo da minha mente começou a fazer sentido.

— Você pegou meu casaco?

— Estava frio. Peguei quando estava de saída.

— Por quê?

— Ah, fica melhor em mim.

— Quer dizer, por que você o seguiu?

— Sei que provavelmente você não vai acreditar em mim, mas eu estava cansada de mentir. Ouvi um pouco da conversa fiada que ele contou para você e fiquei com raiva. Por isso fui atrás dele. Para dizer que para mim bastava.

— E o que aconteceu?

— Ele riu da minha cara. Disse que eu era sua amante e que ele não via a hora de incluir isso no livro, para dar uma graça.

O bom e velho Mickey.

— Dei um tapa na cara dele — continua Chloe. — Talvez mais forte do que eu pretendia. Escorreu sangue do nariz dele, que me xingou e cambaleou para trás.

— Na direção do rio?

— Não sei. Não fiquei para ver. Mas não o empurrei.

— E o meu casaco? — pergunto.

— Estava sujo com o sangue de Mickey. Eu não podia pendurá-lo, por isso enfiei no fundo do seu guarda-roupa.

—Valeu.

—Achei que você não sentiria falta e pensei em limpá-lo quando as coisas acalmassem.

— Até agora tudo muito convincente.

— Não estou aqui para convencer você, Ed. Acredite no que quiser.

Acredito nela. Claro que ainda deixa em aberto a questão do que aconteceu com Mickey.

— Por que você foi embora? — pergunto.

— Uma amiga da loja viu você entrar e ouviu que você estava procurando por mim. Eles me ligaram. Achei que, se você descobrisse sobre Nicky, descobriria que eu estava mentindo. Eu não conseguia encarar você, não naquele momento.

Olho para a minha bebida.

— Então você só estava fugindo?

— Eu voltei.

— Por causa do gim.

— Não só por causa do gim. — Chloe pega minha mão. Suas unhas estão pretas, com o esmalte descascado. — Nem tudo era mentira, Ed. Você é meu amigo. Naquela noite, quando fiquei bêbada, eu quis contar toda a verdade.

Eu queria afastar minha mão. Mas, na verdade, não sou tão orgulhoso assim. Deixei seus dedos pálidos e frios descansarem sobre os meus por um instante antes que ela os retirasse e enfiasse a mão no bolso.

— Olha, sei que não posso consertar tudo, mas achei que isso poderia ajudar.

Ela coloca um caderno preto na mesa.

— O que é?

— O caderno de Mickey.

— Como você conseguiu isso?

— Roubei do bolso do casaco dele quando esteve aqui naquela noite.

—Você não está me convencendo da sua honestidade.

— Eu nunca disse que era honesta. Só disse que nem tudo era mentira.

— O que tem nele?

Ela dá de ombros.

— Não li muito. Não fazia sentido para mim, mas talvez faça para você.

Folheio algumas páginas. Os garranchos de Mickey são tão ilegíveis quanto os meus. As frases sequer são coerentes. Parecem mais anotações, pensamentos, nomes (o meu, inclusive). Fecho o caderno. Pode ser alguma coisa ou nada, mas prefiro conferir depois, sozinho.

—Valeu — digo.

— De nada.

Há mais uma coisa que preciso saber.

— Por que você visitou seu pai? Também foi para o livro de Mickey?

Ela me encara, surpresa.

— Também andou investigando?

— Um pouco.

— Não tem nada a ver com Mickey. Fui por conta própria. Mas foi inútil, claro. Ele não faz a menor ideia de quem eu sou. Talvez seja melhor assim, não é?

Ela se levanta e pega a mochila no chão. Há uma barraca amarrada no topo.

— O dinheiro de Mickey não paga um hotel cinco estrelas?

— Nem um baratinho. — Ela me olha com frieza. — Se quer mesmo saber, vou usar o dinheiro para pagar um curso na faculdade ano que vem.

Ela coloca a mochila nas costas. Com todo aquele peso, Chloe parece muito magra e frágil.

Apesar de tudo, digo:

—Você vai ficar bem, não é?

— Algumas noites acampando no bosque não vão me fazer mal.

— No bosque? Você está falando sério? Não dá para ficar em um hostel ou algo assim?

Ela me encara.

— Está tudo bem. Não é a primeira vez que faço isso.

— Mas não é seguro.

— Por causa do Lobo Mau ou da bruxa e sua casa de doces?

—Tudo bem. Pode debochar de mim.

— É o que faço. — Ela se aproxima da porta. — Até mais, Ed.

Eu deveria ter dito alguma coisa. *Nem sonhando. Até nunca mais. Nunca se sabe.* Qualquer coisa. Algo apropriado para terminar nosso relacionamento.

Mas não digo e o momento passa, caindo no grande abismo para se juntar a todos os outros momentos perdidos. Os "deveria", "poderia" e "se ao menos" que formam o grande buraco negro no centro da minha vida.

A porta da frente bate. Ergo o copo e percebo que está vazio. A garrafa de gim também. Eu me levanto, pego uma garrafa de Bourbon e me sirvo de uma dose caprichada. Depois me sento e abro novamente o caderno. Quero só dar uma olhadinha. Contudo, quatro doses caprichadas depois, ainda estou lendo. Justiça seja feita, Chloe estava certa: muita coisa não faz sentido. Ideias aleatórias, fluxos de pensamento, muito ressentimento sem sentido. Além disso, a ortografia de Mickey era ainda pior que sua caligrafia. Mesmo assim, continuo voltando a uma página quase no fim.

Quem queria matar Elisa?
O Homem de Giz? Ninguém.
Quem queria machucar o Rev. Martin?
Todo mundo!!! Suspeitos: O pai de Ed, ~~a mãe de Ed~~. ~~Nicky~~. Hannah Thomas?
Grávida do bebê de Martin. O pai de Hannah?
Hannah?
Hannah — Rev. Martin. Elisa — Sr. Halloran. Ligação?
<u>Ninguém</u> queria machucar Elisa — <u>importante</u>.
<u>*CABELO*</u>*.*

Sinto uma comichão no fundo do cérebro, mas não consigo alcançá-la para poder aliviar a coceira. Por fim, fecho o caderno e o afasto. É tarde e estou bêbado. Ninguém nunca encontrou respostas no fundo de uma garrafa. Obviamente não é para isso que elas servem. A ideia é chegar ao fundo da garrafa para esquecer as perguntas.

Apago a luz e começo a me arrastar até o andar de cima. Então reconsidero e cambaleio de volta até a cozinha. Pego o caderno de Mickey e o levo comigo. Uso o banheiro, deixo o caderno na mesa de cabeceira e desabo na cama. Espero que o Bourbon me faça desmaiar antes que eu caia no sono. É uma diferença importante. O sono alcoólico é diferente. É inconsciência total em um copo com gelo. No sono de verdade, você deriva e sonha. E, às vezes, acorda.

Meus olhos se abrem de repente. Nenhum despertar gradual através das camadas de sono. Meu coração está disparado, meu corpo está coberto por uma camada reluzente de suor, e sinto como se meus olhos estivessem saltando das órbitas. Algo me despertou. Não. Corrigindo. Algo me arrastou para a vigília.

Olho ao redor do quarto. Vazio. Só que, no escuro, nenhum quarto está realmente vazio. Sombras espreitam nos cantos e se juntam no chão, pairando, mudando de lugar às vezes. Mas não foi isso que me acordou. Foi a sensação de que, segundos antes, havia alguém sentado na minha cama.

Eu me levanto. A porta do quarto está escancarada. Sei que a fechei ao ir para a cama. O corredor mais além está iluminado por um feixe claro de luar que entra pela janela do patamar da escada. Lua cheia esta noite, pelo visto. Apropriado. Jogo as pernas para fora da cama, mesmo que a minúscula parte racional do meu cérebro, a que ainda existe até quando estou sonhando, esteja me dizendo que esta é uma ideia muito ruim, uma das piores que já tive. Preciso acordar. Nesse instante. Mas não consigo. Não desse sonho. Alguns sonhos, como certas coisas na vida, têm que seguir seu rumo. E, mesmo se eu acordasse, o sonho voltaria. É o que sempre acontece com esse tipo de sonho, até que se alcance o âmago e corte suas raízes podres.

Calço os chinelos, visto o roupão, o amarro com firmeza ao redor da cintura e vou até o patamar da escada. Olho para baixo. Há terra no chão e algo mais. Folhas.

Eu me apresso, descendo a escada rangente, atravessando o corredor e entrando na cozinha. A porta dos fundos está aberta. Uma lufada de ar frio acaricia meus tornozelos nus enquanto a escuridão lá fora acena com dedos gelados. Através do vão, não sinto o frescor do ar da noite, mas um aroma diferente: uma deterioração úmida e fétida. Instintivamente, tapo o nariz e a boca com a mão. Ao fazer isso, olho para baixo. No chão escuro de ladrilhos da cozinha, vejo um homem de giz com um braço-palito apontando para a porta. Claro. Um homem de giz indicando o caminho. Assim como antes.

Espero um instante e lançando um último olhar pesaroso para os confortos familiares da cozinha, saio pela porta dos fundos.

Não estou na entrada da garagem. Como costuma acontecer, o sonho saltou para outro lugar. O bosque. As sombras farfalham e murmuram ao meu redor, as árvores gemem e rangem, os galhos oscilam de um lado para outro, feito insones atormentados por terrores noturnos.

Seguro uma lanterna que não me lembro de ter pegado. Ilumino ao redor e noto um movimento em meio à vegetação mais adiante. Avanço, tentando ignorar as batidas frenéticas do meu coração, concentrado em meus pés, que estalam e rangem no terreno irregular. Não sei quão longe vou. Parece ter se passado bastante tempo, mas provavelmente foram só alguns segundos. Sinto que devo estar perto. Mas perto de quê?

Paro. De repente a mata se abre. Estou em uma pequena clareira. Uma que reconheço. É a mesma de tantos anos atrás.

Uso a lanterna para iluminar ao redor. O lugar está vazio, exceto por pequenas pilhas de folhas. Não folhas quebradiças, em tons de laranja e marrom, como antes. Já estão mortas e enroladas, podres e acinzentadas. E, com uma nova sensação de horror, percebo que estão se movendo. Cada montinho está se movendo, inquieto.

— *Eddieeee! Eddieeee!*

Não é mais a voz de Sean Cooper nem do Sr. Halloran. Tenho uma companhia diferente esta noite. Companhia feminina.

A primeira pilha de folhas explode e a mão pálida de alguém agarra o ar como um animal noturno saindo da hibernação. Contenho um grito. De outra pilha, um pé emerge e salta para fora, unhas pintadas de cor-de-rosa, dedos se flexionando. Um toco de perna ensanguentada avança e, por fim, a pilha maior eclode e um tórax magro e bronzeado rola para fora e começa a se arrastar pelo chão feito uma hedionda lagarta humana.

Mas ainda falta uma peça. Olho fixamente ao redor enquanto a mão avança nas pontas dos dedos em direção à pilha de folhas mais distante. O membro desaparece ali embaixo e, de forma quase majestosa, ela se ergue do monte de folhas podres, cabelo caindo no rosto parcialmente dilacerado, carregada nas costas da própria mão amputada.

Mas ele decepou o braço dela, resmunga minha mente, embora esse detalhe não importe no cenário grotesco.

Minha bexiga, cheia de Bourbon, perde a classe e a força, e o xixi quente escorre pela perna do pijama. Mal percebo. Só vejo sua cabeça avançando na minha direção pelo chão do bosque, o rosto ainda coberto por uma cortina de cabelo sedoso. Cambaleio para trás, meus pés se enroscam na raiz de uma árvore e caio pesadamente de bunda no chão.

Seus dedos apertam meu tornozelo. Quero gritar, mas minhas cordas vocais estão paralisadas. O híbrido mão/cabeça sobe delicadamente pela minha perna, desviando da virilha molhada, e descansa por um momento na minha barriga. Estou além do medo. Além da repulsa. E, possivelmente, muito além da sanidade.

— *Edddieee* — sussurra ela. — *Eddieee.*

Sua mão rasteja pelo meu peito. Ela começa a erguer a cabeça. Prendo a respiração, esperando que os olhos acusadores se fixem em mim.

Confesse, penso. *Confesse.*

— Sinto muito. Sinto muito.

Seus dedos acariciam meu queixo e meus lábios. Então percebo algo. As unhas. Estão pintadas de preto. Isso não está certo. Isso não é...

Ela joga o cabelo recém-alourado para trás, tingido de vermelho pelo sangue do pescoço cortado.

E entendo meu erro.

Acordo em um emaranhado de lençóis no chão ao lado da cama. Meu cóccix está dolorido. Fico deitado, ofegante, deixando a realidade inundar meus sentidos. Mas não está funcionando. A proximidade do sonho continua pairando sobre mim. Ainda vejo o rosto dela. Ainda sinto seus dedos tocando meus lábios. Levo a mão ao cabelo, de onde tiro um pedaço de graveto. Olho para os pés. As bainhas do meu pijama e as solas dos chinelos estão cobertos de terra e folhas esmagadas. Sinto o cheiro ácido de xixi. Engulo em seco.

Há mais alguma coisa, e preciso agarrá-la depressa antes que escape outra vez como a horrível cabeça-aranha do meu sonho.

Eu me forço a erguer o corpo e me debruço na cama. Ligo o abajur da cabeceira e pego o caderno de Mickey na mesa. Eu o folheio com pressa até chegar à última página. Observo as anotações de Mickey e de repente algo surge com absurda clareza na minha mente. Quase escuto o barulho da lâmpada se acendendo.

É igual a quando olhamos fixamente para uma daquelas imagens de ilusão de óptica e, por mais que tentemos, só conseguimos ver uma série de pontos ou de linhas distorcidas. Então nos mexemos apenas um milímetro e subitamente vemos a imagem oculta. Com a mesma clareza de tudo. E, assim que a vemos, nos perguntamos como não tínhamos visto aquilo. É incrivelmente óbvio.

Eu estava enxergando tudo errado. Todo mundo estava enxergando tudo errado. Talvez porque nunca tenham encontrado a última peça do quebra-cabeça. Talvez porque todas as fotos de Elisa nos jornais, nas reportagens, a mostrassem antes do acidente. Aquela imagem, aquela foto se tornou Elisa, a garota do bosque.

Mas não era a imagem real. Não era a garota que tivera a beleza tão cruelmente arrebatada. Não era a garota que o Sr. Halloran e eu havíamos tentado salvar.

E o mais importante: não era a Elisa que recentemente decidira mudar o visual, que tingira o cabelo, que, ao longe, nem ao menos se parecia com Elisa.

"*Ninguém* queria machucar Elisa — *importante. CABELO.*"

1986-90

Com uns nove ou dez anos, eu era muito fã de *Doctor Who*. Quando fiz doze, o seriado desandou. Na verdade, na minha sincera opinião de doze anos, tudo começou a ir por água abaixo quando Peter Davison se regenerou em Colin Baker, que nunca foi tão legal assim com aquele terno colorido idiota e gravata de bolinhas.

De qualquer modo, até então eu amara cada episódio, especialmente os com os daleks e os em que eles deixavam o final em aberto. Um "gancho", como chamavam.

O problema é que o "gancho" era sempre melhor do que a solução pela qual você havia esperado ansiosamente a semana inteira. O primeiro episódio costumava deixar o Doutor em grande perigo, cercado por uma horda de daleks prestes a exterminá-lo, ou em uma espaçonave prestes a explodir, ou confrontado com algum monstro enorme do qual não havia escapatória.

Mas ele sempre escapava, e isso geralmente envolvia o que Gav Gordo chamaria de "uma pilha de merda fedorenta". Uma escotilha de fuga secreta, ou um resgate repentino pela UNIT, ou algo incrível que o Doutor fazia com sua chave de fenda sônica. Embora eu ainda adorasse assistir à segunda parte, sempre ficava um pouco decepcionado. Como se de algum modo eu tivesse sido enganado.

Na vida real, não há truques. Não escapamos de um destino terrível porque nossa chave de fenda sônica opera na mesma frequência que o botão de autodestruição dos Cybermen. Não funciona assim.

No entanto, durante um tempo, depois de ficar sabendo que o Sr. Halloran tinha morrido, eu queria um truque. Queria que o Sr. Halloran não tivesse morrido, que ele aparecesse e dissesse a todos: "Na verdade, ainda estou vivo. Não fiz aquilo, e o que realmente aconteceu foi..."

Suponho que, mesmo que tivéssemos um desfecho, não seria o final certo. Não seria um bom final. Seria um anticlímax. Ia parecer que faltava algo. E algumas coisas me incomodavam. Acho que, em se tratando de *Doctor Who*, poderíamos chamá-las de "furos na trama". Coisas que os autores esperavam que o espectador não notasse, mas que ele notou. Mesmo aos doze anos. Na verdade, principalmente aos doze anos. Prestamos muita atenção para não sermos enganados quando temos doze anos.

Quer dizer, no fim todo mundo falou que o Sr. Halloran era maluco, como se isso explicasse as coisas. Mas mesmo que ele fosse louco, ou um lagarto de dois metros de altura em *Doctor Who*, ainda era necessário um motivo para fazer tudo aquilo.

Quando eu disse isso para os outros, para Gav Gordo e Hoppo (porque, apesar de todo aquele negócio de termos encontrado o corpo juntos, não nos aproximamos mais de Mickey e também não passamos muito tempo uns com os outros), Gav Gordo apenas me lançou um olhar exasperado, girou o dedo ao lado da cabeça e disse:

— Ele fez isso porque era maluco, meu caro. Doido de pedra. Lunático. Demente. Totalmente pirado.

Hoppo não falava muito sobre esse assunto, a não ser uma vez, quando Gav Gordo perdeu a paciência e quase transformou aquilo em uma discussão. Então, acrescentou com calma:

— Talvez tivesse os motivos dele. Mas não entendemos esses motivos porque não somos ele.

Suponho que, por baixo de tudo isso, ainda houvesse um sentimento de culpa. Por minha participação naquilo, especialmente por causa do anel idiota.

Se eu não tivesse deixado o anel lá naquele dia, será que todo mundo ainda acharia que o Sr. Halloran era culpado? Bom, provavelmente sim, afinal ele se matou. Mas talvez sem o anel não o culpassem tão rápido pelo assassinato de Elisa. Talvez não tivessem encerrado o caso tão depressa. Talvez tivessem continuado a procurar mais provas. A arma do crime. A cabeça.

Nunca consegui respostas satisfatórias para essas perguntas, essas dúvidas. Por isso, acabei deixando-as de lado, junto com as coisas da infância. Mas não tenho certeza se realmente deixamos essas coisas de lado.

O tempo passou e os acontecimentos daquele verão começaram a esmaecer em nossa memória. Fizemos quatorze, quinze, dezesseis anos. Provas, hormônios e garotas ocuparam nossos pensamentos.

Àquela altura, eu tinha outras coisas em mente. Meu pai começou a ficar doente. A vida passou a se acomodar na rotina com a qual eu me tornaria miseravelmente familiarizado durante vários anos. Durante o dia, estudar; depois, trabalhar. À noite, lidar com a mente cada vez mais deteriorada do meu pai e com a frustração desamparada da minha mãe. Isso se tornou meu padrão.

Gav Gordo começou a sair com uma garota bonita e ligeiramente gorda chamada Cheryl. E ele passou a perder peso. Aos poucos, no início. Comia menos e andava mais de bicicleta. Entrou para um clube de corrida e, embora a princípio tenha tratado aquilo como uma grande piada, logo estava correndo cada vez mais depressa e continuou perdendo peso. Era como se estivesse se livrando do seu antigo eu. E acho que conseguiu. Com o peso, perdeu também o comportamento bizarro, as tiradas constantes. Em vez disso, surgiu uma nova seriedade. Um toque de rigidez. Ele brincava menos e estudava mais e, quando não estudava, estava com Cheryl. Assim como Mickey fizera antes dele, começou a se afastar. Sobramos apenas Hoppo e eu.

Tive algumas namoradas, mas nada muito sério. E algumas paixões impossíveis, incluindo uma professora de inglês muito brava, de cabelo escuro e olhos verdes incríveis, Srta. Barford.

Hoppo. Bem, Hoppo nunca pareceu muito interessado em namoradas, até conhecer uma garota chamada Lucy (a que o trairia com Mickey e provocaria a briga na festa a que não fui).

Hoppo se apaixonou. De verdade. Quando mais jovem, nunca entendi. Quer dizer, ela era bonitinha, mas nada especial. Chegava a ter cara de ratinha. Cabelo castanho liso, óculos. Também se vestia de um jeito bastante esquisito. Saias compridas com franjas, botas grandes, camisetas desbotadas e toda aquela merda hippie. Não andava muito na moda.

Só depois de um tempo percebi quem ela me lembrava: a mãe de Hoppo.

De qualquer modo, eles combinavam e pareciam se dar bem. Gostavam das mesmas coisas, apesar de eu achar que todo mundo ceda um pouco nos relacionamentos e finja gostar de coisas das quais não gosta para agradar ao outro.

Amigos fazem a mesma coisa. Eu não era muito fã de Lucy, mas fingi gostar dela para agradar a Hoppo. Naquela época eu estava saindo com uma garota um ano mais nova chamada Angie. Tinha um cabelo desgrenhado com permanente e um corpo decente. Eu não estava apaixonado, mas gostava de Angie e ela era fácil (não no mau sentido, ainda que, para ser justo, ela também não fosse difícil). Era fácil de lidar: complacente, tranquila. E com tudo o que estava acontecendo com meu pai, eu precisava daquilo.

Tivemos alguns encontros junto com Hoppo e Lucy. Não posso dizer que Lucy e Angie tinham muito em comum, mas Angie era o tipo de garota afável que se esforçava para se dar bem com as pessoas. O que era bom, porque significava que eu não precisava fazer isso.

Fomos ao cinema, ao pub, até que em um fim de semana Hoppo sugeriu algo diferente.

—Vamos à feira.

Estávamos no pub quando ele disse isso. Não no The Bull. De jeito nenhum o pai de Gav Gordo nos deixaria pedir canecas de cerveja com cidra em seu estabelecimento. O pub em questão era o The Wheatsheaf, do outro lado da cidade, onde o dono não nos conhecia e, para ser sincero, não teria se importado se soubesse que tínhamos só dezesseis anos.

Era junho, portanto nos sentamos do lado de fora, no jardim, que basicamente era um pequeno quintal de fundos mobiliado com algumas mesas e bancos bambos de madeira.

Lucy e Angie reagiram com entusiasmo. Fiquei em silêncio. Eu não tinha voltado à feira desde o dia do terrível acidente. Não que eu evitasse feiras ou parques de diversões intencionalmente; somente não sentia vontade de visitá-los.

Mas isso era mentira. Eu tinha medo. Havia cancelado uma viagem para o Thorpe Park no verão anterior, alegando estar mal do estômago, o que de certa forma era verdade. Meu estômago se revirava sempre que eu considerava andar em algum brinquedo. Eu só pensava na Garota do Twister deitada no chão com a perna pendurada e o rosto encantador reduzido a cartilagens e ossos.

— Ed? — chamou Angie apertando minha perna. — O que você acha? Vamos à feira amanhã? — Um pouco embriagada, sussurrou no meu ouvido: — Deixo você me tocar no trem fantasma.

Por mais tentadora que fosse a ideia (até o momento, eu só tinha tocado Angie no ambiente nada excitante do meu quarto), tive que forçar um sorriso.

—Vamos. Parece ótimo.

Não parecia, mas eu não queria dar uma de covarde, não na frente de Angie e, por algum motivo, não na frente de Lucy, que estava me olhando de um jeito estranho. Não gostei daquele olhar; ela até parecia saber que eu estava mentindo.

No dia da feira fazia calor. Assim como antes. E Angie cumpriu sua palavra. Contudo, nem mesmo aquilo me deu o prazer que achei que sentiria, embora, ao sair do trem fantasma, eu estivesse com certa dificuldade para andar. Mas logo desanimei quando vi onde estávamos. Bem na frente do Twister.

De algum modo, não devo tê-lo notado. Talvez estivesse oculto pela multidão ou minha mente estivesse concentrada em outras coisas, como a minúscula minissaia de Lycra de Angie e o que me aguardava, tentadoramente, alguns centímetros abaixo.

Naquele instante eu estava paralisado, observando as gôndolas rodando. Bon Jovi vociferava nas caixas de som em algum lugar. Garotas gritavam de alegria enquanto os funcionários da feira giravam as gôndolas.

— Grite se quiser ir mais rápido.

— Oi. — Hoppo surgiu ao meu lado e notou para onde eu estava olhando. — Você está bem?

Assenti, não querendo parecer um idiota na frente das garotas.

— Estou bem, sim.

— Vamos ao Twister agora? — sugeriu Lucy, entrelaçando o braço no de Hoppo.

Ela disse aquilo inocentemente, mas até hoje tenho certeza de que havia algo a mais por trás. Uma esperteza. Uma astúcia. Ela sabia. E estava gostando de me provocar.

— Achei que fôssemos ao Meteorito — respondi.

— Podemos ir depois. Vamos, Eddie. Vai ser divertido.

Eu também odiava que ela me chamasse de Eddie. Eddie era meu apelido quando criança. Aos dezesseis anos, eu gostava que me chamassem de Ed.

— Acho o Twister chato. — Dei de ombros. — Mas, se vocês quiserem ir em um brinquedo sem graça, por mim tudo bem.

Ela sorriu.

— O que você acha, Angie?

Eu sabia o que Angie diria. E Lucy também.

— Se é o que todo mundo quer, estou dentro.

E, por um instante, desejei que ela não estivesse. Desejei que ela tivesse opinião, que ela tivesse coragem. Porque outra palavra para "fácil" é "frouxa".

— Ótimo. — Lucy sorriu. —Vamos.

Nós nos aproximamos do Twister e entramos na pequena fila. Meu coração estava disparado. Minhas mãos, úmidas. Achei que fosse vomitar. Nem sequer tinha começado o passeio e eu já não estava suportando as rotações indutoras de vômito.

Os ocupantes anteriores saíram das gôndolas. Ajudei Angie a subir, tentando parecer cavalheiro, deixando-a ir na frente. Coloquei o pé na plataforma instável de madeira e, de súbito, parei. Algo me chamou a atenção, ou, melhor, registrei brevemente alguma coisa com o canto do olho. E foi o suficiente para me fazer virar.

Uma pessoa alta e magra ao lado do trem fantasma. Totalmente vestida de preto. Usava calça jeans preta apertada, camisa folgada e um chapéu de caubói de abas largas. O homem estava de costas para mim, observando o trem fantasma, mas eu conseguia ver seu longo cabelo louro esbranquiçado descendo pelas costas.

— *Ainda está comigo, Eddie?*

Loucura. Impossível. Não podia ser o Sr. Halloran. Não podia ser. Ele estava morto. Falecido. Enterrado. Mas, afinal, Sean Cooper também estava.

— Ed? — Angie olhou para mim, intrigada. —Você está bem?

— Eu...

Olhei novamente para o trem fantasma. A pessoa havia se mexido. Vi uma sombra escura desaparecer ao dobrar a esquina.

— Desculpe, mas preciso conferir uma coisa.

Pulei do Twister.

— Ed? Você não pode simplesmente fugir!

Angie olhou feio para mim. Isso era o mais perto que ela chegava de parecer realmente brava. Automaticamente, tive dúvida se nosso encontro no trem fantasma seria o último do qual eu desfrutaria durante algum tempo, mas, naquele instante, não importava. Eu precisava ir. Eu precisava saber.

— Desculpe — murmurei outra vez.

Voltei correndo pela feira. Dobrei a esquina do trem fantasma a tempo de ver a pessoa desaparecer atrás das barracas de balões e de algodão-doce. Acelerei o passo, trombando com gente no caminho, ouvindo reclamações e xingamentos. Não me importei.

Não sei direito se acreditava que a aparição que eu estava seguindo era real, mas eu estava acostumado com fantasmas. Mesmo adolescente, eu ainda olhava pela janela do quarto à noite para verificar se Sean estava espreitando lá embaixo. Eu continuava achando que qualquer mau cheiro pudesse antecipar um toque de mão apodrecida em meu rosto.

Passei rapidamente pelos carrinhos bate-bate e pelo Orbital, que antes era uma grande atração, mas — com a chegada das montanhas-russas e de brinquedos mais emocionantes — já ficara bastante sem graça. Eu estava me aproximando. Então, o homem parou. Também parei, espreitando atrás de uma barraca de cachorro-quente. Vi quando ele enfiou a mão no bolso e pegou um maço de cigarros.

Foi quando percebi meu erro. Suas mãos não tinham dedos finos e pálidos, mas grossos e morenos, com unhas compridas e irregulares. A pessoa se virou. Olhei para seu rosto abatido. Rugas tão profundas que pareciam talhadas a faca. Olhos azuis enterrados em meio às cicatrizes. Uma barba amarelada descendo pelo queixo, quase chegando ao peito. Não era o Sr. Halloran, nem ao menos era um sujeito jovem, mas um velho. Um cigano.

Sua voz soava como cascalho jogado em um balde enferrujado.

— O que você está olhando, filho?

— Nada. Eu... Desculpe.

Dei-lhe as costas e saí correndo dali o mais depressa que minha dignidade — ou o que restava dela — permitia. Quando estava longe o bastante para ficar fora de vista, parei, tentando recuperar o fôlego e controlar as ondas de náusea que ameaçavam me engolir. Balancei a cabeça e, em vez de vomitar, um riso saiu da minha boca. Não era o Sr. Halloran, não era o Homem de Giz, e sim um velho funcionário da feira, provavelmente calvo sob o chapéu de caubói.

Louco, louco, louco. Como o anão de *Inverno de Sangue em Veneza* (um filme que tínhamos visto ilicitamente na casa de Gav Gordo alguns anos antes só porque ouvíramos dizer que Donald Sutherland e Julie Christie de fato "transaram" na frente das câmeras. Na verdade, foi decepcionante, pois não dava para ver muito de Julie Christie, mas dava para ver bastante da bunda branca e magra de Sutherland).

— O que está acontecendo, Ed?

Ergui os olhos e vi Hoppo correndo em minha direção, seguido pelas garotas. Eles deviam ter descido do Twister. Lucy parecia muito irritada.

Tentei parar de rir e parecer normal.

— Achei que tinha visto ele. O Sr. Halloran. O Homem de Giz.

— O quê? Você está brincando?

Neguei com a cabeça.

— Mas não era ele.

— Ué, claro que não — disse Hoppo, franzindo o cenho. — Ele morreu.

— Eu sei. Eu só...

Olhei para seus rostos preocupados e intrigados, e balancei lentamente a cabeça.

— Eu sei. Eu estava errado. Idiota.

—Vamos — disse Hoppo, ainda preocupado. —Vamos beber alguma coisa.

Olhei para Angie. Ela abriu um sorriso bobo para mim e estendeu a mão. Eu tinha sido perdoado. Muito facilmente. Como sempre.

Ainda assim, segurei a mão dela. Com gratidão. Depois ela perguntou:

— Quem é o Homem de Giz?

Terminamos pouco depois disso. Acho que não tínhamos muito em comum. Não nos conhecíamos assim tão bem. Ou talvez eu já fosse um rapaz com história e bagagem e precisasse de uma pessoa especial com quem dividir o fardo. Talvez tenha sido por isso que fiquei resolutamente solteiro por tanto tempo. Não encontrei essa pessoa. Ainda não. Talvez nunca encontre.

Ao sair da feira, me despedi de Angie com um beijo e caminhei penosamente de volta para casa, no calor do fim de tarde. As ruas estavam estranhamente desertas, os moradores procuravam abrigo à sombra de jardins e quintais. Até mesmo o trânsito nas ruas era esporádico, pois ninguém queria suar por muito tempo dentro de uma grande lata de metal.

Dobrei a esquina da minha rua, ainda bastante perturbado pelo incidente na feira. Acho que também me senti um pouco idiota. Eu me assustara com tanta facilidade, me convencera tão depressa de que poderia ser ele... Idiota. Claro que não era. Não podia ser. Mais um truque.

Suspirei, me arrastei pela entrada da garagem e abri a porta da frente. Meu pai estava na sala, sentado em sua poltrona preferida, olhando fixamente para a TV. Minha mãe estava na cozinha, preparando o jantar. Seus olhos estavam vermelhos, como se tivesse chorado. Mas minha mãe não chorava. Não facilmente. Acho que nesse ponto puxei a ela.

— O que houve? — perguntei.

Ela enxugou os olhos, mas não se incomodou em me dizer que não era nada. Minha mãe também não mentia. Ou, ao menos, era o que eu achava naquela época.

— Seu pai — disse ela.

Como se pudesse ter sido outra coisa. Às vezes — e ainda acho vergonhoso admitir isso — eu odiava meu pai por estar doente. Pelas coisas que aquilo o levava a fazer e dizer. Pelo seu olhar vago, perdido. Pelo modo como a doença dele afetou a minha mãe e a mim. Na adolescência, o que você mais quer na vida é ser normal, e nada em relação à nossa vida com meu pai era normal.

— O que ele fez agora? — perguntei, mal conseguindo esconder o desprezo.

— Ele me esqueceu — respondeu minha mãe, e vi novas lágrimas brotarem em seus olhos. — Levei o almoço para ele e, por um instante, ele me olhou como se eu fosse uma estranha.

— Ah, mãe.

Eu a puxei e a abracei o mais forte que consegui, como se pudesse espremer toda a dor para fora dela, embora uma pequena parte de mim se perguntasse se, às vezes, esquecer não era um ato de bondade.

Talvez o que matasse fosse lembrar.

2016

— Nunca suponha — disse meu pai certa vez. — Supor nos faz parecer idiotas.

Quando o encarei sem entender, ele prosseguiu:

— Está vendo esta cadeira? Você acha que ela ainda vai estar aqui, nesse mesmo lugar, amanhã de manhã?

—Vai.

— Então você está supondo.

—Acho que sim.

Meu pai pegou a cadeira e a colocou em cima da mesa.

— A única maneira de ter certeza de que esta cadeira vai ficar exatamente onde está é colando-a no chão.

— Mas isso é trapaça.

Sua voz ficou mais séria.

— As pessoas sempre vão trapacear, Eddie. E sempre vão mentir. Por isso é muito importante questionar tudo. Sempre tente enxergar além do óbvio.

Assenti.

—Tudo bem.

A porta da cozinha se abriu e minha mãe entrou. Olhou para a cadeira, depois para o meu pai e para mim e balançou a cabeça.

— Não sei se quero saber.

Nunca suponha. Questione tudo. Sempre enxergue além do óbvio.

Supomos coisas porque é mais fácil, mais preguiçoso. Isso nos impede de pensar demais. Geralmente sobre coisas que nos deixam desconfortáveis. Mas não pensar pode levar a mal-entendidos e, em alguns casos, a tragédias.

Como a brincadeira imprudente de Gav Gordo, que terminou em morte, só porque ele era um garoto que não pensou nas consequências. Como a minha mãe, que achou que contar para o meu pai sobre Hannah Thomas não poderia causar tanto mal, porque supôs que o marido guardaria segredo. E como aquele menino que roubou um pequeno anel prateado e tentou devolvê-lo porque achou que estava fazendo a coisa certa, mas, é claro, estava muito, muito errado.

Supor também pode nos trair de outras maneiras. Pode nos impedir de ver as pessoas como de fato são e nos fazer perder de vista quem conhecemos. Supus que fora Nicky quem visitara o pai no Santa Madalena, mas fora Chloe. Supus estar perseguindo o Sr. Halloran na feira, mas era apenas um velho funcionário. Até mesmo Penny, a Senhora do Jardim, levara todos a suporem que ela esperava pelo noivo falecido, Ferdinand. Mas Ferdinand não era o noivo, e, sim, o coitado do Alfred. Ela passara todos aqueles anos esperando pelo amante.

Não é um caso de amor eterno, mas de infidelidade e erro de identidade.

Ao acordar, na manhã seguinte, faço algumas ligações. Bem, na verdade, antes tomo várias xícaras de café extremamente forte, só depois fumo meia dúzia de cigarros e faço as ligações. Primeiro para Gav e Hoppo, depois para Nicky. Como era de se esperar, ela não atende. Deixo uma mensagem confusa, que espero que ela apague sem ouvir. Por fim, ligo para Chloe.

— Não sei, não, Ed.

— Preciso que você faça isso.

— Não falo com ele há anos. Não somos muito próximos.

— É um bom momento para retomar o contato.

Ela suspira.

—Você está errado.

— Pode ser que sim. Pode ser que não. Mas não preciso nem lembrar que você me deve uma.

— Certo. Só não entendo por que é tão importante. Por que agora? Isso aconteceu trinta anos atrás, pelo amor de Deus. Por que não deixa para lá?

— Não posso.

— Não é por causa do Mickey, é? Porque você certamente não deve nada a ele.

— Não. — Penso no Sr. Halloran e no anel roubado. — Mas talvez eu deva a alguém, e está na hora de pagar essa dívida.

O Elms é um pequeno condomínio para aposentados na periferia de Bournemouth. Há dezenas de condomínios assim espalhados pela costa sul. Na verdade, a costa sul é praticamente um condomínio imenso para aposentados, ainda que algumas áreas sejam um pouco mais exclusivas do que outras.

É justo dizer que o Elms é um dos condomínios menos privilegiados. Um beco sem saída de casinhas velhas, quadradas e bastante decadentes de um andar só. Os jardins continuam bem-cuidados, mas a pintura está rachando e descascando, o revestimento anda castigado pelo clima. Os carros do lado de fora também contam sua própria história. Veículos pequenos e brilhantes — aposto que religiosamente lavados todo domingo —, mas muito velhos. Não é um lugar ruim para se aposentar. Por outro lado, não é muita coisa depois de quarenta anos de trabalho árduo.

Às vezes, acho que, em última instância, tudo o que nos esforçamos para conquistar na vida é inútil. Trabalha-se muito para comprar uma casa grande e agradável para a família e dirigir o modelo mais moderno de 4x4 Destruidor de Pastos. Até que as crianças crescem e se mudam, então o trocamos por um modelo menor, ecológico (talvez com espaço suficiente para um cachorro na parte de trás). Depois nos aposentamos, e a grande casa da família se torna uma prisão de portas fechadas e salas empoeiradas; o jardim, que era ótimo para churrasco, dá muito trabalho; e, a essa altura, nossos filhos já estão fazendo os próprios churrascos. Assim, a casa também fica menor, e, talvez mais cedo do que imaginamos, é preciso cuidar de nós mesmos. E nos convencemos de que foi bom ter nos mudado naquela época, porque cômodos menores são mais difíceis de serem preenchidos com solidão. Se tivermos sorte, morreremos antes de, mais uma vez, sermos limitados a ocupar um único quarto, dormindo em uma cama com grades de proteção, incapazes de limpar a própria bunda.

Com esses pensamentos alegres, estaciono o carro no espacinho do lado de fora do número vinte e três. Subo o curto caminho de entrada e toco a campainha. Espero alguns segundos. Estou prestes a tocar outra vez quando, através do vidro fosco, vejo a tênue silhueta de uma pessoa se aproximando, ouço o chocalhar de correntes e a porta é destrancada. Uma mistura de preocupação e segurança, imagino. Mas, afinal, isso não é nenhuma surpresa, considerando sua antiga profissão.

— Edward Adams?

— Sim.

Ele estende a mão. Depois de um instante de hesitação, eu a aperto.

A última vez que vi pessoalmente o policial Thomas foi à porta da minha casa, trinta anos atrás. Ele ainda é magro, mas não tão alto quanto eu lembrava. Obviamente, estou bem mais alto, mas é verdade que, com a idade, diminuímos de tamanho. Seu cabelo, que antes era escuro, agora está ralo e grisalho. O rosto quadrado é menos vigoroso, mais abatido. Ele ainda parece uma peça gigante de Lego, ligeiramente derretida.

— Obrigado por concordar em me receber — digo.

— Vou admitir que eu não tinha certeza, mas acho que Chloe despertou minha curiosidade. — Ele se afasta da porta. — Entre.

Atravesso um corredor pequeno e estreito. Há um leve fedor de comida estragada e um cheiro forte, muito forte, de aromatizador de ambiente.

— A sala fica logo à frente, à sua esquerda.

Continuo andando e empurro uma porta que se abre para uma sala surpreendentemente grande, com sofás bege surrados e cortinas floridas. Escolha da falecida dona da casa, imagino.

De acordo com Chloe, seu avô se aposentara e voltara para o sul há alguns anos. Anos depois, a esposa dele morreu. Será que foi quando ele parou de caiar as paredes e cuidar do jardim?

Thomas sinaliza para que eu me sente no sofá menos surrado.

— Quer beber alguma coisa?

— Hum, não, obrigado. Acabei de tomar café.

Mentira, mas não quero tornar a visita uma ocasião social, não com o que pretendo discutir.

— Está bem.

Ele fica parado por um instante, um pouco perdido.

Acho que não recebe muitas visitas. Ele não sabe como agir com outra pessoa em sua casa. Um pouco como eu.

Por fim, ele se senta, rígido, as mãos apoiadas nos joelhos.

— Então, o caso Elisa Rendell. Faz muito tempo. Você foi um dos garotos que a encontraram?

— Fui.

— E agora tem uma teoria sobre quem realmente a matou?

— Isso.

— Acha que a polícia errou?

— Acho que todos nós erramos.

Ele coça o queixo.

— A evidência circunstancial era convincente. Mas não passava disso: circunstancial. Se Halloran não tivesse se matado, acho que não seria suficiente para abrirmos um caso. A única prova sólida era o anel.

Sinto as bochechas corarem. Mesmo tanto tempo depois. O anel. O maldito anel.

— Mas não havia arma do crime ou sangue. — Thomas faz uma pausa. — E, é claro, nunca encontramos a cabeça.

Ele me encara com mais intensidade, e é como se trinta anos lhe tivessem sido arrancados. Como se uma luz houvesse voltado a se acender atrás de seus olhos.

— Então, qual é a sua teoria? — pergunta ele, inclinando-se para a frente.

— Posso fazer algumas perguntas primeiro?

— Acho que sim, mas lembre que não me envolvi muito no caso. Eu era só um agente.

— Não é sobre o caso. É sobre sua filha e o reverendo Martin.

Ele fica tenso.

— Não estou entendendo o que isso tem a ver.

Tudo, imagino.

— Só me faça esse favor.

— Eu poderia pedir que você fosse embora.

— Sim, poderia.

Espero. Pago para ver. Dá para perceber que ele quer me expulsar dali, mas espero que a curiosidade e seus antigos instintos de policial prevaleçam.

— Está bem — diz ele. —Vou lhe fazer esse favor. Mas por Chloe.

Assinto.

— Entendo.

— Não. Você não entende. Ela é tudo o que me resta.

— E Hannah?

— Perdi minha filha há muito tempo. E hoje é a primeira vez que ouço falar da minha neta em mais de dois anos. Se falar com você significa que vou vê-la outra vez, é o que vou fazer. Isso você entende?

— Quer que eu a convença a visitar você?

— Pelo visto ela ouve o que você diz.

Não ouve muito, mas ainda me deve uma.

—Vou fazer o que puder.

— Ótimo. Isso é tudo o que posso pedir. — Ele se recosta. — O que você quer saber?

— Como se sente em relação ao reverendo Martin?

Ele bufa.

— Acho que isso é muito óbvio.

— E Hannah?

— Ela era minha filha. Eu a amava. Ainda amo.

— E quando ela engravidou?

— Fiquei desapontado. Qualquer pai ficaria. Também fiquei com raiva. Acho que foi por isso que ela mentiu para mim sobre quem era o pai.

— Sean Cooper.

— Isso. Ela não deveria ter feito aquilo. Eu me senti mal depois, por ter dito aquilo sobre o garoto. Mas naquela época, se ele não estivesse morto, eu o teria matado.

— Da mesma forma que tentou matar o reverendo?

— Ele teve o que mereceu. — Seu sorriso se estreita. — Acho que devo agradecer ao seu pai por isso.

— Imagino que sim.

Ele suspira.

— Hannah, ela não era perfeita. Só uma adolescente comum. Tínhamos os desentendimentos normais sobre uso de maquiagem, o tamanho das saias. Fiquei contente quando Hannah entrou para o grupo de religiosas de Martin. Achei que seria bom para ela. — Ele dá uma risada amarga. — Errei feio. Isso acabou com ela. Antes éramos próximos. Mas, depois, passamos a só discutir.

—Vocês discutiram no dia em que Elisa foi assassinada?

Ele assente.

— Foi uma das nossas piores discussões.

— Por quê?

— Porque ela tinha ido visitar o reverendo no Santa Madalena. Para dizer que teria o bebê, que esperaria por ele.

— Ela estava apaixonada.

— Ela era uma criança. Não sabia o que era amor. — Ele balança a cabeça. —Você tem filhos, Ed?

— Não.

— Cara esperto. Desde o momento em que nascem, os filhos enchem seu coração de amor... e de pavor. Especialmente as meninas. Você quer protegê-las de tudo. E, quando não consegue, sente que falhou como pai. Você se poupou de muito sofrimento não tendo filhos.

Eu me remexo um pouco na cadeira. Mesmo que a sala não seja particularmente quente, sinto calor, falta de ar. Tento retomar o assunto.

— Então, você estava dizendo que Hannah foi visitar o reverendo Martin no dia em que Elisa foi assassinada?

Ele se recompõe.

— Isso. Tivemos uma discussão terrível. Ela saiu correndo. Não voltou para jantar. Por isso saí naquela noite. Para procurar por ela.

— Estava perto do bosque?

— Achei que ela pudesse ter ido para lá. Eu sabia que era onde costumavam se encontrar. — Ele franze o cenho. — Tudo isso foi relatado na época.

— O Sr. Halloran e Elisa também se encontravam no bosque.

— Era onde vários jovens se encontravam para fazer o que não deviam. Jovens... e pervertidos.

Ele cospe a última palavra. Olho para baixo.

— Eu idolatrava o Sr. Halloran — digo. — Mas suponho que ele fosse só mais um homem velho com tara por meninas mais novas, assim como o reverendo.

— Não. — Thomas balança a cabeça. — Halloran não se parecia em nada com o reverendo. Não estou fazendo vista grossa para o que ele fez, mas não era igual. O reverendo era um hipócrita, um mentiroso que espalhava a palavra de Deus quando, na verdade, a usava para abusar daquelas garotas. Ele mudou Hannah. Fingiu encher minha filha de amor, mas o tempo todo estava enchendo o coração dela de veneno e, como se isso não bastasse, encheu o ventre dela com um filho bastardo.

Seus olhos azuis brilham. Uma saliva cremosa se acumula nos cantos de seus lábios. As pessoas dizem que não há nada mais forte do que o amor. Estão certas. Por isso as piores atrocidades são sempre cometidas em seu nome.

— Foi por isso que você fez aquilo? — pergunto baixinho.

— Fiz o quê?

— Você entrou no bosque e a viu, não foi? Você a viu ali parada, como ela ficava enquanto esperava para encontrar com ele? Foi quando você surtou? Você a agarrou e a sufocou, antes mesmo que ela tivesse chance de se virar? Talvez você não suportasse olhar para ela e, ao fazer isso, ao perceber seu erro, *era tarde demais*. Então voltou mais tarde e a esquartejou. Não sei por que exatamente. Para esconder o corpo? Ou, talvez, só para confundir as coisas...

— De que *diabo* você está falando?

— Você matou Elisa porque achou que fosse Hannah. As duas tinham o corpo parecido, Elisa até estava loura. Erro fácil de cometer no escuro quando se está alterado, furioso. Você achou que Elisa fosse sua filha, a que fora envenenada, corrompida, e que estava carregando um filho bastardo do reverendo.

— Não! Eu amava Hannah. Queria que ela tivesse o bebê. Sim, eu achava que ela deveria entregá-lo para adoção, mas eu nunca a mataria. Nunca.

Ele se levanta abruptamente.

— Eu não deveria ter concordado em recebê-lo. Achei que você pudesse saber alguma coisa, mas vou pedir que vá embora.

Olho para ele. Se esperava ver culpa ou medo em seu rosto, me enganei. Só vejo raiva e sofrimento. Muito sofrimento. Estou enjoado, me sentindo um merda. E, o pior de tudo, sinto que entendi tudo errado.

— Sinto muito. Eu...

Seu olhar penetra até meus ossos.

— Sente muito por ter me acusado de matar minha própria filha? Não sei se isso é suficiente, Sr. Adams.

— Não. Acredito que não.

Eu me levanto e me aproximo da porta. Ele diz:

— Espere.

Eu me viro. Ele anda na minha direção.

— Você merece um soco pelo que acabou de dizer...

Pressinto um "mas". Ao menos, é o que espero.

— Mas identidade equivocada é uma teoria interessante.

— E errada.

— Talvez não totalmente errada. Foi só direcionada para a pessoa errada.

— O que quer dizer com isso?

— Além de Halloran, ninguém tinha motivo para machucar Elisa. Mas Hannah? Bem, o reverendo Martin tinha muitas seguidoras naquela época. Se alguma descobrisse sobre o relacionamento dos dois, sobre o bebê, poderia morrer de ciúmes. Talvez fosse louca o suficiente para matar por ele.

Reflito.

— Mas você tem ideia de onde essas seguidoras estão agora?

Ele balança a cabeça.

— Não.

— Está bem.

Thomas coça o queixo. Parece discutir algo consigo mesmo. Por fim, diz:

— Naquela noite, enquanto eu procurava Hannah perto do bosque, vi alguém. Estava escuro, e a pessoa estava longe, mas usava um macacão, como um operário, e mancava.

— Não me lembro de ter ouvido nada sobre outro suspeito.

— Nunca foi investigado.

— Por quê?

— Por que se preocupar se já tínhamos um culpado, e, convenientemente, um culpado morto, o que economizaria o custo de um julgamento? Além disso, não era uma descrição muito boa para continuar investigando.

Ele tem razão. Não ajuda muito.

— De qualquer forma, obrigado.

— Trinta anos é muito tempo. Pode ser que você nunca encontre as respostas que está procurando.

— Eu sei.

— Ou pior: você pode encontrar respostas, mas não são as que queria.

— Sei disso também.

Ao voltar para o carro, estou tremendo. Baixo o vidro e pego um cigarro, que acendo com urgência. Eu tinha deixado o celular no silencioso quando fui à casa do policial Thomas. Assim que o pego, vejo que há uma chamada perdida. Duas, na verdade. Nunca fui tão popular.

Ligo para a caixa postal e ouço duas mensagens truncadas, uma de Hoppo, outra de Gav. Os dois dizem a mesma coisa:

— Ed, é sobre Mickey. Já sabem quem o matou.

2016

Eles estão sentados à mesa de sempre, mas, excepcionalmente, Gav está com uma cerveja à sua frente, em vez de uma Coca Diet.

Mal me acomodo com uma cerveja e ele joga o jornal à minha frente na mesa. Leio a manchete:

JOVENS PRESOS POR ASSALTO NO RIO

Dois meninos de quinze anos estão sendo interrogados sobre o assalto seguido de morte do ex-morador da cidade Mickey Cooper, de 42 anos. Os dois foram apreendidos há duas noites, após uma tentativa de assalto no mesmo trecho da costa ribeirinha. A polícia está "mantendo a mente aberta" quanto à ligação entre os dois incidentes.

Dou uma olhada no restante da matéria. Eu não ouvira falar sobre aquele assalto, mas, afinal, eu tinha outras coisas na cabeça. Franzo o cenho.

— Algo errado? — pergunta Gav.

— A matéria não diz que foram esses garotos que atacaram Mickey — observo. — Na verdade, é só uma conjectura.

Ele dá de ombros.

— E daí? Faz sentido. Um assalto que deu errado. Nada a ver com o livro de Mickey ou com os homens de giz. Só dois bandidinhos tentando ganhar uma grana fácil.

— Acho que sim. Eles sabem quem são os garotos?

— Ouvi dizer que um deles estuda na sua escola. Danny Myers.

Danny Myers. Eu deveria estar surpreso, mas não estou. Parece que nada mais me surpreende na natureza humana. Mesmo assim...

— Você não parece convencido — diz Hoppo.

— Sobre Danny ter assaltado alguém? Imagino ele fazendo alguma coisa idiota para impressionar os colegas. Mas matar Mickey...

Não estou convencido. É conveniente demais. Fácil demais. Muito parecido com "supor nos faz parecer idiotas". E ainda tem outra coisa no fundo da minha mente.

O mesmo trecho da costa ribeirinha.

Balanço a cabeça.

— Tenho certeza de que Gav está certo. Provavelmente é a explicação mais plausível.

— Esses jovens de hoje em dia, hein? — diz Hoppo.

— Pois é — retruco lentamente. —Vai saber do que são capazes?

Há uma pausa. Ela se prolonga. Tomamos um gole de nossas cervejas.

Por fim, digo:

— Mickey ficaria muito irritado por ter sido chamado de "ex-morador da cidade". Ele certamente esperava ao menos "alto executivo de publicidade".

— É verdade. Bem, "da cidade" provavelmente não é a pior coisa da qual ele já foi chamado — diz Gav, que, em seguida, fecha a cara. — Ainda não acredito que ele tenha pagado para Chloe espionar você. E que tenha nos mandado aquelas cartas.

— Acho que ele só queria dar uma apimentada no livro — sugiro. — As cartas foram uma forma de criar um artifício narrativo.

— Pois é, Mickey sempre foi bom em inventar coisas — concorda Hoppo.

— E remexer a merda — acrescenta Gav. —Vamos torcer para que esse seja o fim.

Hoppo ergue a caneca.

— Um brinde a isso.

Estendo a mão para pegar minha bebida, mas devo estar um pouco distraído, porque bato na caneca, derrubando-a. Consigo segurá-la e evitar que caia no chão e quebre, mas a cerveja escorre pela mesa, molhando o colo de Gav.

Ele faz um gesto de desdém.

— Não se preocupe.

Gav esfrega a mão na calça jeans, limpando a cerveja derramada. Mais uma vez fico impressionado com o contraste entre suas mãos fortes e os músculos magros e inúteis de suas pernas.

Pernas fortes.

Sem serem solicitadas, as palavras surgem em minha mente.

Ele engana todo mundo.

Eu me levanto tão depressa que quase derrubo as outras canecas.

Era onde costumavam se encontrar.

Gav ampara a própria caneca.

— Mas que porra é essa?

— Eu tinha razão — digo.

— Sobre o quê?

Olho para eles.

— Eu estava errado, mas estava certo. Quer dizer, é loucura. Difícil de acreditar, mas... faz sentido. Merda. Tudo faz sentido.

O Diabo disfarçado. Confesse.

— Ed, do que você está falando? — pergunta Hoppo.

— Sei quem matou a Garota do Twister. Elisa. Sei o que aconteceu com ela.

— E o que foi?

— Um ato de Deus.

— Foi o que eu disse ao telefone, Sr. Adams: o horário de visitas terminou.

— E eu disse que preciso vê-lo. É importante.

A enfermeira, a mesma enfermeira brava e corpulenta que me atendeu antes, olha fixamente para nós três. (Hoppo e Gav insistiram em vir. A velha gangue em uma última aventura.)

— Questão de vida ou morte, imagino?

— Isso.

— E não pode esperar até de manhã?

— Não.

— O reverendo não vai a lugar algum.

— Eu não teria tanta certeza disso.

Ela me lança um olhar estranho e me dou conta. Ela sabe. Todo mundo sabe, e ninguém nunca disse nada.

— Acho que não pega muito bem, não é mesmo? Quando os internos saem do asilo. Quando vocês os encontram vagando por aí. Talvez seja melhor esconderem. Ainda mais se quiserem que a igreja continue financiando a instituição?

Os olhos dela se estreitam.

— Você vem comigo. Quanto a vocês dois... — Ela estala os dedos para Hoppo e Gav. — Esperem aqui. — Ela me lança outro olhar severo. — Cinco minutos, Sr. Adams.

Eu a sigo pelo corredor iluminado por tiras de lâmpadas fluorescentes. Durante o dia, o lugar consegue fingir ser mais do que um hospital. À noite, não. Porque não há noite em uma instituição. Sempre há luz, barulho. Gritos e gemidos, portas rangendo e o barulho do atrito de sapatos de sola macia no linóleo.

Chegamos à porta do quarto do reverendo. A Enfermeira Simpática me lança um último olhar de advertência e ergue cinco dedos antes de bater.

— Reverendo Martin? Tem visita para você.

Durante um instante de insanidade, espero que a porta se abra e que o encontre de pé, sorrindo com frieza para mim. *Confesse.*

Mas, é claro, a única resposta é o silêncio. A enfermeira me lança um olhar presunçoso e abre a porta devagar.

— Reverendo?

Noto a incerteza em sua voz no momento em que sinto uma lufada de ar fresco.

Não espero. Passo na frente dela. O quarto está vazio; a janela, escancarada; e as cortinas estão esvoaçantes por causa da brisa noturna. Eu me viro para a enfermeira.

—Vocês não têm trancas nas janelas?

— Nunca foi necessário — balbucia.

— Ah, é? Mesmo que ele já tenha saído?

Ela olha fixamente para mim.

— Ele só anda quando está perturbado.

— Então imagino que hoje ele estivesse chateado.

— Na verdade, sim. Ele recebeu uma visita e ficou agitado. Mas ele nunca vai muito longe.

Corro até a janela e olho para fora. Está anoitecendo depressa, mas ainda consigo ver a sombra escura do bosque. Não é muito longe para ir a pé. E daqui, através do jardim, quem o teria visto?

— Ele nunca se machuca — continua ela. — Geralmente volta por conta própria.

Eu me viro.

—Você disse que ele recebeu uma visita. Quem era?

— A filha dele.

Chloe. Ela veio se despedir. Fico apavorado.

Algumas noites acampando no bosque não vão me fazer mal.

— Preciso disparar o alarme — diz a enfermeira.

— *Não.* Você precisa chamar a polícia. *Agora.*

Passo a perna pelo peitoril da janela.

— Aonde você pensa que vai?

— Para o bosque.

O lugar está menor do que quando éramos crianças. E essa não é uma percepção de adulto. Aos poucos, o bosque foi reduzido pelo condomínio, que cresceu mais depressa do que os antigos carvalhos e figueiras ao lado. Mas na noite de hoje parece novamente enorme, imenso. Um lugar escuro, repleto de perigos e coisas proibidas.

Dessa vez, lidero o caminho, os pés estalam e rangem no chão do bosque, com uma lanterna (relutantemente) emprestada pela Enfermeira Simpática iluminando o caminho à frente. Algumas vezes, o feixe ilumina os círculos prateados dos olhos de algum animal antes que ele volte a se esconder na escuridão. *Há criaturas noturnas e diurnas,* penso. Apesar da insônia e do sonambulismo, não sou uma criatura noturna, não mesmo.

—Você está bem? — sussurra Hoppo atrás de mim, e eu me sobressalto.

Ele insistiu em vir comigo. Gav está esperando no asilo, para garantir que eles realmente chamariam a polícia.

— Estou — murmuro em resposta. — Eu só estava me lembrando de quando éramos crianças e brincávamos aqui.

— É — sussurra Hoppo. — Eu também.

Não entendo por que estamos sussurrando. Não tem ninguém aqui que possa nos ouvir. Ninguém além das criaturas noturnas. Talvez eu tenha errado. Talvez ele não esteja aqui. Talvez Chloe tenha me escutado e se hospedado em algum hostel por aí. Talvez...

Um grito esganiçado ecoa pelo bosque. As árvores parecem estremecer e uma nuvem de asas negras se agita no céu noturno.

Olho para Hoppo e nós dois começamos a correr, a luz da lanterna balançando freneticamente à nossa frente. Nos esquivamos de galhos, pulamos heras emaranhadas e saímos em uma pequena clareira, como antes. Assim como no meu sonho.

Paro, e Hoppo se choca contra as minhas costas. Ilumino ao redor com a lanterna. No chão à nossa frente há uma pequena barraca individual parcialmente arriada. Diante dela, há uma mochila e uma pilha de roupas. Ela não está aqui. Sinto um alívio momentâneo e, então, volto a iluminar o local com a lanterna. A pilha de roupas é muito grande. Muito volumosa. Não são roupas. É um corpo.

Não! Corro e caio de joelhos.

— Chloe.

Afasto o gorro do casaco. Seu rosto está pálido, há marcas vermelhas ao redor do pescoço, mas ela está respirando. Pouco, fraco, mas respirando. Não está morta. Ainda não.

Devemos ter chegado bem a tempo, e por mais que eu gostaria de vê-lo, de confrontá-lo, isso terá que esperar. Por enquanto, o mais importante é me certificar de que Chloe está bem. Olho para Hoppo, que perambula com insegurança pelo limiar da clareira.

— Temos que chamar uma ambulância.

Ele assente, pega o celular e franze o cenho.

— Quase nenhum sinal.

Ainda assim ele leva o aparelho ao ouvido...

...que, subitamente, desaparece. Não só o celular, mas a orelha. Em seu lugar surge um buraco ensanguentado. Vejo um lampejo prateado, um jorro de sangue vermelho-escuro, e de repente o braço dele baixa até a cintura, pendurado por apenas alguns músculos.

Ouço um grito. Não de Hoppo. Ele me encara em silêncio, depois simplesmente desmorona no chão com um gemido gutural. O grito é meu.

O reverendo passa pelo corpo caído de Hoppo. Segura um machado brilhante e sujo de sangue. Ele está usando um macacão de jardineiro por cima do pijama.

Vestia um macacão, como um operário, e mancava.

Ele arrasta a perna enquanto avança, instável, na minha direção. Sua respiração está ofegante; o rosto, pálido e abatido. Parece um morto-vivo, exceto pelos olhos, que estão muito vívidos e ardem com um brilho que eu só vi uma vez: em Sean Cooper. Iluminados pela loucura.

Eu me levanto com dificuldade. Cada terminação nervosa do meu corpo está me dizendo para fugir. Mas como posso deixar Chloe e Hoppo? Mais especificamente, quanto tempo ainda resta a Hoppo antes que ele sangre até a morte? Tenho a impressão de escutar sirenes ao longe. Talvez seja minha imaginação. Por outro lado, se eu conseguir mantê-lo falando...

— Você vai matar a todos nós? Assassinato não é pecado, reverendo?

— A alma que pecar morrerá. A justiça do justo não o livrará no dia da sua transgressão, já a impiedade do ímpio não cairá por ela no dia de sua conversão.

Eu me mantenho onde estou, com as pernas enfraquecidas, e observo as gotas do sangue de Hoppo pingando da lâmina brilhante.

— Por isso você queria matar Hannah? Porque ela era uma pecadora?

— Por uma meretriz o homem se reduz a um bocado de pão, e a adúltera anda à caça de uma vida preciosa. Pode alguém colocar fogo no peito sem queimar a roupa?

Ele se aproxima, a perna coxa arrastando folhas mortas, o machado ainda em punho. É como tentar conversar com um exterminador bíblico. Ainda assim, tento, desesperado, com a voz falhando.

— Ela estava grávida da sua filha. E te amava. Isso não significava nada para você?

— Se a tua mão te faz pecar, corta-a. É melhor entrares na vida aleijado do que ir para o inferno, para o fogo inextinguível, com duas mãos. E se o teu pé te faz pecar, corta-o. É melhor entrares na vida aleijado do que ser jogado no inferno com os dois pés.

— Mas você não cortou a própria mão. E não matou Hannah. Você matou Elisa.

Ele faz uma pausa. Percebo sua incerteza momentânea e me agarro a isso.

— Você entendeu errado, reverendo. Matou a garota errada. Uma menina inocente. Mas você sabe disso, não é? E, vamos admitir, no fundo você sabe que Hannah também era inocente. Você é o pecador, reverendo. Você é mentiroso, hipócrita e assassino.

Ele urra e gagueja. No último minuto, eu me agacho e atinjo seu abdômen com o ombro. Sinto um arquejo gratificante quando ele fica sem fôlego e tropeça para trás. Depois sofro um impacto doloroso quando o cabo de madeira do machado atinge com força a lateral da minha cabeça. O reverendo cai no chão. Levado por meu ímpeto, caio pesadamente em cima dele.

Tento erguer o corpo, pegar o machado, mas minha cabeça está latejando, e minha visão, rodando. O machado está um pouco além do alcance da ponta dos meus dedos. Eu me estico e rolo para o lado. O reverendo rola em cima de mim. Ele agarra meu pescoço. Dou um soco em seu rosto, tentando afastá-lo, mas meus braços estão fracos e os golpes não têm força. Nós nos debatemos. Um homem atordoado lutando contra um morto-vivo. Seus dedos apertam ainda mais. Desesperadamente, tento abri-los. Meu peito está prestes a explo-dir, meus globos oculares parecem carvões em brasa saltando das cavidades. Meu campo visual está se estreitando, como se alguém estivesse fechando lentamente as cortinas.

Não era para terminar deste jeito, raciocina meu cérebro ofegante, privado de oxigênio. Este não é meu grande final. É uma fraude, uma roubalheira. Isto é... Subitamente, ouço um baque abafado e os dedos dele se afrouxam. Consigo respirar. Afasto suas mãos do meu pescoço. Minha visão fica mais clara. O reverendo me encara com olhos arregalados e atônitos. Ele abre a boca.

— Confesse.

A palavra final escorre junto com um fio de sangue vermelho-escuro. Seus olhos continuam fixos em mim, mas a luz se apagou. São apenas globos de cartilagem e fluido. Seja lá o que houvesse atrás deles, finalmente se foi.

Eu me esforço para sair de debaixo do corpo dele. O machado está cra-vado em suas costas. Ergo os olhos. Nicky está em cima do cadáver do pai, o rosto e as roupas salpicadas de sangue, as mãos enluvadas de vermelho. Ela olha para mim, como se tivesse acabado de notar minha presença.

— Sinto muito. Eu não sabia. — Ela se agacha ao lado do pai, e as lágri-mas em seu rosto se misturam com o sangue. — Eu deveria ter vindo antes. Deveria ter vindo antes.

2016

Há perguntas. Muitas perguntas. Consigo gerenciar os "comos", "ondes" e "os quês", mas para os "porquês" não tenho todas as respostas. Nem perto disso.

Aparentemente, Nicky veio de carro a Anderbury quando ouviu minha mensagem. Como eu não estava em casa, ela tentou o pub. Cheryl disse para onde tínhamos ido e as enfermeiras contaram o restante. Sendo quem é, Nicky foi atrás de nós. Estou feliz — mais do que feliz — que tenha feito isso.

Chloe decidiu visitar o pai uma última vez. Um erro. E ainda mencionar que estava acampando no bosque. E ter tingido o cabelo de louro. Acho que foi isso que provocou tudo. A súbita semelhança com Hannah. Foi um gatilho para a mente do reverendo.

Quanto à mente do reverendo, os médicos ainda estão discutindo a respeito. Será que a consciência, o caminhar (e o matar), foi uma aberração temporária do seu estado quase catatônico, ou foi o contrário? Sua invalidez era apenas uma farsa? Durante todo aquele tempo ele entendia tudo?

Mas ele morreu e agora nunca saberemos. Embora eu tenha certeza de que alguém vai ficar famoso e provavelmente ganhar dinheiro ao escrever um ensaio ou um livro sobre ele. Mickey deve estar se revirando no túmulo.

Minha teoria é a de que o reverendo matou Elisa achando que ela fosse Hannah, a prostituta que carregava seu filho bastardo e que, em sua mente perturbada, arruinara sua reputação. Mas por que ele a esquartejou? Bem, a única explicação que tenho é o versículo que ele recitou para mim no bosque: "Se a tua mão te faz pecar, corta-a. É melhor entrares na vida aleijado do que ir para o inferno, para o fogo inextinguível, com duas mãos."

Acho que mutilar o corpo foi sua maneira de garantir que ela iria para o céu. Talvez depois de perceber seu erro. Talvez só por causa disso. Vai saber? Deus pode ser o juiz do reverendo, mas teria sido ótimo vê-lo no tribunal, enfrentando a promotoria e os rostos implacáveis do júri.

A polícia está falando sobre a reabertura do caso Elisa Rendell. Hoje em dia, as técnicas forenses são melhores, com DNA e todas as coisas modernas que vemos na TV, o que poderia provar, sem sombra de dúvida, que o reverendo foi o responsável pelo assassinato. Mas não estou ansioso. Depois da noite no bosque e da lembrança das mãos do reverendo ao redor do meu pescoço, duvido que eu volte a ficar ansioso.

Hoppo se recuperou quase totalmente. Os médicos enxertaram sua orelha. Não ficou perfeita, mas ele deixa o cabelo um pouco comprido. Estão fazendo o melhor que podem com o braço dele, mas nervos são coisas complicadas. Disseram que talvez ele recupere o movimento parcial. Ainda é cedo para saber. Gav o consolou dizendo que agora ele pode estacionar onde quiser (e ainda sobrou um braço bom para bater punheta).

Durante algumas semanas a imprensa se tornou uma presença irritante e indesejável na cidade e diante da porta da minha casa. Eu não quis falar, mas Gav deu uma entrevista na qual mencionou o próprio pub diversas vezes. Agora, quando vou até lá, percebo que o negócio está prosperando. Pelo menos uma coisa boa resultou de tudo isso.

Minha vida voltou à rotina, exceto por algumas coisas. Avisei à escola que não vou voltar depois das férias de outono e entrei em contato com um corretor imobiliário.

Um rapaz com um corte de cabelo caro e um terno barato vem até minha casa e dá uma olhada. Mordo a língua tentando conter a sensação de intromissão enquanto ele confere dentro dos armários, pisa forte no assoalho, emite "hums" e "ahs", me diz que os preços têm aumentado consideravelmente nos últimos anos, e, por mais que a casa precise de "algumas reformas", a avaliação dele faz minhas sobrancelhas se erguerem de leve.

A placa de VENDE-SE é colocada alguns dias depois.

No dia seguinte, visto meu melhor terno escuro, ajeito o cabelo e cuidadosamente dou o nó em uma gravata cinza sóbria. Estou prestes a sair quando alguém bate à porta. Resmungo "justo agora", atravesso o corredor correndo e abro a porta.

Nicky está do lado de fora. Ela me olha de cima a baixo.

— Que elegante.

— Obrigado. — Olho para seu casaco verde-claro. — Quer dizer que você não vem?

— Não. Só vim aqui hoje para falar com meu advogado.

Apesar de ter salvado três vidas, Nicky ainda pode ser processada pelo homicídio do pai.

— Não pode ficar mais um pouco?

Ela balança a cabeça.

— Diga aos outros que sinto muito, mas...

— Tenho certeza de que vão entender.

— Obrigada. — Ela estende a mão. — Eu só queria dizer... Adeus, Ed.

Olho para sua mão e, assim como ela fez tantos anos antes, dou um passo à frente e a abraço. Ela fica tensa por um instante, mas retribui meu abraço. Sinto seu cheiro. Não é de baunilha ou chiclete, mas almíscar e cigarro. Não é apego. É deixar ir.

Por fim, nos afastamos um do outro. Algo brilha ao redor do seu pescoço. Franzo o cenho.

— Está usando seu velho colar?

Ela olha para baixo.

— Estou. Sempre o guardei. — Ela toca o pequeno crucifixo de prata. — Acha estranho preservar algo tão ligado a más lembranças?

Balanço a cabeça.

— Na verdade, não. Algumas coisas a gente simplesmente não pode deixar para trás.

Ela sorri.

— Cuide-se.

— Você também.

Eu a observo descer a entrada da garagem e desaparecer ao dobrar a esquina. *Se apegar*, penso. *Deixar ir. Às vezes são a mesma coisa.*

Pego meu sobretudo, confiro o pequeno cantil de bebida no bolso e saio pela porta.

O ar de outubro é frio e queima meu rosto. Entro no carro e ligo o aquecedor no máximo, mas só começa a ficar vagamente morno quando chego ao crematório.

Odeio funerais. Quem não odeia, além dos agentes funerários? Mas alguns são piores do que outros. Os de jovens, de gente que morre súbita e violentamente, de bebês. Ninguém nunca deveria ver um caixão do tamanho de uma boneca descendo para a escuridão.

Outros simplesmente parecem inevitáveis. É óbvio que a morte de Gwen foi um choque. Mas, assim como meu pai, quando você se despede da sua mente, em algum momento o corpo acaba seguindo o mesmo caminho.

Não há muita gente no velório. Várias pessoas conheciam Gwen, mas ela não tinha muitos amigos. Minha mãe está aqui, assim como Gav, Cheryl e algumas das pessoas para quem ela fazia faxina. O irmão mais velho de Hoppo, Lee, não conseguiu — ou não quis — tirar licença para comparecer. Hoppo está sentado na frente, envolto em um casaco de malha grande demais para ele, com o braço em uma tipoia de aparência industrial. Ele perdeu peso e parece mais velho. Faz só alguns dias que recebeu alta do hospital. Ele ainda vai lá para as sessões de fisioterapia.

Gav está na cadeira de rodas ao lado dele e Cheryl se acomodou no banco do outro lado. Eu me sento atrás deles, perto da minha mãe. Assim que me sento, ela segura minha mão, como costumava fazer quando eu era criança. Eu a aperto.

A cerimônia é curta. O que tanto é um alívio quanto um lembrete oportuno de como setenta anos neste planeta podem ser condensados em um resumo de dez minutos e algumas baboseiras desnecessárias sobre Deus. Se alguém mencionar Deus quando eu morrer, espero que queime no fogo do inferno.

Ao menos na cremação tudo termina assim que as cortinas se fecham. Não há o lento deslocamento até o cemitério. Não observamos o caixão sendo baixado em uma cova aberta. Ainda me lembro muito bem do enterro de Sean.

Em vez disso, todos nós saímos e ficamos no jardim das recordações, admirando as flores e nos sentindo constrangidos. Gav e Cheryl vão fazer uma pequena vigília no The Bull, mas acho que nenhum de nós está realmente preparado para isso.

Converso com Gav durante um tempo, depois deixo minha mãe conversando com Cheryl e fujo para a esquina, a princípio para fumar um cigarro rápido e tomar um gole da bebida no meu cantil, mas também para ficar longe das pessoas.

Alguém mais teve a mesma ideia.

Hoppo está perto de uma fileira de lápides pequenas que marcam onde as cinzas foram enterradas ou espalhadas. Sempre achei que as lápides no jardim do crematório pareciam versões reduzidas da realidade: um cemitério em miniatura.

Hoppo ergue os olhos enquanto me aproximo.

— Oi.

— Como você está, ou essa é uma pergunta idiota?

— Estou bem. Acho. Mesmo sabendo o que estava por vir, a gente nunca está preparado.

Não. Nenhum de nós está realmente preparado para a morte. Para algo tão definitivo. Como seres humanos, estamos acostumados a controlar nossas vidas. A estendê-las até certo ponto. Mas a morte não aceita argumentos. Nenhum apelo final. Nenhum recurso. Morte é morte, e ela detém todas as cartas. Mesmo que a enganemos uma vez, ela não vai nos deixar blefar na segunda.

— Sabe o que é pior? — diz Hoppo. — Parte de mim está aliviada por ela ter morrido. Por eu não ter mais que cuidar dela.

— Foi como me senti quando meu pai morreu. Não fique mal por causa disso. Você não está feliz por ela ter morrido. Está feliz porque a doença acabou.

Pego meu cantil e o ofereço. Ele hesita, mas aceita e toma um gole.

— Como você está? E o braço?

— Ainda não sinto muita coisa, mas os médicos disseram que vai demorar.

Claro. Estamos sempre nos dando tempo. Até que, certo dia, o tempo simplesmente acaba.

Ele me devolve o cantil. Mesmo sentindo uma pontada de avareza, gesticulo para que ele beba mais um pouco. Ele toma outro gole, e acendo um cigarro.

— E você? — pergunta ele. — Pronto para a grande mudança para Manchester?

Pretendo trabalhar como professor substituto durante certo tempo. Manchester parece estar a uma distância razoável para que eu ganhe alguma perspectiva das coisas. De muitas coisas.

— Mais ou menos — respondo. — Tenho a sensação de que as crianças vão me comer vivo.

— E Chloe?

— Ela não vai.

— Pensei que vocês dois...

Nego com a cabeça.

— Achei que seria melhor continuarmos amigos.

— Jura?

— Juro.

Por mais agradável que seja imaginar que Chloe e eu pudéssemos ter um relacionamento, a verdade é que ela não me vê dessa maneira. Nunca verá. Não faço o tipo dela, e ela não é a pessoa certa para mim. Além disso, depois de saber que ela é irmã caçula de Nicky, isso não me parece correto. As duas precisam construir uma relação, e não quero ser a pessoa que vai atrapalhar que isso aconteça novamente.

— Seja como for, talvez eu encontre uma garota bonita no norte — digo.

— Coisas estranhas acontecem.

— Não é?

Há uma pausa. Dessa vez, quando Hoppo oferece o cantil de volta, eu o aceito.

— Acho que acabou — diz ele, e sei que não está se referindo apenas aos homens de giz.

— Acho que sim.

Mesmo que ainda haja furos na trama. Pontas soltas.

— Você não parece convencido.

Dou de ombros.

— Ainda não entendo algumas coisas.

— Tipo o quê?

— Você nunca se perguntou quem envenenou Murphy? Isso nunca fez sentido. Quer dizer, tenho certeza de que foi Mickey quem o soltou da coleira naquele dia. Provavelmente porque queria magoar você, da mesma forma que ele estava magoado. E o desenho que encontrei também deve ter sido feito por Mickey. Mas ainda não consigo imaginá-lo matando Murphy. Você consegue?

Ele demora muito para responder. Por um instante, acho que não vai falar nada. Até que diz:

— Mickey não o envenenou. Ninguém o envenenou. Não de propósito.

Olho para ele.

— Não estou entendendo.

Ele olha para o cantil. Entrego para ele outra vez. Ele bebe.

— Naquela época, minha mãe já estava começando a ficar um pouco distraída. Ela perdia as coisas ou guardava no lugar errado. Certa vez, eu a flagrei servindo cereal em uma xícara de café e acrescentando água quente.

Isso me parece familiar.

— Certo dia, talvez um ano depois que Murphy morreu, cheguei em casa e ela estava preparando o jantar de Buddy. Ela colocou um pouco de comida úmida em uma tigela e estava acrescentando algo de uma caixa que tinha pegado no armário. Achei que fosse comida seca. Até que percebi: era veneno para caracóis. Ela confundiu as caixas.

— Que merda.

— Pois é. Consegui impedir que ela servisse e acho que até fizemos piada sobre o caso. Mas aquilo me fez pensar: e se ela tivesse feito a mesma coisa com Murphy?

Reflito. Nada deliberado. Apenas um erro terrível.

Nunca suponha, Eddie. Questione tudo. Sempre enxergue além do óbvio.

Eu rio. Não consigo evitar.

— Tínhamos entendido tudo errado durante todo esse tempo. Outra vez.

— Desculpe por não ter contado antes.

— Por que contaria?

— Bem, acho que agora você conseguiu a resposta.

— Uma delas.

— Tem mais?

Dou um trago mais forte no cigarro.

— A festa. Na noite do acidente. Mickey sempre disse que alguém tinha batizado a bebida dele.

— Mickey sempre mentiu.

— Não sobre isso. Ele nunca bebia se fosse dirigir. Adorava aquele carro. Nunca correria o risco de sofrer um acidente.

— E daí?

— Acho que alguém realmente batizou a bebida dele naquela noite. Alguém que queria que ele sofresse um acidente. Alguém que o odiava muito, mas que não imaginava que Gav também estaria no carro.

— Mas então essa pessoa era uma bela amiga da onça.

— Acho que não era amiga do Mickey. Não naquela época. Nem agora.

— Como assim?

— Você encontrou Mickey quando ele voltou para Anderbury. No primeiro dia. Você disse para Gav que ele falou com você.

— E daí?

— Todo mundo achava que Mickey tivesse ido até o parque naquela noite porque estava bêbado, pensando no irmão morto, mas acho que não foi por isso. Acho que ele pretendia ir até lá. Para encontrar alguém.

— Bem, e ele encontrou. Dois assaltantes adolescentes.

Balanço a cabeça.

— Eles não estão sendo acusados. Não há provas suficientes. Além disso, os dois negam ter ido ao parque naquela noite.

Ele reflete.

— Então talvez seja como eu disse logo no início: Mickey estava bêbado e caiu no rio.

— Ahã. Porque "não tem iluminação naquele trecho do caminho". Foi o que você disse quando contei que Mickey tinha caído no rio e se afogado, não foi?

— Foi.

Fico desapontado, mas só por uma fração de segundo.

— A menos que você estivesse lá, como saberia onde Mickey caiu?

O rosto dele relaxa.

— Por que eu mataria Mickey?

— Porque ele finalmente descobriu que foi você quem provocou o acidente de carro? Porque ele pretendia contar para Gav que ia relatar isso no livro? Você pode me dizer.

Ele me encara por um tempo. Depois devolve o cantil, pressionando-o com força no meu peito.

— Às vezes, Ed, é melhor não saber todas as respostas.

DUAS SEMANAS DEPOIS

É estranho como nossa vida parece pequena quando a deixamos para trás.

Após quarenta e dois anos, imaginei que meu espaço na terra seria maior, que a marca que deixei no tempo fosse um pouco mais ampla. Mas não, como quase todas as pessoas, a maior parte da minha vida — ao menos a parte material — pode ser seguramente acomodada em uma grande van de mudança.

Observo as portas se fecharem, todos os meus bens terrenos encaixotados e etiquetados ali dentro. Bem, quase todos.

Dou o que espero ser um sorriso jovial e amigável para os homens da mudança.

— Tudo pronto, então?

— Tudo — responde o mais velho e experiente da equipe. — Resolvido.

— Que bom.

Olho de novo para a casa. A placa de VENDIDA ainda me encara acusadoramente, como se me dissesse que de algum modo eu falhei, que eu admiti a derrota. Achei que minha mãe ficaria triste ao saber da venda da casa, mas tive a impressão de que ficou aliviada. Ela insistiu em não receber um centavo do lucro.

— Você vai precisar desse dinheiro, Ed. Para se estabelecer. Um novo começo. Todo mundo precisa disso de vez em quando.

Ergo a mão enquanto a van de mudança se afasta. Aluguei um apartamento de um quarto, portanto a maior parte das minhas coisas vai direto para um depósito. Volto caminhando lentamente para casa.

Da mesma forma que minha vida parece menor depois que meus bens foram retirados dali, a casa inevitavelmente parece maior. Paro um pouco sem rumo no corredor e subo a escada até meu quarto.

Há um trecho mais escuro no chão, debaixo da janela, onde ficava a cômoda. Vou até lá, me ajoelho e tiro uma pequena chave de fenda do bolso. Eu a enfio debaixo das tábuas soltas e as levanto. Só duas coisas continuam ali dentro.

Ergo com cuidado a primeira: um grande recipiente de plástico. Dobrada embaixo está a segunda: uma mochila velha. Minha mãe a comprou para mim depois que perdi a pochete na feira. Já falei isso? Eu gostava dessa mochila. Tinha uma ilustração das Tartarugas Ninja e era mais legal e prática do que uma pochete. Também era melhor para guardar coisas.

Eu estava com essa mochila quando fui ao bosque naquela manhã clara e amarga. Sozinho. Não sei direito por quê. Ainda era muito cedo, e eu não costumava passear sozinho no bosque. Principalmente no inverno. Talvez tenha sido intuição. Afinal, nunca se sabe quando podemos encontrar uma coisa interessante.

E naquela manhã encontrei algo muito interessante.

Literalmente tropecei na mão. Depois que o choque passou, e com um pouco mais de persistência, encontrei o pé. E a mão esquerda. As pernas. O tronco. E, por fim, a peça mais importante daquele quebra-cabeça humano: a cabeça.

Estava em cima de uma pequena pilha de folhas, olhando para a copa das árvores. A luz do sol era filtrada pelos galhos, formando poças douradas no chão do bosque. Eu me ajoelhei ao lado dela. Em seguida, estendi a mão, ligeiramente trêmula de ansiedade, e toquei seu cabelo, afastando-o do rosto. As cicatrizes não pareciam mais tão cruéis. Do mesmo modo que o Sr. Halloran as suavizou com os leves movimentos do seu pincel, a morte as suavizara com uma carícia de sua mão fria e esquelética. Ela estava linda outra vez. Embora triste. E perdida.

Passei os dedos em seu rosto e, quase sem pensar, a levantei. Era mais pesada do que eu tinha imaginado. E, depois de tocá-la, senti que não podia largá-la. Eu não podia deixá-la ali, descartada entre as folhas desbotadas do outono. A morte não só a tornara mais bonita, como também especial. E eu era o único que percebia isso. O único que poderia ficar com ela.

Com delicadeza e reverência, retirei algumas folhas e a guardei na mochila. Estava quente e seco, e ela não precisava olhar para o sol. Eu também não queria que ela olhasse para a escuridão, ou que pedaços de giz entrassem em seus olhos. Por isso estendi a mão e fechei suas pálpebras.

Antes de sair do bosque, peguei um pedaço de giz e indiquei o caminho até o cadáver, para que a polícia a encontrasse e o restante do corpo não ficasse desaparecido por muito tempo.

Ninguém falou comigo ou me parou na volta. Talvez, se tivessem feito isso, eu teria confessado. Entretanto, cheguei em casa, peguei a mochila com minha nova e preciosa posse dentro e a escondi debaixo das tábuas do assoalho.

É claro que, graças a isso, eu tinha um problema. Sabia que deveria avisar imediatamente a polícia sobre o corpo. Mas e se me perguntassem sobre a cabeça? Eu não era um bom mentiroso. E se adivinhassem que eu a pegara? E se me prendessem?

Então tive uma ideia. Peguei a minha caixa de giz e desenhei homens de giz. Para Hoppo, Gav Gordo e Mickey. Mas misturei as cores para confundir as coisas. Dessa forma, ninguém saberia quem tinha desenhado.

Desenhei também meu próprio homem de giz e fingi — até para mim mesmo — que eu tinha acabado de acordar e o encontrara. Depois, pedalei até o parquinho.

Mickey já estava lá. Os outros o seguiram. Como eu sabia que fariam.

Abro a tampa do recipiente e olho lá dentro. Suas órbitas vazias me encaram de volta. Alguns fios de cabelo quebradiços, finos como algodão-doce, continuam presos no crânio amarelado. Olhando de perto, ainda dá para ver pequenas ranhuras na maçã do rosto onde o metal do brinquedo dilacerou sua pele.

Ela não passou esse tempo todo aqui. Depois de algumas semanas, o cheiro no meu quarto ficou insuportável. Quartos de adolescentes fedem, mas nem tanto. Cavei um buraco em um canto do jardim e a deixei ali por vários meses. Mas depois a trouxe de volta. Para mantê-la por perto, em segurança.

Estendo a mão para tocá-la mais uma vez. Depois confiro o relógio. Relutante, fecho a tampa, guardo o recipiente na mochila e desço a escada.

Coloco a mochila no porta-malas do carro e jogo vários casacos e outras bolsas por cima. Acho que não vou ser parado e questionado sobre o que estou levando no carro, mas nunca se sabe. Seria constrangedor.

Estou prestes a me sentar no banco do motorista quando me lembro das chaves de casa. O corretor imobiliário tem um molho com todas, mas antes de ir eu pretendia deixar o meu para os novos proprietários. Volto pela entrada da garagem, pego as chaves e as jogo através do...

Faço uma pausa. Do que mesmo...?

Tento encontrar as palavras, mas, quanto mais tento, mais depressa elas fogem e se afastam.

Penso em meu pai olhando para a maçaneta da porta, incapaz de se lembrar daquela palavra tão óbvia, embora evasiva, com o rosto exibindo frustração e confusão. Pense, Ed. Pense.

De repente eu me lembro. O buraco da caixa do correio. Isso, o buraco da caixa do correio.

Balanço a cabeça. Idiota. Entrei em pânico. Só isso. Estou cansado e estressado por causa da mudança. Está tudo bem. Não sou o meu pai.

Jogo as chaves pela fenda na porta, ouço-as aterrissar com um baque, volto para o meu carro e entro.

Buraco da caixa do correio. Claro.

Ligo o motor e vou embora. Para Manchester, para o meu futuro.

AGRADECIMENTOS

Em primeiro lugar, obrigada a você, leitor, pela leitura. Por ter comprado este livro com seu dinheiro suado, por ter pegado em uma biblioteca ou pedido emprestado a um amigo. Seja como for que tenha chegado até aqui, obrigada. Sou eternamente grata.

Obrigada à minha agente brilhante, Madeleine Milburn por tirar meu manuscrito de uma pilha de lama e reconhecer seu potencial. Melhor. Agente. De. Todas. Obrigada também a Hayley Steed, Therese Coen, Anna Hogarty e Giles Milburn por todo o trabalho árduo e pela competência. Vocês são pessoas fantásticas.

Obrigada à maravilhosa Maxine Hitchcock, da MJ Books, por nossas conversas sobre cocô de criança e por ser uma editora tão inspiradora e perspicaz. Obrigada a Nathan Roberson, da Crown US, pelas mesmas coisas (menos as conversas sobre cocô de criança). Obrigada a Sarah Day pela edição do original e a todos da Penguin Random House pelo apoio.

Obrigada a cada um dos meus editores no mundo inteiro. Espero conhecer todos pessoalmente algum dia!

Obrigada, é claro, ao meu companheiro, Neil, por seu amor e apoio e por todas as noites que passou conversando com a parte de trás do laptop. Obrigada a Pat e a Tim por tantas coisas, e a minha mãe e meu pai por tudo.

Estou quase lá, prometo...

Obrigada a Carl, por ter me escutado tagarelar sobre o que eu escrevia quando eu era uma passeadora de cachorros. E por todas as cenouras!

Por fim, obrigada a Claire e a Matt, por terem dado um presente tão legal no segundo aniversário da minha filha: um balde de giz colorido.

Olha só o que vocês fizeram.

intrinseca.com.br

@intrinseca

editoraintrinseca

@intrinseca

@editoraintrinseca

editoraintrinseca

2ª edição	MAIO DE 2024
reimpressão	MARÇO DE 2025
impressão	IMPRENSA DA FÉ
papel de miolo	LUX CREAM 60 G/M²
papel de capa	CARTÃO SUPREMO ALTA ALVURA 250 G/M²
tipografia	BEMBO